CATHERINE BARDON

Depuis leur rencontre fortuite, Catherine Bardon est une amoureuse de la République dominicaine. Ce pays l'a instantanément habitée, et, à travers ses guides de voyage et un livre de photographie, elle a toujours cherché à savoir ce qui se cachait derrière l'image trop policée de peinture naïve, les réalités politiques, sociales, culturelles.
En 1991, elle est émue par la rencontre avec l'un des derniers pionniers de Sosùa. Quelques années plus tard, elle décide de raconter l'histoire de cette colonie juive installée à partir de 1940 sur l'île dans la saga *Les Déracinés*, publiée aux Éditions Les Escales. Les trois premiers tomes : *Les Déracinés*, *L'Américaine* et *Et la vie reprit son cours* se sont écoulés à déjà plus de 300 000 exemplaires. *Un invincible été*, quatrième et dernier volume de la saga, paraît en 2021 chez le même éditeur.

Martine

ET LA VIE
REPRIT SON COURS
1967-1979

DU MÊME AUTEUR
CHEZ POCKET

LES DÉRACINÉS

L'AMÉRICAINE

ET LA VIE REPRIT SON COURS

CATHERINE BARDON

ET LA VIE
REPRIT SON COURS
1967-1979

LES ESCALES
DOMAINE FRANÇAIS

« Ceci est une œuvre de fiction. À l'exception des événements historiques et de personnages publics dont les noms ont été gardés, les personnages sont le fruit de l'imagination de l'auteur. »

MIXTE
Papier issu de sources responsables
FSC® C003309
FSC www.fsc.org

L'éditeur de cet ouvrage s'engage dans une démarche de certification FSC® qui contribue à la préservation des forêts pour les générations futures.

Pour en savoir plus :
www.editis.com/engagement-rse/

ISBN : 978-2-266-31541-8
Dépôt légal : avril 2021

« *Quel vin est aussi pétillant, savoureux, enivrant, que l'infini des possibles !* »

Søren Kierkegaard

« *Il y a d'admirables possibilités dans chaque être. Persuade-toi de ta force et de ta jeunesse. Sache te redire sans cesse : "Il ne tient qu'à moi."* »

André Gide

Liste des personnages

Les Rosenheck : Wilhelm est né à Vienne en 1906. Ses parents, Jacob et Esther, sont décédés pendant la Shoah. En 1935 il a épousé Almah Kahn (née en 1911). Almah et Wilhelm ont eu un fils, Frederick, en octobre 1936. Ils ont quitté l'Autriche en décembre 1938 et sont arrivés à Sosúa, en République dominicaine, en mars 1940. Leur fille Ruth est née le 8 octobre 1940. Leur fille Sofie, née en décembre 1945, n'a vécu que cinq jours. Wilhelm est mort des suites d'un accident de voiture en juin 1961.

Myriam : sœur de Wilhelm. Née en 1913, elle a épousé Aaron Ginsberg, architecte, en mai 1937. Juste après son mariage, le couple a quitté l'Autriche pour émigrer aux États-Unis. Ils vivent à Brooklyn et ont un fils, Nathan, né en septembre 1955.

Svenja Reisman : Autrichienne d'origine polonaise, psychologue, elle est arrivée à Sosúa en mai 1940 avec son frère Mirawek, juriste. Ils ont quitté Sosúa en juillet 1949 pour s'établir en Israël. Svenja a épousé

Eival Reisman, médecin, rencontré dans un kibboutz. Ils vivent à Jérusalem. Mirawek occupe de hautes fonctions dans le gouvernement israélien.

Markus Ulman : né en 1909, il est autrichien. Juriste et comptable, il est arrivé à Sosúa en mars 1941. Il est devenu l'ami de Wilhelm. Il a épousé Marisol, une Dominicaine originaire de Puerto Plata, en mars 1943.

Liselotte Kestenbaum : née en 1939, arrivée à Sosúa en décembre 1944 avec ses parents, Lizzie est l'amie d'enfance de Ruth. Ses parents se sont séparés et elle a émigré aux États-Unis avec sa mère Anneliese en 1959.

Jacobo : c'est le régisseur de la *finca* des Rosenheck. Sa femme Rosita s'occupe de la maison. Il est le fils de Carmela, une vieille Dominicaine dont Almah a fait la connaissance en mai 1940.

Arturo Soteras : benjamin d'une riche famille dominicaine d'industriels du tabac de Santiago, il est devenu l'ami de Ruth lors de leurs études à New York où il vit désormais. Il est pianiste et professeur de musique à la Juilliard School.

Deborah : fille d'une famille de cultivateurs aisés du Midwest, c'est une amie d'université de Ruth.

Prologue

Je tirai sur les rênes, un coup sec, et j'arrêtai mon cheval. Je pris une profonde inspiration, relâchai tous les muscles de mon corps. La vue, les parfums, les sons, c'était une symphonie pour les sens. Un instant parfait dans les couleurs pâles du petit matin de l'hiver caraïbe.

À l'aube de ce premier jour, je m'étais réveillée avec les lueurs du jour naissant. Dressée sur ses jambes potelées, agrippée aux barreaux de son petit lit de bois, Gaya jouait à l'ascenseur, enchaînant les flexions, une deux, une deux, en gazouillant. Je l'avais changée en vitesse, j'avais passé un pantalon, une chemise, enfilé une paire de bottes, serré ma fille contre moi dans son écharpe de portage, puis j'avais sellé un cheval.

Je m'étais arrêtée un instant avant de talonner ma monture. De notre ferme perchée au sommet de sa colline, on voyait les propriétés alentour et tout le village en contrebas, puis le regard filait vers la mer dont le turquoise encore incertain virait au bleu profond et se perdait au loin, butant contre l'azur du ciel.

C'était notre terrain de jeu, les champs, les pâturages, le village, la plage… C'est là où j'étais née, c'est là où j'avais grandi, c'est là où j'avais choisi de vivre. Chaque parcelle de mon âme appartenait à cette île. Je n'avais plus d'états d'âme, j'étais Ruth Rosenheck, j'étais née à Sosúa, j'étais dominicaine, je parlais l'espagnol, l'anglais et l'allemand et même quelques bribes d'hébreu, j'aimais les quatuors à cordes de Schubert et les merengues de Julio Alberto Hernández, je dansais la valse et la bachata, j'étais blanche, blonde et juive dans un pays de métis catholiques, j'avais des amis, éparpillés aux quatre coins du monde.

À regarder le paysage paisible du haut de la colline, le ciel bosselé de nuages douillets, le bétail essaimé dans les *lomas* ondulantes piquetées de cocotiers, la mer étale, déjà scintillante dans son écrin de sable blanc, le village endormi sous le soleil levant, on aurait pu croire que rien n'avait changé. J'aurais pu avoir l'illusion que je reprenais ma vie là où je l'avais laissée six ans auparavant. « Tu as ta propre vie à construire, loin des scories des nôtres », m'avait dit ma mère quand j'étais partie. Et voilà, j'étais de retour.

Un cri suraigu, comme seuls en émettent les tout petits enfants, accompagné d'une gesticulation désordonnée de petites jambes et de petits bras me vrilla les tympans et me ramena à la réalité. Gaya se manifestait.

L'illusion vola en éclats. Tout avait changé. Rien n'était plus comme avant. Mon frère s'était marié, la famille s'était agrandie, il avait deux enfants, j'en avais un.

Je posai un baiser sur le sommet du crâne finement duveté de noir, sur cet espace si fragile où une dépression à peine perceptible disait que Gaya n'était encore qu'un bébé. Je resserrai l'étreinte de mes jambes autour du ventre du cheval et enfonçai fermement mes talons dans ses flancs. Après quelques pas, ma monture prit le trot sur la piste poussiéreuse. Gaya laissa échapper de légers hoquets de pur ravissement. Ses petites mains battaient l'air, elle gloussait de plaisir à chaque soubresaut.

*

Je guidai le cheval dans l'étroite sente creusée dans la pierre corallienne qui descendait à la plage et l'arrêtai face à la mer. Elle était toujours là, la plage de mon enfance. Telle qu'en mon souvenir, immense bande de sable blanc en croissant, ombragée de raisiniers et d'amandiers, ourlée d'une eau transparente qu'un soleil triomphant ferait bientôt miroiter implacablement.

Sur ma droite, se dressaient les *pilotillos*, tout ce qui restait d'une ancienne jetée où s'amarraient autrefois les navires de la United Fruit Company pour charger leur cargaison de fruits tropicaux. La mer ne les avait pas épargnés. Rongés par l'érosion, ils me parurent désespérément petits. Les fières et hautes colonnes de mon enfance n'étaient plus que des piles incertaines, aux contours irréguliers, sapées par l'assaut permanent de la mer. Je reconnus les vieux bancs de béton du *bañadero,* haut lieu de la vie sociale, usés par des générations de fessiers, le grand *álamo* vigoureux dont les feuilles en décoction soulageaient de bien des maux, les massifs de coraux de la *islita* grouillant de vie sous-marine qui affleuraient au loin…

Sans que j'y prenne garde, les souvenirs commencèrent à déferler. Des émotions mêlées m'envahirent. Je sentis mon cœur se gonfler.

Je me souvenais.

Je chassai les images et je mis pied à terre, conduisant le cheval jusqu'à un amandier où j'attachai les rênes à une branche basse. Je me déchaussai et j'avançai jusqu'à l'eau. Le sable était encore frais de la nuit, une caresse. Gaya s'agitait, roucoulant de petits mots dans son sabir incompréhensible. Je dénouai l'écharpe qui la retenait prisonnière et la déposai sur le sable.

Sans réfléchir, je la déshabillai, et moi ensuite. Je n'avais pas prévu de maillots de bain, nous étions nues sur la plage. Je rattrapai Gaya, déjà dans l'eau jusqu'au cou, et entamai une danse tribale à grands coups de sauts et d'éclaboussures. C'était le bain le plus délicieux que j'avais pris depuis une éternité. Gaya riait, renversait sa tête en arrière et battait l'eau de ses menottes. Et m'échappa. Je la vis se débattre sous l'eau puis se calmer. Elle flottait juste sous la surface et… nageait, agitant lentement bras et jambes. Ma fille de deux ans nageait aussi naturellement qu'un de ces minuscules poissons colorés qui s'ébattaient autour de son corps aux contours rendus flous par ses mouvements. Elle s'ébroua pour reprendre sa respiration, je la rattrapai. Ma fille nageait, et j'y vis un signe, un bon signe.

Bien des années plus tard, quand Gaya me demanderait de lui raconter cette première chevauchée, je n'omettrais aucun détail, ses cheveux fins comme du duvet, le parfum de vanille de son cou, la chaleur de son petit corps contre mon ventre, ses minuscules menottes qui battaient l'air, son instinctive nage sous l'eau. Nous tomberions d'accord : cette première chevauchée, ce premier bain avaient décidé de sa destinée.

*

Nous reprîmes le chemin de la ferme. Mes cheveux dégoulinaient dans mon cou. Sur mes lèvres, un goût de sel. Je remontai par cette piste de terre qui avait eu raison de mon père quelques années plus tôt. Les clôtures des pâturages avaient été renforcées, c'étaient maintenant de hautes et solides palissades de bois sombre. Infranchissables par le bétail. Blottie au sommet de sa colline, la ferme semblait encore endormie.

J'aimais la beauté pure de la terre resplendissante, j'aimais cette lumière d'une limpidité sans pareille, j'aimais la puissance des couleurs crues, le jeu des formes aussi abondantes que tumultueuses, j'aimais l'air embaumant les multiples fragrances des tropiques, j'aimais ces paysages pleins de poésie enfantine…

En observant le spectacle de ce matin-là, je commençai à guérir d'un mal dont je ne savais même pas que j'avais souffert, le manque de mon île.

Je sentis une énergie incroyable m'animer. Je débordais d'un enthousiasme neuf que rien ne pourrait battre en brèche. J'avais des projets plein la tête, des projets qui s'étaient forgés au fil de ces six années passées entre les États-Unis et Israël, sans que j'en eusse véritablement conscience.

Remettre à flot le journal de mon père. En faire un quotidien digne de ce nom, qui compterait dans le panorama médiatique du pays.

Me faire un nom dans le journalisme.

Aider ma mère à développer sa fondation humanitaire.

Soutenir son projet fantaisiste avec Markus, cet atelier de menuiserie qui produisait des fauteuils Adirondack qui n'intéressaient personne.

Et surtout, je voulais offrir à ma fille une enfance de radeaux, de plongeons, d'explorations sous-marines, d'élevages de têtards, de chevauchées fantastiques, de cabanes dans les arbres… Oui, Je voulais que ma fille grandisse ici, dans cet endroit si paisible et si beau.

J'avais enfin reconnu notre place, c'étaient la terre, le ciel et la mer qui me le disaient.

Quand je franchis le portique de la *finca* Polka, je croisai Jacobo. Dans son fourreau de cuir, sa machette battait sa cuisse au rythme des pas de son mulet. Il leva la main et me décocha un grand sourire : « *Hola amores, qué tal las princesas ?* »

Oui, nous étions les princesses de Sosúa.

Finalement rien n'avait changé.

1re Partie

Les graines que l'on sème

« *Le renouveau a toujours été d'abord un retour aux sources.* »

Romain Gary, *La Danse de Gengis Cohn*

« *Ne juge pas chaque jour à la récolte que tu fais mais aux graines que tu sèmes.* »

Robert Louis Stevenson

1

Old fellow
Février 1967

Chaque fois que je pensais à lui, et c'était souvent depuis que j'étais rentrée, c'était une petite douleur. Il me manquait terriblement. Je savais par des coups de téléphone erratiques qu'il était heureux. Tout comme moi j'étais parfaitement heureuse. Mais il y avait cette absence. Sa silhouette dégingandée, ses yeux myopes derrière ses lunettes, ses « *Por Dios !* », ses « *querida* », ses mauvais jeux de mots, ses répliques de cinéma. C'était comme une partie de moi dont j'étais amputée. Je me demandais souvent comment un homme, qui n'était même pas mon petit ami, pouvait me manquer à ce point.

*

— Allô ! Allô !

La ligne était mauvaise. Contre mon oreille, le combiné de bakélite bourdonnait comme une abeille ivre.

— Ruthie ?… *It's me !*

J'aurais reconnu sa voix entre mille. Je me mis à trembler d'excitation.

— *Dios mío !* Arturo ! Où es-tu ?

— Tout près de toi… Je suis rentré pour deux semaines. Vacances en famille.

Je pris une grande respiration et poussai un long soupir, domptant mon émotion. Arturo, enfin.

— Ce n'était pas prévu, mais mes projets de montagne sont tombés à l'eau et je me suis décidé au dernier moment.

— Mais le téléphone fonctionne, même ici, au fond du *campo*. Pourquoi ne m'as-tu pas appelée des États-Unis ?

— Je voulais te faire la surprise.

— Eh bien, c'est parfaitement réussi ! Tu m'as tellement manqué !

— Moi aussi, *querida*, je me languissais. Comment vas-tu ? Et Gaya ?

— Tout va bien. Tu sais, ici c'est la routine, on est bien loin de la frénésie de New York. Et toi, raconte !

— Je suis arrivé hier et j'étouffe déjà. J'aimerais te voir dès que possible.

— Pas de problème, *mi casa es tu casa*. Viens passer quelques jours au bord de la mer, tu rencontreras toute ma famille !

— C'est vrai, tu m'invites ?

— Oh, ne fais pas tant de chichi, saute dans une voiture et ramène-toi !

— Comment tu parles, Ruthie ! Quand je te présenterai MA famille, tu soigneras ton langage, *por Dios* !

— Tu sais bien qu'ici, nous sommes des rustres mal dégrossis. Alors quand ?

— Laisse-moi m'organiser et j'arrive.

Je raccrochais, éperdue de bonheur à l'idée de retrouver Arturo. Cela faisait bientôt deux ans que je ne l'avais pas vu. C'était mon ami depuis maintenant six ans et cette amitié avait balayé toutes les autres. Je me demandais si, malgré notre correspondance plutôt suivie et nos coups de téléphone capricieux compte tenu du fonctionnement anarchique des lignes dominicaines, ces deux années de séparation avaient émoussé notre relation. J'allais bientôt avoir la réponse. J'avais hâte.

*

— Ruthie, tu me donnes le tournis. Ça ne le fera pas arriver plus vite, tu sais.

Assise sur une *mecedora* de la véranda que j'arpentais de long en large, ma mère se moquait de moi.

— Il n'y a que trois heures de route entre Santiago et Sosúa. Arturo devrait déjà être là. Il a peut-être crevé ou il a eu une panne, ou pire, un accident.

— S'il est tombé en panne, il se fera dépanner, la belle affaire, rétorqua Almah avec flegme.

— Et si je prenais la voiture pour aller à sa rencontre ? Peut-être qu'il s'est perdu en route !

— Ma parole, Ruthie, tu le prends pour un imbécile ?

Je rougis et secouai la tête. Non bien sûr.

— C'est juste que…

— Que tu es impatiente, ma chérie, je sais. Pour un peu, on croirait que tu attends ton fiancé.

Je lui lançai un regard oblique et haussai les épaules.

— N'importe quoi !

Ma mère tapota la chaise à côté de la sienne et je me laissai tomber sur le siège en bois, pour me redresser aussitôt, comme mue par un ressort. Le bruit d'un moteur et un panache de poussière annonçaient un véhicule qui grimpait la piste de la *finca*. Je descendis les cinq marches de la véranda, la main en visière sur le front. La voiture, un coupé élégant mal adapté à nos chemins de terre, arrêta sa course sur l'esplanade devant la maison. Il ouvrit la portière et extirpa lentement son long corps de l'habitacle.

C'était lui. Arturo. Enfin. Après tout ce temps.

*

Il n'avait guère changé. Toujours cette allure d'enfant poussé trop vite, toujours aussi mince, aussi pâle. Ses cheveux, une masse bouclée indisciplinée, étaient longs et rebiquaient dans son cou, sans doute sa façon de souscrire à la mode. Il portait un costume de lin clair tout froissé – les costumes d'Arturo n'étaient jamais que chiffonnés –, une cravate, incongrue pour le climat, desserrée autour de son cou, et ses nouvelles lunettes rondes cerclées d'acier lui donnaient un petit air à la John Lennon qui lui allait bien. Il avait toujours ce petit côté *old england* que j'avais adoré dès notre première rencontre. Je le regardai sans bouger d'un iota, statufiée. Il s'avança, me prit dans ses bras et se mit à tourner sur lui-même, m'entraînant dans une valse joyeuse. Nous restâmes longtemps enlacés sur la pelouse sans rien dire, nous contentant de nous serrer très fort, tandis que ma mère nous observait. Puis il me prit par les épaules et se recula pour m'examiner.

— Qu'est-ce que je suis heureux de te voir. Tu n'as pas changé, Ruthie, pas du tout. Tu es resplendissante, encore plus jolie, seulement plus bronzée et plus blonde.

Je souriais, incapable de prononcer un mot, les yeux humides. Dans ses yeux à lui, je lisais une joie ardente, sans faux-semblant. Nos retrouvailles viraient au mélo.

— Et Gaya ? Où est-elle ? Je veux voir ma filleule !

— Elle est au jardin d'enfants, au village, répondit Almah, qui avait descendu les escaliers lentement, traînant sa mauvaise jambe. C'est un plaisir de vous revoir, mon cher !

Et sans plus de manières, ma mère embrassa Arturo à son tour. Puis il retourna vers la voiture et en sortit un bouquet de fleurs qu'il lui tendit cérémonieusement. Je souris avec attendrissement. Des fleurs vraiment, nous en avions plein la propriété. C'était bien une attention de citadin, mais elle charma ma mère.

— Je vous offre une citronnade avant que vous n'alliez chercher les petites ?

Arturo fronça les sourcils, étonné, une question muette dans le regard.

— Maman parle des jumelles, les filles de mon frère. C'est à mon tour d'aller récupérer les enfants.

— Oh Ruthie, je suis désolé, je n'ai qu'un seul cadeau, pour Gaya, je n'ai pas pensé…

— Ne t'inquiète pas, on trouvera quelque chose pour les jumelles plus tard.

À peine le temps de boire notre jus de fruits et nous reprîmes la piste qui descendait vers le Batey. C'était étrange d'être assis ainsi, l'un à côté de l'autre, sans très bien savoir quoi nous dire, ni par où commencer. Seules des banalités me venaient à l'esprit, aussi préférai-je me taire, refusant que la distance et le temps aient distendu le lien entre nous.

Comme à son habitude, Gaya jaillit en trombe de l'école, tandis que les jumelles sortaient lentement, souveraines au milieu de la petite troupe des écoliers. Ma fille était trop petite pour se souvenir de son parrain, mais elle n'était pas sauvage et elle accepta de bonne grâce les embrassades d'Arturo.

— *Por Dios*, Gaya, que tu es grande et belle ! Tu as quel âge maintenant ?

— Trois ans, claironna Gaya qui n'en avait qu'un peu plus de deux, en agitant quatre petits doigts dépliés sous le nez de son parrain.

Je voyais qu'il était ému et ça me fit plaisir. Pour ne pas être en reste, les jumelles firent les intéressantes et reçurent des compliments dont elles se rengorgèrent. Les filles s'entassèrent à l'arrière de la voiture et nous remontâmes à la ferme dans un joyeux pépiement de voix d'enfants.

*

J'installai Arturo dans le nouveau « bungalow des amis », une construction assez sommaire, qui remplaçait le premier du nom dans lequel ma mère avait emménagé après le mariage de Frederick. Il y avait chez nous des traditions qui ne se perdaient pas, comme les générations successives de perruches Chiquito et le bungalow des amis. Puis je lui fis visiter nos installations, la grange, les étables, l'écurie, ma propre *casita*.

— Nous ferons le tour de la *finca* à cheval plus tard, pour le moment il fait trop chaud.

— C'est que je n'ai pas apporté de tenue d'équitation, hasarda Arturo.

Je le dévisageai, les yeux plissés.

— Nous avons tout ce qu'il faut ici pour équiper un cavalier, mais tu as peut-être peur de monter à cheval. C'est ça, tu as peur. Bouh, il a peur ! gloussai-je avec une espèce de petite satisfaction intime.

Arturo rougit et laissa échapper un petit rire en secouant la tête.

— Tu me connais trop bien, Ruthie, je ne peux pas t'embrouiller !

— Ne t'inquiète pas, je te donnerai Samba, c'est une vieille jument toute douce.

Il acquiesça d'un mouvement du menton. J'étais contente. Les timidités d'Arturo, mes petites provocations, notre façon de nous accorder, je retrouvais mes marques.

*

Après un déjeuner vite expédié, la maison s'endormit pour la sieste. Nous, nous avions mieux à faire. Tant de choses à nous raconter. Maintenant que nous étions face à face, il fallait simplement retrouver le fil.

Nous descendîmes à la mer. Le village était assoupi. Nous dévalâmes le petit sentier entre les rochers. La plage était déserte. C'était l'heure chaude. Celle où l'on cherche l'ombre, celle où chaque geste coûte. Quelques pêcheurs paressaient sous la ramure des amandiers, certains réparaient leurs filets, d'autres somnolaient.

Arturo fut émerveillé. Je le lus dans ses yeux. Notre plage faisait toujours le même effet à ceux qui la découvraient. C'était magique. Les yeux s'arrondissaient, les lèvres dessinaient un oh ou un ah d'admiration. Puis venait l'envie irrépressible de courir vers la mer, d'enfouir ses pieds dans le sable tendre et de laisser l'eau lécher ses orteils. Et c'est exactement ce que fit Arturo. Je restai plantée derrière lui. Je le regardai rouler les jambes de son pantalon aux genoux, piétiner le sable blanc et barboter, de l'eau aux chevilles. La mer, cette succession de rubans qui se fondaient les uns dans les autres, transparent, argenté, turquoise, outremer, bleu marine des profondeurs, jusqu'à buter dans l'azur clair du ciel à l'horizon, la mer m'appartenait et je la lui offrais. Je me déshabillai, abandonnant mes vêtements sur le sable, pris la main d'Arturo et l'entraînai résolument dans l'eau. Je sentis qu'il me résistait :

— Ruthie, on vient juste de déjeuner. Et il faut que je me change.

— Ma parole, on dirait un vieillard, je rêve ! Je me baigne quand je veux, l'estomac plein ou vide, et même toute nue si tu veux savoir, mais seulement la nuit, sous les étoiles. Ce ne sont pas des dictons de bonne femme qui vont guider ma conduite.

— Toute nue, vraiment Ruthie ?

Un rire frisait au coin de son œil.

— Parfaitement, à poil ! On essayera si tu veux. En attendant, change-toi et à l'eau, ne fais pas ta chochotte.

Ça m'avait échappé et je me mordis la lèvre. Le regard d'Arturo se voila, hésitant entre reproche et résignation.

— Pardon, ce n'est pas ce que je voulais dire…

— Ne t'excuse pas, Ruth, ça arrive tous les jours. Le langage est souvent cruel…

Je me suspendis à son cou et claquai un baiser sonore sur sa joue.

— Allez, viens dans l'eau ou tu vas attraper un sacré coup de soleil.

Après nous être ébroués comme deux jeunes chiots et avoir nagé jusqu'au récif de corail de la *islita* où des poissons de couleur nous filaient entre les jambes, nous papotâmes à la dominicaine, assis dans quarante centimètres d'eau, jusqu'à ce que le bout de nos doigts soit tout fripé. À intervalles réguliers, Arturo se pinçait le nez et plongeait sa tête tout entière en arrière dans l'eau pour se rafraîchir.

— Et ton travail, Ruth ?

— J'y suis tous les jours. Sauf que j'ai pris un congé spécial. Pour être avec toi, figure-toi. S'occuper d'un journal, c'est passionnant. Ma mère et Markus gèrent l'administratif, d'ailleurs il faut que tu rencontres Markus, mais je suis seul maître à bord pour la rédaction.

— Et ça marche ? Je me souviens que…

Arturo eut un petit mouvement de sa main à plat, comme un bateau qui tangue. Couci-couça.

— On s'en sort. Tant bien que mal, mais il faudrait un investissement d'envergure pour lui donner un véritable nouvel élan à cette vieille feuille de chou. On va bien voir ce que demain nous réserve. Je pige aussi pour le journal de Puerto Plata et même de temps en temps pour le *Listín*, quand il y a un événement dans la région. Et avec Gaya, je n'ai pas le temps de souffler, crois-moi. Et toi ? Dis-moi tout, tu as bien plus de choses à raconter que moi. Alors, *Nueba Yol* ?

J'avais prononcé à la façon des Dominican Yorks et ça le fit rire. Il me fit un compte rendu détaillé de ses études, des rivalités et des jalousies à la Juilliard School. Il me raconta sa vie un peu solitaire dans le studio qu'il louait dans le Village, son piano qui y prenait toute la place, ses dîners chez mon oncle et ma tante qui l'avaient adopté, ses sorties dans les musées et aux concerts avec Nathan, mon jeune cousin qui lui avait appris à patiner. Il avait gardé cette drôlerie teintée de cynisme, ce regard un peu détaché sur les choses que je connaissais si bien et c'était presque comme si j'étais avec lui à table ou sur le lac gelé de Prospect Park. Je constatai avec soulagement et un infini bonheur que notre complicité était intacte.

— Et l'ambiance générale ?

— C'est tendu ces derniers temps, avec la guerre qui se durcit. Surtout sur les campus et dans certains quartiers comme le Village, où on s'échauffe vite, comme tu peux t'en douter. C'est la chasse à la dispense. Les universités débordent de gens qui n'ont rien à y faire car il suffit de s'inscrire, de préférence à un troisième cycle, pour échapper à la conscription. Ou de se marier. Tu n'imagines pas, il y en a qui vont jusqu'à se mutiler pour ne pas être incorporés. Et il y a tous ces objecteurs de conscience… Heureusement que je ne suis pas concerné !

— J'imagine que ça doit être explosif. À croire que les Yankis ne cesseront jamais de mettre leur nez dans les affaires des autres, répliquai-je en secouant la tête, une allusion à leur invasion dans notre île quelques années auparavant[1].

— J'ai manifesté, j'ai même participé à un sit-in antimilitariste avec les étudiants de Columbia.

— Toi ? Je ne te savais pas l'âme militante, ça ne te ressemble pas.

Il eut son petit sourire en biais.

— Le petit Arturo a grandi. J'ai acquis des convictions, figure-toi, et je les défends.

— Et côté cœur ?

Un ange passa. Je venais d'aborder le sujet sensible, celui qu'il ne fallait pas évoquer. Arturo reprit d'une voix qui avait perdu tout élan :

— Je ne sais pas si je suis mûr pour une relation durable. J'ai du mal…

C'était une mauvaise idée. J'aurais voulu ravaler ma question mais c'était trop tard. Nous étions proches, nous l'avions tant été, mais il y avait des zones d'ombre dans la vie d'Arturo que je devais respecter. D'ailleurs je n'avais plus aucune idée de la vie qu'il menait à New York depuis qu'il m'avait avoué son homosexualité. Et, au fond, je ne voulais pas savoir. J'essayai de nous en tirer par une pirouette :

1. Entre avril et septembre 1965, les Américains déployèrent 40 000 soldats et une quarantaine de cuirassés au cours de l'opération *Power Pack*, une guerre éclair contre les forces de gauche dominicaines.

— Ça viendra, chaque pot a son couvercle, tu te souviens ?

Une des maximes de ma bonne vieille Carmela qui nous faisait ricaner autrefois.

— Et toi, Ruthie ? Tu l'as trouvé, ton… couvercle ?

C'était décidément une mauvaise idée. Je haussai les épaules en secouant la tête.

— Bof, comme toi, rien de sérieux. En ce moment, je flirte avec un gringo, Franck Winter, un médecin canadien qui travaille pour la fondation de ma mère.

— Winter, il s'appelle Winter ! Un hiver sous les Caraïbes !

Arturo gloussa et je retrouvai le gamin que j'avais connu sur le pont d'un bateau, six ans auparavant.

— L'as du jeu de mots ! Non mais franchement, tu as quel âge ?

— Franck Winter, hé hé !

Je haussai les épaules.

— Je ne suis pas amoureuse de lui. Parlons d'autre chose, tu veux bien ? Comment va le piano ?

— Je serai diplômé en juin, sourit-il en battant l'eau du plat de ses mains, comme un enfant.

Ses yeux se mirent à briller d'un drôle d'éclat et il pinça les lèvres. Je reconnus cette expression, il faisait ça chaque fois qu'il était au bord d'un aveu fracassant. Il jouait à écoper de l'eau avec ses deux mains en coupe. Ça faisait une petite cascade devant son visage. Puis il sortit de l'eau et s'assit sur une serviette, me regardant de son drôle d'air. Je le rejoignis et me laissai tomber à son côté sur le sable chaud. Quand il alluma une cigarette, je remarquai qu'il avait laissé tomber les

Hollywood, la marque de la fabrique familiale, pour les Viceroy. Arturo fumait américain désormais.

— Je vais te faire une confidence, ajouta-t-il en exhalant la fumée, les yeux plissés derrière la volute.

Gagné ! Mon Arturo n'avait pas changé.

— Tu es la première à qui je le dis…

— Ne me fais pas mariner !

Il laissa encore passer trois secondes pendant lesquelles je le fusillai du regard.

— Arturo !

— Je ne rentre pas.

— Quoi ?

— Je reste aux États-Unis.

Je m'étranglai.

— Hein ? Mais j'ai toujours cru que tu adorais notre île.

— Bien sûr que je l'adore, mais j'étouffe ici. Ils sont tous tellement coincés, petits-bourgeois, moralisateurs. À New York, je me sens libre. Et pour un musicien, il y a là-bas bien d'autres opportunités que d'être prof de musique, car c'est bien tout ce qui m'attend ici. Je reviendrai pour les vacances, voilà tout. J'ai passé des auditions et j'attends des réponses, s'emballa-t-il en dessinant des cercles de sa main. En fait, c'est pour annoncer ça à ma famille que je suis revenu.

J'étais scotchée. Vraiment je ne m'attendais pas à ça. Pas du tout. J'étais persuadée que ce n'était plus qu'une question de mois avant qu'Arturo revienne vivre non loin de moi. Je l'avais imaginé à la capitale, dans une académie de musique, et ça m'allait très bien. Je secouai la tête, désarçonnée.

— Et comment vont-ils réagir d'après toi ?

— Ma mère va être très triste, c'est sûr. Je suis son petit dernier et elle me garderait bien sous son aile. Mais elle comprendra. Quant à mon père, il s'en fiche, il ne m'a jamais pris au sérieux. Il est comblé avec mes frères. Manuel, mon aîné, reprendra la fabrique de cigarettes et Domingo est médecin. L'honneur est sauf, alors un pianiste américain dans la famille, pourquoi pas ?

C'était ainsi dans notre pays. Pas une famille qui ne comptât au moins un de ses rejetons aux États-Unis. Si je comprenais cette fascination pour notre tout-puissant voisin, elle m'était totalement étrangère. Pour tout dire, je n'étais pas loin de la détestation de beaucoup de Dominicains pour ceux que nous appelions les gringos. Ils nous méprisaient, et nous le leur rendions bien. Et puis la blessure de l'invasion et de la guerre était loin d'être cicatrisée. Ma mère y avait laissé une jambe et son boitillement était un rappel permanent de l'arrogance des Yankis. Pour moi, rien ne valait l'histoire d'amour que je vivais avec mon pays, cet enivrant sentiment de liberté, de fusion et de plénitude. Certes, nous vivions encore sous une dictature qui ne disait pas son nom, mais c'était la nôtre, et nous avancions pas à pas vers la démocratie, car Balaguer n'était pas éternel. J'étais cependant parfaitement consciente d'être une privilégiée vivant à l'écart du monde et des soucis d'ordre matériel. Et les miens n'avaient pas cette étroitesse de vue ni aucun de ces préjugés petits-bourgeois qui faisaient le quotidien des bonnes familles. Je me rendais compte qu'Arturo n'avait pas cette chance que j'acceptais comme une bénédiction.

*

Nous dînâmes en petit comité – Frederick et Ana Maria étaient à la capitale pour quelques jours – sur la terrasse à la lueur des lampes à huile. Nous évoquions la famille de mon ami quand ma mère, toujours si maîtresse d'elle-même, se troubla avant de lancer :

— Figurez-vous que je connais Daniel Soteras. Ruthie m'a dit que c'était votre oncle.

Arturo me jeta un regard complice. « Tu t'en souviens, je te l'avais dit. » Ainsi c'était donc vrai. Le souvenir de ce qu'il m'avait raconté autrefois se faufila dans ma mémoire, son oncle amoureux de ma mère…

— C'est le frère cadet de mon père. Il a rejoint ses amis socialistes à Cuba pour échapper à la répression. C'est le mouton noir de la famille, mais moi, je l'adore. C'est un esprit libre et un modèle d'insubordination.

Almah toussota et, fixant Arturo avec intensité :

— C'est moi qui l'ai aidé à se cacher et à s'enfuir.

J'ouvris de grands yeux, littéralement estomaquée.

— Tu as quoi ?

— Il s'est réfugié ici pour échapper aux sbires de Balaguer et nous avons organisé sa fuite avec Markus.

Je m'étranglai :

— Avec Markus ! Au nom de quoi ?

— Au nom de la solidarité, au nom de la liberté d'expression, de la simple humanité, j'imagine. Daniel était proprement acculé.

Arturo avait pris un air entendu. Il savait, lui, que son oncle était tombé amoureux de cette femme bien des années auparavant. Et c'était même une des premières choses qu'il avait dites à Ruth quand il avait fait sa connaissance sur le bateau qui les emmenait à New York.

— Tu ne m'avais jamais raconté ça.

— L'occasion ne s'était pas présentée. Et j'ajouterai qu'il est inutile d'en parler à ton frère.

— J'aimerais beaucoup, si cela ne vous ennuie pas, que vous nous racontiez ce qui s'est passé, car voyez-vous, nous ne savons rien de cet épisode de la vie de mon oncle.

Arturo avait pris sa voix douce, celle qui incitait à la confidence. Almah pesa le pour et le contre pendant quelques secondes et se décida à raconter la fuite de Daniel Soteras. Mon ami était littéralement pendu à ses lèvres. C'était bien mieux que *Les Trois Mousquetaires*, un récit épique où Soteras fuyait les tueurs lancés à ses trousses, aidé par un Markus qui jouait les espions et une Milady tropicalisée. Je me demandais ce que ma mère taisait. Quand elle eut terminé son récit, contrariée par ce que je jugeais comme une extrême légèreté, je laissai échapper :

— Vous êtes complètement fous. Vous savez ce que vous risquez ?

— Oh Ruthie, c'est de l'histoire ancienne, les choses se sont tassées maintenant. Et puis ici nous jouissons d'une certaine bienveillance…

— Qui ne nous a pas empêchés d'être bombardés, je te rappelle !

Le souvenir du bombardement de Sosúa[1], l'unique acte de guerre dont j'avais été le témoin direct, et le traumatisme étaient toujours vivaces.

1. Le 20 juin 1959, des avions de combat dominicains bombardèrent les plages et le village de Sosúa pour empêcher le

— Ruthie, tant d'eau a coulé sous les ponts, c'est fini, tout ça. Comme vous le voyez, Arturo, conclut-elle avec un sourire enjôleur, il y a des liens entre votre famille et la nôtre.

Almah ne croyait pas si bien dire. Les liens entre nos deux familles allaient encore se resserrer.

Et bien plus étroitement qu'elle n'aurait jamais pu l'imaginer.

débarquement d'opposants au régime de Trujillo, venus de Cuba sur deux navires, qui fomentaient un soulèvement populaire.

2

Diablos cojuelos y Robalagallina

27 février 1967

Je ne le savais pas encore mais cette journée serait de celles dont on se souvient sa vie durant, que l'on magnifie en en réinventant quelque infime détail, de celles qui marquent le début d'une nouvelle étape de votre existence.

Nous étions en pleine liesse populaire, au carnaval de La Vega, le plus couru du pays. Après avoir passé trois jours à Sosúa, Arturo était rentré chez ses parents à Santiago et il avait tout organisé. Je l'avais rejoint la veille. Nous nous étions couchés tôt. Son frère était venu nous chercher aux premières lueurs du jour et nous étions partis tous les trois en voiture jusqu'à La Vega. Arturo m'avait confié que Domingo, en pleine crise conjugale, avait besoin de se changer les idées. Raison pour laquelle il s'était invité dans notre escapade. J'étais un peu contrariée de son intrusion dans notre intimité, mais je n'avais guère le choix. Nous chantions, serrés sur la banquette avant de la Chevrolet que conduisait Domingo. Il riait en nous appelant les tourtereaux. Je me demandais ce qu'Arturo avait bien pu dire de moi à sa famille.

Nous eûmes un mal fou à nous garer. Nous abandonnâmes la voiture à la périphérie de la ville qui était totalement engorgée. La fête débordait dans les rues comme un *río* en crue, incontrôlable. À mesure que nous approchions du centre, la foule turbulente et ivre de musique enflait, agglutinée sur le parcours de la farandole bigarrée qui défilait sur l'avenue principale dans un chahut indescriptible. Le soleil était de la partie, implacable comme il sait l'être ici. Le tintamarre sauvage des *tamboras*, des *guiras* et des cornes était assourdissant, les gens, costumés et grimés, survoltés. Domingo nous acheta des sifflets et, gagnés par l'ivresse de la foule, nous nous mîmes à danser et à nous époumoner. Je retrouvais mon âme d'enfant. Le carnaval était fait pour ça. Une véritable ode païenne sans aucune retenue, où tout un peuple communiait sans considérations de classe, d'origine ou de couleur de peau. Mon sifflet à la bouche, je sautillais comme une folle face au passage des *diablos cojuelos*[1]. Ils fanfaronnaient toutes cornes dehors dans leurs costumes multicolores scintillant des mille reflets des petits miroirs, leurs grelots de métal tintinnabulaient au rythme des percussions.

1. Diables boiteux.

Les *robalagallina*[1] dandinaient leur croupe et leurs seins monstrueux avec exubérance, provoquant les coups de fouet des diables et des *lechones joyeros*[2]. Des groupes en pagne, emplumés, le visage zébré de blanc, figurant les Taïnos[3], défilaient en trémoussant impudiquement leur derrière. Les sifflets stridulaient, les fouets claquaient, la foule, comme un seul corps, mugissait. Les spectateurs se contorsionnaient en riant pour esquiver les coups de vessies de porc remplies d'eau qui éclataient, aspergeant tout le monde. Le carnaval *vegano* était un gigantesque opéra-bouffe dont le peuple était le principal acteur.

Nous étions tous pris dans cette ondulation vivante. À bout de souffle, en nage, je reprenais ma respiration quand je surpris le regard de Domingo sur moi. Amusé, indulgent, comme s'il assistait aux débordements d'une gosse turbulente. Mais il y avait autre chose au fond de ses yeux, comme une farouche volonté de mettre mon âme à nu. Cela dura une ou deux secondes, puis il tourna la tête. Je remarquai le tendon qui descendait de la base de son oreille le long de son cou et le creux délicat, presque féminin, entre ses clavicules, juste sous sa pomme d'Adam. Pour cacher mon trouble, je me remis à sautiller. Bientôt j'étais en transe. Un groupe

---

1. Personnage très populaire du carnaval dominicain, la *robalagallina* est un homme déguisé en femme. Son nom signifie littéralement « vole la poule ».

2. Personnages portant des masques avec de grandes cornes pleines d'épines.

3. Les Taïnos sont l'ethnie amérindienne qui occupait les Grandes Antilles lors de l'arrivée des Espagnols au XVe siècle.

de diables cornus armés de lourdes vessies de porc avançaient en fouettant les spectateurs. C'était rude et violent. Un diable s'approcha de moi, toutes griffes dehors, branlant du chef, menaçant. La vessie tournoyait au-dessus de sa tête et allait s'abattre sur moi. Je sentis une main sur mon épaule et un bras autour de ma taille qui me tiraient en arrière. Je me retrouvai plaquée contre Domingo, corps tendu, solide. Je baissai les yeux. Ses manches de chemise retroussées au-dessous des coudes laissaient deviner la saillie des muscles. Une décharge électrique me traversa et je me laissai aller contre lui. Mon cœur se mit à tambouriner au rythme sourd des *tamboras*. L'étreinte des bras se resserra, me dérobant aux diables survoltés. Tout vacilla. Une transe intime et incontrôlable se substitua à celle de la fête. Je respirais les effluves qui montaient du corps de Domingo, tabac, chaleur, parfum, et cela m'enivra. La foule nous pressait de tous côtés. Mes fesses se logèrent contre ses hanches. Une vague brûlante irradia de son corps collé au mien. C'est du moins l'impression que j'en eus et je me sentis fondre. Je n'avais soudainement qu'une envie : rester à l'abri de ses bras. Profitant de la complicité de la foule, j'appuyai ma tête contre son cou l'espace d'un instant. Cela dura une poignée de secondes, cinq tout au plus, mais la tête me tourna. J'étais assommée. À côté de nous, Arturo se déhanchait en riant, sans avoir rien remarqué. D'ailleurs y avait-il quoi que ce soit à remarquer ? Quand Domingo relâcha son étreinte, je titubai avant de reprendre mes esprits. À partir de cette minute, je ne pensai plus qu'à cette étreinte furtive et j'évitai son regard. Ma fête était gâchée.

*

Je devais passer la nuit à Santiago chez les Soteras car il était hors de question de reprendre la route de nuit pour Sosúa. Nous avions décidé que je prendrais un bus pour Puerto Plata le lendemain matin.

J'étais assise entre les deux frères sur la banquette avant de la voiture. Arturo parlait tout seul et finit par s'assoupir, bercé par la route et les bières qu'il avait ingurgitées sans retenue. Le silence s'installa, un silence oppressant, que je n'osais briser. Je ne pouvais m'empêcher de repenser aux bras de Domingo autour de moi, à son torse contre mon dos, à son ventre contre mes reins. À ces quelques secondes d'abandon de nos deux corps l'un contre l'autre. Je glissai un œil discret sur son profil concentré sur la route et je le trouvai beau. Il se tourna vers moi.

— Arturo ne tarit pas d'éloges sur toi. Nous étions impatients de te rencontrer.

Je répondis avec un filet de voix mal assuré.

— Nous sommes bons amis depuis très longtemps.

Je me mordis la joue, soudain consciente de l'ambiguïté de ma réponse. Sans doute croyait-il qu'Arturo était mon petit ami. Je tentai de mettre les choses au clair :

— Nous nous sommes rencontrés sur le bateau il y a six ans et nous avons passé quatre ans à New York tous les deux.

Cela ne clarifiait rien, c'était même équivoque. Et en effet :

— Cinq jours de traversée et quatre années aux States, ça permet de devenir très intimes, j'imagine.

— C'est vrai, nous sommes très intimes, mais ça n'est pas ce que tu sembles croire.

J'étais pitoyable.

— Oh mais je ne crois rien…

— Nous sommes des amis, de très bons amis, rien de plus. D'ailleurs j'ai une petite fille.

J'avais lâché ça, ça n'avait rien à voir, et c'était pire. Si je voulais montrer que j'étais libre, c'était raté. En plus j'avais rougi, je le sentais à la soudaine chaleur qui embrasait mes joues. J'adressai une prière silencieuse au ciel pour que Domingo n'en ait rien remarqué dans la lumière déclinante.

— Hum, je sais, Arturo nous a raconté.

En mon for intérieur je le maudis. Qu'avait-il dit ?

— Je vois, tu sais tout de moi alors.

— Tout ? J'imagine qu'il doit y avoir bien d'autres choses à découvrir.

J'avalai ma salive. Arturo ouvrit opportunément un œil en bâillant. J'espérais qu'il n'avait rien entendu de notre échange.

— On arrive bientôt ?

— Plus que vingt kilomètres, l'Américain, lui répondit son frère.

*

Située dans un quartier résidentiel de la périphérie de Santiago, la maison des Soteras avait des airs de petit château médiéval. C'était assez prétentieux et d'un goût finalement assez douteux, une manière bien dominicaine d'afficher la prospérité familiale. Une pensée pour mon oncle Aaron me traversa l'esprit. Lui qui avait fait sienne la devise de Ludwig Wittgenstein « La différence entre un bon et un mauvais architecte réside en ce que le mauvais succombe à toutes les tentations quand le bon leur tient tête » aurait trouvé là matière à réflexion. L'intérieur sombre et étouffant, engorgé de lourds meubles en bois foncé, ne valait pas mieux que la façade. Les appuie-têtes des fauteuils mafflus de velours vert étaient rehaussés d'un napperon de dentelle en demi-cercle. Sur un buffet du salon trônaient une ribambelle de visages compassés, photographies de communions, de mariages, de remises de diplômes, surmontée d'un grand crucifix sculpté, et tout un tas de bondieuseries qui devaient avoir pour vertu de protéger chacun des membres de ce panthéon familial. Quant aux parents, ils étaient gentils mais tellement guindés, rien à voir avec leurs deux fils avec lesquels je venais de passer la journée. Une bouffée de compassion pour Arturo m'envahit et je compris en une poignée de secondes bien des choses, son besoin d'oxygène, sa fuite à New York, ses vacances passées aux États-Unis, sa réticence à m'inviter chez lui, sans compter ce qu'il m'avait appris quelques jours plus tôt.

Au dîner, Arturo, sortant de sa réserve habituelle, commenta notre équipée avec enthousiasme. Il était drôle mais je me rendis compte que je riais à ses pitreries à contretemps. Je sentais sur moi le feu du regard de Domingo. Mes yeux croisèrent les siens à plusieurs reprises et j'eus l'impression qu'il cherchait à happer mon regard, mais à chaque fois je les baissais en m'empourprant, priant pour que personne ne remarquât mon trouble. Après le dîner, Domingo nous quitta pour regagner son domicile. Je l'imaginais retrouvant son épouse et une épine vint se loger dans mon estomac.

J'eus bien du mal à m'endormir dans le grand lit de la chambre d'amis des Soteras. Je me repassais en boucle le film de notre journée, revivant cette poignée de secondes qui m'obsédait. Je ne cessais de penser à Domingo, si différent de son jeune frère. Il avait vingt-neuf ans et un charme viril très latin. Un charme qui manifestement agissait sur moi. Le lendemain, je regagnai Sosúa, bien décidée à oublier le carnaval et ses diables, Domingo et tous les Soteras de la terre. J'allais reprendre le fil de ma vie paisible.

3

Au-delà de toute raison

Mars 1967

Trois jours plus tard, Domingo me téléphona au journal. Il était de passage à Puerto Plata. Pouvions-nous déjeuner ensemble ? J'avais appelé de toute mon âme un miracle de ce genre et pourtant je bafouillais. Il me donna rendez-vous au Pescador, un restaurant chic du Malecón. Je quittai le bureau comme une furie sous le regard éberlué de Markus et remontai à la *finca* en quatrième vitesse. Je m'enfermai dans ma *casita* et mis mes placards à sac.

— Oh Ruthie, si c'est un rendez-vous galant, ça ne va pas du tout ! diagnostiqua ma mère en me voyant réapparaître, fébrile, endimanchée, en talons hauts et maquillée.

Je me décomposai en rougissant. Étais-je donc si transparente, si prévisible ?

— Ma chérie, on dirait moi à mon premier rendez-vous avec ton père.

Inutile de lutter, elle lisait en moi comme dans un livre ouvert.

— Mais qu'est-ce qui ne va pas ?

— Ce n'est pas toi, tout simplement. Choisis une tenue dans laquelle tu seras à l'aise et ne force pas sur le rouge à lèvres. Tu n'es jamais plus belle qu'au naturel.

Vexée, je tournai les talons et retournai à mes essayages.

Un coup d'œil au miroir.

Je me jugeai. Entre acceptable et jolie. Sur une note de 0 à 10 ? Arturo n'était pas là pour me noter. Je me donnai un 7, ce qui était un score tout à fait honorable. Assez tergiversé, il fallait y aller, sinon j'allais être en retard.

*

Ma robe de coton bleu clair plut à Domingo à en juger au sourire qui illumina son visage quand il me vit franchir le seuil du restaurant. Nous n'en sortîmes qu'en milieu d'après-midi, après avoir passé plusieurs heures à discuter les yeux dans les yeux. Instantanément, une bulle nous avait enveloppés, nous coupant du reste du monde. Je me sentais mise à nu par ses yeux qui dessinaient mon visage, se retenaient, descendaient pour effleurer ma poitrine, remontaient, croisaient les miens pris en faute et caressaient la courbe de ma joue. Inadvertance ou geste voulu, à plusieurs reprises sa main frôla la mienne, un effleurement comme une caresse sur ma peau doublée d'une sensation très nette de brûlure, puis elle se retirait et c'était comme une absence. Quand elle s'attarda sans demander la permission, quand il caressa l'intérieur de ma paume de son pouce, ma ligne de chance se mit à danser avec ma ligne de cœur. Je mourais d'envie de le toucher à mon tour, mais je me retins. Mon cœur, affolé, caracolait dans ma poitrine. Il n'y eut plus que nous dans ce restaurant, l'appel de son corps, la capitulation du mien, déjà. Je ne vis pas passer le temps et je le quittai des étoiles dans la tête.

Je rentrai en pleine confusion. Inutile de me mentir, cet homme me plaisait au-delà de toute raison. Brun, les yeux couleur miel, grand et solidement bâti, il était raisonnablement beau. J'avais connu des hommes bien plus beaux que lui. Il était intelligent et cultivé. Il ne manquait pas d'hommes intelligents autour de moi. Alors ? Pourquoi m'attirait-il irrésistiblement ? Il y avait bien sûr l'alchimie, déjà éprouvée à La Vega. Mais cela tenait aussi à quelque chose de plus subtil. À cette manière qu'il avait eue de m'écouter attentivement, entièrement concentré sur ce que je disais, sans jamais m'interrompre, sans se laisser distraire, en me faisant sentir que j'étais, à ce moment-là, la chose la plus importante au monde, que rien d'autre que moi ne comptait. Jamais personne ne m'avait écoutée ainsi. Il n'avait été là que pour moi durant tout ce temps-là. Je m'étais sentie désirée, et bien plus que ça, prise en compte, comprise.

Les mains crispées sur le volant, je soupirai en balayant mon emballement d'un haussement d'épaules. Je n'avais plus l'âge de me jeter à la tête du premier venu. Il valait mieux ne plus y penser. Une mère célibataire et un homme marié, c'était le pompon. Il ne pouvait rien en sortir de bon.

Plus tard, je m'interrogerai sur l'étrangeté de la vie, les impondérables du destin, les « si » qui auraient pu tout changer.

4

Un sombre énervement

Mars 1967

— On peut se voir avant mon départ ?

Il y avait quelque chose comme une prière dans la voix d'Arturo qui grésillait au bout de la ligne.

— Quelle question, bien entendu ! Tu repars quand ?

— Dans trois jours. Rendez-vous à Puerto Plata ? Je t'invite à déjeuner aux Trois Caravelles. Demain. À 13 heures.

— J'y serai. À demain.

Arturo me gâtait. Une chose était sûre, dans la famille Soteras, on connaissait les bonnes tables.

Tandis que je garais ma voiture à l'ombre d'un jacaranda, je remarquai l'air soucieux d'Arturo qui m'attendait en faisant les cent pas devant le restaurant. Un tic nerveux relevait ses lèvres et lui tordait la joue. Il avait sa tête des mauvais jours.

— Ouh là là, ça n'a pas l'air d'aller, dis-je en lui sautant au cou.

Je me sentais d'humeur légère. Depuis quelques jours, je marchais littéralement sur un petit nuage. Arturo me prit le bras et m'entraîna à l'intérieur sans relever. Ce n'est qu'une fois attablés qu'il me regarda en face. Ses yeux trahissaient une lutte intérieure, un sombre énervement.

— Quelque chose ne va pas ?

— Rien ne va, à vrai dire. Mais ce n'est pas ton cas, jeta-t-il d'un ton amer avec un sourire désabusé. Tu m'as l'air bien guillerette.

Je racontai à Arturo mon déjeuner avec son frère. À ma grande surprise, il entra dans une colère noire. Et me fit une scène digne d'un amant trompé.

— Inutile de jouer les saintes-nitouches. Ça ne prend pas avec moi. Si tu crois que je n'avais pas compris votre petit jeu.

— Quel petit jeu ?

— Ne me prends pas pour un imbécile !

— Ma parole, tu es jaloux !

— Jaloux ! Il s'agit bien de ça.

— Il s'agit de quoi alors ? répliquai-je en écarquillant les yeux, feignant l'incompréhension.

Arturo me regarda d'un air désolé sans répondre.

— C'est un coureur de jupons ?

Silence. Je tentai maladroitement de détendre l'atmosphère :

— Ça tombe bien, je porte des culottes de cheval !

— Oh, c'est malin, ça, vraiment !

— Non pas vraiment. Tu ne m'as pas répondu. C'est un coureur de jupons ?

— Oui ! Enfin non… je n'en sais rien, mais ce que je sais c'est qu'il est marié. Un petit détail ! C'est pour ton bien que je dis ça. Déjà que…

Je serrai les dents devant le coup bas.

— Déjà que quoi ? aboyai-je, contente qu'il me donne l'occasion de cacher ma gêne sous la colère. Que j'ai un enfant sans père ? C'est ça que tu veux dire ?

— Ne me fais pas dire ce que je n'ai pas dit. C'est juste que je t'aime et que je ne veux pas que tu te lances dans une aventure qui te rendrait malheureuse.

— Mais ça va pas ? Je ne me lance dans rien du tout, affirmai-je en rougissant.

— À d'autres, Ruthie. Je te connais comme ma poche, n'oublie jamais ça. Tu es venue pleurer sur mon épaule quand tu avais le cœur en miettes. J'ai bien vu ce qui se trame, Domingo est discret comme un camionneur.

— Ah bon ? Qu'est-ce qu'il dit ? Il t'a parlé de moi ?

— Tu vois, triompha Arturo ironiquement, ça t'intéresse.

Je secouai la tête et levai les yeux au ciel.

— Arrête, Arturo. Il ne s'est rien passé et il ne se passera rien, crois-moi.

Arturo pencha légèrement la tête. Un doux sourire étira ses lèvres et dans ses yeux il y avait toute la tendresse du monde. Quand il prenait cet air-là, il me faisait fondre. Mais il y avait plus dans son regard, plus qu'une mise en garde, comme une prescience de ce qui pouvait advenir.

— Fais attention à toi, c'est tout ce que je dis. Je ne veux pas avoir à recoller les morceaux.

— Ça n'arrivera pas, fais-moi confiance, affirmai-je avec beaucoup plus d'assurance que je n'en ressentais. Chapitre clos. Et toi, comment vas-tu ? Quelque chose te préoccupe, et ce n'est pas moi, je le vois. Moi aussi, je te connais comme ma poche !

— J'ai annoncé à mes parents que je restais à New York…

— Et ça s'est mal passé ?

— Plutôt oui. Au lieu d'être content pour moi et de m'encourager, mon père estime qu'être musicien à New York, c'est déroger. Pas un métier d'homme. Il menace de me couper les vivres. Quant à ma mère, elle me fait un affreux chantage aux sentiments.

— Je ne les comprends pas, c'est plutôt une bonne nouvelle au fond. C'est peut-être juste le choc de savoir que tu vas vivre loin d'eux définitivement. Mais ils vont s'y faire, surtout si, comme j'en suis sûre, tu deviens célèbre.

— Ma famille est loin d'avoir l'ouverture d'esprit de la tienne. Ce sont des gens très terre à terre et attachés à des valeurs démodées. D'indécrottables petits-bourgeois.

En l'écoutant, je ressentis un pincement au cœur en pensant à Domingo. Il n'y avait rien à espérer avec lui, pas d'avenir pour moi au sein d'une famille aussi traditionnelle.

— Mais ce n'est pas tout, il y a autre chose…

La voix d'Arturo avait tremblé et je levai les yeux de mon filet de daurade pour le dévisager, tandis qu'il baissait les siens sur le contenu de son assiette.

— Oui, Arturo ? l'encourageai-je.

— Je voulais leur dire… tu sais… mais je n'ai pas pu… Je me rends compte que je ne pourrai jamais.

Son ton triste et désabusé me fendit le cœur. Je posai mes couverts de chaque côté de mon assiette et le regardai avec attention.

— Je suis un lâche, un pleutre, une couille molle, une lopette, lâcha-t-il d'un ton étranglé.

— Arrête ça immédiatement, arrête de te dénigrer. Je t'en prie, ne parle pas de toi comme ça.

Arturo releva la tête. Ses yeux étaient pleins de larmes. Une boule se forma dans ma gorge. Je déglutis pour la faire passer, sans succès. Je regardai mon ami au fond des yeux et ce que j'y lus était une grande détresse. Et comme un appel au secours.

— Je ne m'en tire pas bien, Ruthie. Pas bien du tout. Je vis d'arrangements silencieux, de relations qui me remplissent le plus souvent de honte, des liaisons sans affect, purement sexuelles. J'ai envie de hurler ma solitude et ma frustration. C'est pour ça que je voulais leur dire, mais je ne peux pas. Il n'y a que toi qui saches.

J'avançai lentement mon bras en travers de la table et je posai ma main sur la sienne. Je comprenais qu'il était taraudé par la peur du jugement. La seule façon de s'affranchir des diktats de cette société encalminée dans le carcan d'un ordre moral rigide hérité des catholiques espagnols, c'était de la fuir.

— Ça ne changerait rien, Arturo. Rien à l'amour que les tiens te portent, comme ça ne change rien à l'amour que moi je te porte.

— Ça changerait s'ils savaient, crois-moi. Ils considéreraient ça comme une ignominie, un déshonneur, je le sais. Non seulement ils désapprouveraient, mais ils auraient honte de moi. Je serais mis au ban de la famille. J'en crèverais. C'est aussi pour ça que je ne peux pas revenir. Ici les gens sont si… si étriqués !

— Arturo, vis ta vie et n'essaie pas d'être quelqu'un d'autre que toi-même. Un jour, quand le moment sera venu, quand ils seront capables de l'entendre, tu le diras à ta famille. Je crois que tu as raison, New York est une ville pour toi, une ville ouverte, à ta mesure, et je suis intimement convaincue que tu vas y faire une merveilleuse carrière dans la musique. Et tu rencontreras quelqu'un qui t'aimera et que tu aimeras. Tu dois y croire et savoir le reconnaître. Le bonheur, il ne tombe pas du ciel, on le fabrique de ses mains.

Je disais ça, et ça me désespérait d'imaginer Arturo vivant loin de moi. Il répondit à la pression de ma main et me sourit tristement.

— Ma Ruthie, si tu n'existais pas, je ne sais pas comment je ferais. Je t'inventerais. Tu es la seule personne à qui je peux ouvrir mon cœur. Et nous allons vivre si loin l'un de l'autre.

— Pas si loin, non ! Trois heures d'avion, ce n'est pas grand-chose ! Vraiment pas grand-chose. Et tu sais bien que *mi casa es tu casa* !

— *And my home is your home.*

Alberto soupira. Il semblait apaisé.

— Si nous allions marcher un peu le long du Malecón ?

— Tu sais ce qui me ferait plaisir ? Une glace à la guanábana.

— J'allais te proposer un digestif et un café, mais si tu préfères une glace…

Je fus soulagée de constater que son ton était plus léger. Je le suivis en voiture et nous nous garâmes face à la mer. Armés d'un cornet de glace, nous déambulâmes longtemps sur la promenade du front de mer battue par les vagues, échafaudant des projets d'avenir, nous promettant de ne jamais laisser passer plus de quatre mois, non trois, corrigea Arturo, sans nous voir.

Et nous avons tenu parole durant les années qui suivirent.

*

Arturo avait regagné New York, bien décidé à y jeter définitivement l'ancre. Et moi, je me sentais abandonnée, j'étais mélancolique. Au fil des jours qui passaient sans que Domingo donnât le moindre signe de vie, je me résignais à penser que j'avais tout inventé.

C'était une blessure de plus, une blessure d'amour-propre plus qu'une blessure d'amour, mais ça comptait tout de même. Il m'avait oubliée, je m'étais illusionnée. Pourtant il y avait eu des mots, des regards, son pouce sur ma paume… Au bureau je passais mon temps à rêvasser, à bayer aux corneilles, comme se moquait gentiment Markus qui avait remarqué mon changement d'humeur, quand il me surprenait les yeux dans le vague. En me promenant le soir avec ma fille dont les pitreries arrivaient tout juste à me tirer de ma morosité, je repensais au rire généreux de Domingo, un rire d'enfant qui secouait ses larges épaules, à ses yeux qui pétillaient comme une invitation et ça faisait comme un grand trou dans ma poitrine.

J'avais bien conscience que j'offrais un spectacle déroutant à mon entourage qui commençait à se poser des questions.

Seule Almah ne s'en posait pas, elle avait déjà tout compris, ce que je ne comprendrais que quelques jours plus tard.

5

Faire avancer notre pays

Mars 1967

Si Almah fut surprise de recevoir le coup de téléphone de Domingo Soteras, elle n'en laissa rien paraître. Elle s'attendait à quelque chose de cet ordre-là sans savoir précisément quels détours cela prendrait. Elle lui donna rendez-vous pour le lendemain matin à l'Oasis, le café des premiers jours de la colonie, l'institution de Sosúa depuis 1940, un lieu chargé d'histoire et de souvenirs. Le café-restaurant avait maintes fois changé de mains, mais il gardait cette aura particulière et elle continuait à y aller par habitude autant que par fidélité au passé.

Elle le repéra d'emblée. Il l'attendait, seul à une table dans le jardin. C'était un bel homme, grand, peau légèrement cuivrée, cheveux noirs, mâchoire volontaire. Il dégageait une séduction animale, très loin du charme évanescent de son jeune frère. Il se leva, l'accueillit avec un sourire soulagé en broyant sa main dans la sienne. Une poignée de main peut révéler des sentiments subtils. La sienne était une attente. Dans ses yeux Almah lut une farouche détermination mêlée à une grande douceur, un cocktail attirant et dangereux. Elle frémit en imaginant ce qui pourrait advenir.

Domingo Soteras n'y alla pas par quatre chemins.

— J'ai entendu parler de votre action dans le domaine sanitaire par un de mes collègues qui ne tarit pas d'éloges sur votre fondation. Et cela m'intéresse. Voyez-vous, j'ai l'intention de laisser tomber mon travail à la clinique de Santiago. Je voudrais faire quelque chose de plus… impliquant, de plus utile.

Almah hocha la tête et le regarda bien en face. Était-il sincère ou cherchait-il juste un prétexte pour venir passer du temps à Sosúa ?

— Je suis surprise que la renommée de notre association ait franchi les frontières de la province. Ce n'est qu'une toute petite organisation qui balbutie encore.

Il ne se troubla pas.

— À vrai dire, votre fille nous en a parlé quand elle est venue à Santiago et depuis j'ai… (il eut une petite moue d'excuse) enquêté. Je trouve votre idée formidable. Nous avons besoin de telles initiatives pour pallier les déficiences de notre gouvernement.

Bien qu'elle s'en défendît, Almah était flattée. Cette association humanitaire, c'était son idée. Son tribut personnel à la tradition médicale de la famille Kahn. Après tout, son père et son grand-père avant lui avaient été chirurgiens autrefois, en Autriche. Elle-même était dentiste, bien qu'elle eût été empêchée d'exercer pour de sombres raisons administratives. Deux ans auparavant elle avait jeté les bases de cette fondation, qui avait pour objectif d'apporter une assistance médicale aux oubliés du pays, ceux des vallées reculées, ceux des montagnes inaccessibles, ceux des *bateyes* des grandes plantations de canne à sucre.

Comment cette idée avait-elle germé dans son esprit ? Était-ce au cours d'une de ses chevauchées à travers la campagne ou d'une escapade dans la cordillère centrale, en constatant le dénuement des laissés-pour-compte qui ne se soignaient qu'avec des herbes, des racines et des recettes ancestrales ?

Ou parce que non loin de leurs élevages prospères de Sosúa, les *ingenios* vivaient en autarcie, réduisant en esclavage de pauvres hères venus de l'autre côté de la frontière, les privant de toute éducation, de tout soin, en vertu des accords sucriers calamiteux et abusifs négociés par Balaguer[1] ?

Peu importait. L'idée avait fait son chemin, soutenue par Markus, qui restait à jamais son plus fidèle allié, et sa femme Marisol.

Almah était désormais à la tête d'une fondation humanitaire qu'elle s'était débrouillée pour faire reconnaître officiellement par l'administration si corrompue et tatillonne du pays, et, véritable exploit, sans verser un seul pot-de-vin. Elle montait des campagnes de vaccination, des tournées de contrôle sanitaire et des formations aux premiers soins. Les fonds venaient en

1. Les accords sucriers entre la République dominicaine et Haïti permettaient d'importer des journaliers haïtiens pour la durée de la récolte de canne à sucre à un coût bien inférieur à celui de la main-d'œuvre dominicaine. Les Haïtiens étaient parqués dans des campements de fortune, appelés *bateyes*, aux abords des plantations.

grande partie d'associations juives américaines – sa belle-sœur Myriam était son bras armé aux États-Unis – et d'Israël où Svenja se démenait avec l'appui d'Eival, son médecin de mari qui occupait de hautes fonctions dans le gouvernement. Il y avait aussi, non négligeables, les dons des anciens colons de Sosúa qui arrivaient de façon anarchique du monde entier.

Quant aux bonnes volontés, c'était une tout autre histoire. Almah s'en rendait compte chaque jour, il n'était pas si facile d'intéresser des professionnels à la condition sanitaire des oubliés de la civilisation. Outre Ines, une infirmière espagnole à la retraite, il y avait ce médecin canadien, Franck, une recrue inespérée. Almah soupçonnait que Ruth n'était pas étrangère à son zèle idéaliste ; depuis qu'il l'avait rencontrée lors de vacances à Sosúa l'hiver dernier, il faisait des allers et retours depuis son Saskatchewan natal. Une collaboration qui risquait bien de voler en éclats si sa légendaire intuition ne la trompait pas. La présence de Domingo Soteras en face d'elle ce matin risquait d'anéantir l'idylle naissante qu'elle avait soupçonnée, peut-être à tort, peut-être parce qu'elle l'espérait, entre Ruth et Franck.

Pas déstabilisé par son silence et ses réflexions, Domingo poursuivait son plaidoyer :

— Comment vous expliquer ? Dans notre famille, nous sommes des nantis. C'est ainsi, on ne se pose pas de questions. Pas la moindre question, à vrai dire. Le seul à avoir donné un coup de pied dans la fourmilière est mon oncle, Daniel, qui s'est exilé à Cuba – Almah ne releva pas. Et aussi mon frère Arturo, à sa façon, toute personnelle. Moi j'ai vraiment envie de contribuer à faire avancer notre pays. À ma mesure. C'est pourquoi j'aimerais vous offrir ma collaboration, si vous l'acceptez, bien sûr…

Domingo préféra passer sous silence d'autres raisons, moins nobles. Le besoin de prendre du champ avec son épouse avec laquelle la cohabitation n'était même plus une option. Le désir de mettre de la distance entre lui et cette famille tellement traditionnelle que le spectre d'un divorce suffisait à la faire éternuer. Et surtout la nécessité impérieuse qui le tenaillait de revoir Ruth.

En l'écoutant, Almah réfléchissait. Elle aussi avait ressenti le besoin de rendre à ce pays un peu de ce qu'il lui avait donné.

— Ce n'est pas une question que nous pouvons traiter sur un coin de table. Il nous faudra en parler sérieusement. Vous devriez rencontrer Franck Winter, c'est le médecin canadien qui me seconde en ce moment, pour qu'il vous parle de notre fonctionnement. Il n'est ici que par intermittence et il nous faudrait quelqu'un de plus engagé. Vous tombez peut-être à pic.

Domingo sourit, satisfait.

— Mais avant toute chose, il faut que vous sachiez que nous ne sommes pas en mesure de payer des salaires comparables à…

— Je vous l'ai dit, nous sommes…

— … des nantis, le coupa Almah, j'ai compris. Néanmoins réfléchissez bien, ce ne sera pas un engagement à la légère. Il vous faudra envisager de quitter Santiago, de…

— C'est justement ce à quoi j'aspire, changer de vie.

— Et votre famille ?

Almah tentait de fouiller l'âme du médecin. C'était maladroit. Domingo Soteras se rembrunit.

— Ça, c'est mon problème, et je m'en arrangerai. Mettre ma vie en conformité avec ce que je suis, voilà ce que je souhaite. Même si le chemin est difficile.

Ce fut sur ces mots qu'Almah décida qu'il lui plaisait, finalement. Sans prévenir, le regard de Soteras se troubla. Almah le vit avaler sa salive et l'encouragea d'une inclinaison de la tête.

— Est-ce que je pourrais… saluer Ruth avant de repartir ?

Nous y voilà ! Almah se mordit la joue et retint à grand-peine un sourire. Elle se demandait quand il se jetterait à l'eau. Voilà, c'était fait. Les hommes sont tellement prévisibles.

— Vous la trouverez sans doute à son bureau. Le journal se situe à côté du studio de photographie, au cœur du Batey. Ici vous ne pouvez pas vous perdre. Et pour notre collaboration, que diriez-vous de nous retrouver avec Franck dans trois jours quand il rentrera de sa tournée de vaccination ? Il vous expliquera en détail le quotidien de son travail.

Domingo acquiesça en hochant la tête. Il avait du mal à cacher sa fébrilité. Pensive, Almah le regarda s'éloigner en direction du journal. Son pas joyeux dansait.

Les dés étaient jetés.

Elle ne pouvait rien contre ce qu'elle pressentait.

6

Le rayon vert

Avril 1967

Je restai sur la grève tandis que Domingo entrait dans la mer et progressait en direction des *pilotillos*, de l'eau jusqu'aux genoux, puis jusqu'à mi-cuisse. Il grimpa à la force des bras sur la pile de béton. Je ne pouvais détacher mes yeux des muscles saillants de ses avant-bras, et je frémis quand, d'une seule poussée, il se hissa en une traction puissante. Une fois debout sur le pilier, Domingo me fit signe de le rejoindre.

J'avançai dans l'eau. Il me tendit une main pour m'aider à grimper. Je m'y pris mal et ma jambe heurta la pierre rugueuse abrasée par la mer. Un petit choc de rien du tout qui érafla superficiellement mon genou. Une simple égratignure sans gravité, un petit filet de sang. Je m'assis, me disant que voilà, j'avais l'air d'une gamine, que j'allais avoir une croûte au genou comme quand j'avais cinq ans, un bobo ridicule qui mettrait du temps à cicatriser comme la moindre plaie sous les tropiques. Domingo remarqua ma mine consternée et, baissant les yeux, vit le filet rouge qui serpentait sur mon genou.

Il sourit, « ça tombe bien je suis médecin ». Il se pencha vers moi et posa ses lèvres sur ma rotule. Une ventouse chaude et douce comme du velours. L'intérieur de ma cuisse se couvrit instantanément de chair de poule et je réprimai un frisson. Domingo détacha sa bouche de mon genou, lécha ma plaie minuscule et fit remonter lentement ses lèvres à l'intérieur de ma cuisse. C'était un baiser plein de tendresse et d'une sensualité si douce qu'il en était douloureux. Je sentis mon ventre prendre feu et un désir d'une violence inouïe déferla en moi. Je fermai les yeux. Doucement, je serrai la tête de Domingo entre mes mains et la gardai entre mes jambes. Il n'y eut rien de plus que cette caresse encore indécise qui s'éclairait d'une promesse secrète. Je respirais fort, je sentais son souffle chaud contre ma peau. Et je sus sans l'ombre d'un doute qu'il serait à moi. Je sus que j'aimais cet homme, que je l'aimais vraiment et que j'allais l'aimer de toutes mes forces, tout au long de ma vie. Je compris en un éclair que chaque moment passé loin de lui serait une souffrance.

Il releva la tête et me regarda avec émotion. Il tendit la main vers mon visage et du pouce effaça une trace de sable sur ma joue. Alors je lui souris, la bouche largement ouverte, oubliant de serrer les lèvres. C'était ça, l'effet qu'il me faisait : me sentir tellement bien que je n'avais pas besoin de me soucier de ma natte brouillonne, de mes ongles coupés ras, ni de mon incisive récalcitrante. Pour cacher mon trouble, je lançai d'une voix qui tremblait :

— Tu as déjà vu le rayon vert, quand le soleil plonge dans la mer pour rejoindre l'autre côté de la terre ? On dit que c'est un instant parfait. Quand on l'a connu, on s'en souvient toute sa vie.

Domingo prit ma main et nous restâmes silencieux face à l'immensité de la mer paresseuse qui clapotait doucement autour des *pilotillos*. De longues minutes durant lesquelles le ciel nous offrit une de ces parades incandescentes dont il a le secret chez nous. Le soleil s'effritait sur les vagues en mille scintillements. Et soudain, il fut là, dans le ciel rose. Quelques secondes d'un éclat vert phosphorescent au sommet du soleil qui disparaissait dans la mer noire. La main de Domingo se resserra sur la mienne.

— Je crois bien que nous allons nous souvenir de cet instant toute notre vie.

Quand le point lumineux disparut dans l'eau sombre, c'était comme si un pacte s'était scellé entre nous. Domingo se redressa lentement et tendit la main pour m'aider à me relever. Il sauta le premier de la pile, fit trois pas vers la plage tandis que je sautais à mon tour dans une gerbe d'eau.

Maintenant.

Maintenant il allait se retourner, revenir vers moi et me dire qu'il m'aimait.

Il se retourna, fit un pas dans ma direction et me regarda intensément.

— Je crois bien que je t'aime.

Il l'avait dit, d'une voix assurée, pas dans un murmure, sans baisser les yeux.

— Merci.

Mon Dieu, j'avais vingt-sept ans et je répondais merci à un homme qui me faisait la déclaration d'amour que j'espérais. Je me mordis les joues, je baissai les yeux. Je les relevai et butai sur le sourire interrogatif de Domingo.

— Je… je crois… moi aussi.

— Quoi ?

— Je t'aime !

— Merci.

Domingo éclata de rire et me serra dans ses bras. Et ce fut là qu'il m'embrassa, notre premier baiser, un baiser à couper le souffle, un vertige. Il prit ma main dans la sienne et nous remontâmes sur la plage. Et entre nous, comme le jour du carnaval, il y avait le désir. Le désir que nous avions l'un de l'autre. Le désir omniprésent dans chaque regard, chaque geste, chaque parole. Le désir comme une brûlure. Le désir qui courait sous nos peaux comme le sang dans nos veines. Le désir auquel nous savions que nous céderions. Mais pas tout de suite. Attendre encore un peu. Pour l'exalter, le porter au plus vif. Le sable était tiède sous nos pas. Les ténèbres commençaient à se refermer sur nous. La lumière déclinante projetait l'ombre de nos deux silhouettes, une ombre longue comme l'avenir.

7

Peace and Love
Avril 1967

« *Turn on, tune in, drop out*[1] »

La carte postale représentait une voiture décapotable dévalant une rue en lacet. Je la retournai. Lombard Street. San Francisco.

Elle n'était pas signée mais c'était inutile.

Le sigle *Peace and Love* de Lizzie fleurissait partout désormais, mais pour moi, seul comptait *Love*.

J'étais contente, Lizzie restait égale à elle-même et ne m'oubliait pas.

---

1. « Ouvre-toi, connecte-toi, détache-toi. » Slogan invitant à s'abandonner pour vivre l'expérience collective, imaginé au Human Be-In, au Golden Gate Park de San Francisco, le 14 janvier 1967, événement qui attira plus de 30 000 personnes et marqua le début du *Summer of Love*.

8

Un bonheur secret

Mai 1967

C'était la première fois de ma vie que j'éprouvais un sentiment d'intimité aussi intense. Cette impression de n'être pas à la hauteur que j'avais ressentie avec Christopher, celle de ne pas être tout à fait à ma place avec Ariel, ce sentiment d'une légère erreur, d'un léger décalage, avaient totalement disparu. Nous avions franchi un cap, la ligne de partage entre l'intimité des corps et l'amour. Depuis, j'étais habitée d'un bonheur secret, d'une plénitude qui, je l'aurais juré, dessinaient comme une aura autour de moi. Un jour, le souvenir d'une ancienne conversation avec ma mère revint me visiter et la chose me frappa comme une évidence. Désormais, j'en étais sûre, je brillais dans les yeux d'un homme.

Domingo possédait une force magnétique animale, il dégageait une sorte d'assurance qui, quand il resserrait l'étau de ses bras autour de moi, me donnait le sentiment que j'étais à ma place, où je devais être. À son contact, je me sentais comme légèrement ivre. J'aimais qu'il soit grand, j'aimais qu'il soit massif. Je ne l'aurais avoué à personne mais j'aimais qu'il soit le contraire de Christopher. J'apprenais lentement la géographie de son corps, les collines de ses épaules, la vallée de ses reins, le granit de ses cuisses, le goût épicé de sa peau. Dans son sourire il y avait des couchers de soleil sur la mer des Caraïbes, des vaguelettes mordorées, des effluves iodés, des risées de vent frais, des promesses… Je vivais avec un désir obstiné chevillé au corps. Quand j'étais seule, je fermais les yeux et des éclairs jaillissaient derrière mes paupières, un véritable feu d'artifice, quand je repensais au plaisir qu'il m'avait donné. Nous n'avions pas de secret l'un pour l'autre. Je lui avais raconté mon histoire d'amour avortée avec Christopher, il ne s'en était pas ému. Une sorte de plénitude m'envahit peu à peu, la certitude qu'à côté de cet homme rien de mauvais ne pourrait m'arriver. Je sentais que je pouvais lui offrir ma vie et qu'il saurait comment l'embellir.

Remplaçant Franck Winter rentré dans son Canada natal, Domingo avait démarré sa collaboration dans la fondation d'Almah. Ce qui l'amenait deux jours par semaine dans la région, deux jours pendant lesquels j'entrais littéralement en transe. À plusieurs reprises, je l'accompagnai dans ses tournées sanitaires. Je le regardais travailler avec admiration, je pensais que je n'aurais jamais dû abandonner mes études d'infirmière, je pensais n'importe quoi. Quant à Almah, elle vantait son efficacité, « ce qui fait de lui une curiosité anthropologique », raillait-elle, elle qui moquait souvent la pusillanimité des Dominicains.

Je reçus une lettre d'Arturo. Sous le prétexte fallacieux de me rassurer sur ses conditions d'existence – désormais il ne tirerait plus le diable par la queue : il avait trouvé un remplacement de pianiste dans un orchestre classique associatif et un job les soirs de fin de semaine dans un bar –, il me demandait, au détour d'une petite phrase anodine, si j'avais eu des nouvelles de son frère. C'était vraiment maladroit, mais Arturo n'avait jamais brillé par sa finesse. Je choisis de faire l'autruche et lui envoyai une lettre d'une banalité à pleurer, le temps qu'il faisait, les grosses chaleurs, les pluies et les moustiques. Ce n'est qu'en postant ma réponse que je pris conscience que notre correspondance était cousue de fil blanc. Il comprendrait en me lisant ce que je lui taisais. J'avais juste gagné un peu de temps en l'obligeant à se démasquer davantage, avant de faire face à sa jalousie.

Ma mère sentait, savait qu'il y avait anguille sous roche, qu'il se tramait quelque chose. Sans jamais oser la moindre remarque, ce dont je la remerciais en silence, complice silencieuse des amours de sa fille, mère célibataire, avec un homme marié, elle se contentait de me jeter des regards aiguisés, des demi-sourires, des hochements de tête, où jamais je ne surpris l'ombre d'un reproche. Je m'étais ouverte à elle de mon désir de vivre en dehors de la ferme.

— J'ai besoin de prendre mon indépendance. Vivre en tribu, j'ai connu ça au kibboutz et j'en ai soupé.

— Il s'agit de vivre en famille, pas en tribu, me rétorqua-t-elle d'un ton égal.

— Oh maman, c'est toi qui me reproches de vouloir être indépendante ! C'est le comble.

Almah sourit en hochant la tête.

— Je vais chercher une maison au Batey, je serai plus près du bureau et Gaya de l'école.

— Tu es sûre ? Gaya aime la *finca* et les animaux.

— Gaya aura deux maisons.

Almah hocha la tête.

— Dans ce cas, la maison de Svenja me semble tout indiquée…

La maison où Svenja et Mirawek avaient vécu, que mes parents avaient rachetée au moment de leur départ en Israël, que l'on appelait toujours « la maison de Svenja », qui servait d'entrepôt et pour loger les amis de passage. Je n'avais rien dit mais c'était exactement ce que j'avais en tête. La maison avait un joli jardin cerné d'une haie d'hibiscus, avec un manguier ; je pourrais y planter des fleurs, j'offrirais à Gaya le chiot qu'elle me réclamait, j'aurais une grande chambre blanche où Domingo et moi…

— Oui, la maison de Svenja, c'est une bonne idée, si personne ne s'y oppose. Mais alors il faudra l'appeler la maison de Ruth.

C'est ainsi que démarrèrent les travaux d'embellissement de la maison du Batey, tandis que je préparais mon déménagement.

*

On ne m'avait jamais courtisée ainsi. C'était une entreprise de séduction permanente. Je cherchais les fausses notes et je n'en trouvais pas. Ou plutôt si, il n'y en avait qu'une, mais elle était de taille. Domingo était un homme marié. Il me disait des choses qui coulaient dans mon oreille comme du miel, des choses comme :

« Je suis amoureux de toi, Ruth, c'est aussi simple que ça. »

« J'ai horreur du mensonge tout autant que toi. »

« Mon mariage est une erreur depuis le début. Isabel et moi avons été les otages d'un arrangement entre nos familles, mais il n'y a jamais eu de véritable amour entre nous. »

« J'avais décidé d'arrêter de faire semblant bien avant de te rencontrer. »

« Ce n'est plus qu'une question de semaines maintenant. »

La voix intérieure qui me murmurait « Attention danger » au moment de notre rencontre tout comme le sentiment de menace qui avait grandi en moi au cours des semaines précédentes s'étaient mués en une lancinante attente. Se résumant à une seule question : Quand ? Quand serions-nous libres de nous aimer au grand jour, quand Domingo serait-il libéré des liens de son mariage raté, quand serait-il tout à moi comme j'étais à lui ? Quand ?

Et enfin, fin mai, au cours d'un dîner romantique, Domingo prononça les paroles tant espérées en caressant l'intérieur de ma paume de son pouce : la procédure de son divorce était entamée. J'étais inquiète car dans ce genre de famille, qui appartenait au club des notables et avait son banc à l'église, on ne divorçait pas. Pour manifester ma joie, je ne trouvai rien à dire que : « Une fille-mère, ni très cultivée ni très raffinée, une matière brute qui n'a pas été polie, bref une fille du *campo* assortie d'un enfant et un homme divorcé, ça risque de faire désordre chez les Soteras ! »

Ce qui était vraiment typique de ma maladresse. Domingo ne tiqua pas et, sans ciller, en me regardant au fond des yeux : « Rien de ce que tu diras ne pourra changer ça. Je t'ai dans la peau, Ruth, depuis la minute où je t'ai vue. Et je vais t'épouser dès que possible. »

Ce n'était pas la plus belle des demandes en mariage, mais c'était une vraie promesse d'éternité. Je m'abstins de lui dire « Merci ».

9

Summer of love
Juin-août 1967

C'est l'été, la période la plus chaude de l'année, la plus humide aussi.

Je bouillonnais. Je n'étais qu'un tourbillon d'émotions que j'avais du mal à canaliser. Et je n'avais personne à qui me confier. Ni Frizzie ni ma belle-sœur. Quant à Arturo, vu la façon dont il m'avait mise en garde contre son frère, je me gardais bien de lui dire quoi que ce soit. Il n'y avait que ma mère. Mais une fille ne confie pas ses émois amoureux à sa mère.

Lizzie me manquait. Comme elle me manquait ! Je ne savais pas où la joindre. Elle s'était évaporée, quelque part entre deux océans, entre New York et San Francisco. Je lui écrivais des lettres que je ne postais pas, faute d'une adresse où les envoyer. J'en expédiais une de temps à autre chez sa mère sans grand espoir qu'elle lui parvienne jamais. C'était terriblement frustrant. Alors, un peu par défaut, j'écrivais à Debbie qui me prêtait l'oreille attentive de l'amie dévouée qu'elle était depuis que je la connaissais. Elle se révéla un excellent réceptacle pour mes émotions, un boomerang pour mes interrogations. Elle tempérait gentiment mes débordements tout en m'encourageant à vivre ma passion sans me soucier du qu'en-dira-t-on car, disait-elle, « Quand l'amour vous tombe dessus, il faut lui faire face. Et si c'est le grand amour, alors là, fonce… » et encore « Le pire ennemi de l'amour, c'est la peur qui t'enferme en toi-même ! ».

Deborah, et cela me faisait voyager, me parlait aussi avec ferveur des « prémices d'une contre-culture qui enfle et va, et je ne suis pas la seule à le prédire, bouleverser les certitudes de la société et ébranler les institutions, non seulement aux États-Unis mais dans le monde entier. Car il ne s'agit pas que de couronnes de fleurs, de tenues chamarrées, de *flower power*, d'amour libre ou de LSD, c'est une idéologie révolutionnaire qui est en train de naître, une idéologie qui conteste notre *way of life*, la guerre du Vietnam, l'emprise de l'Église et même la destruction de l'environnement ». Mon amie préparait avec ardeur un reportage sur le sujet, un véritable brûlot pour les rédactions américaines scandalisées par le phénomène hippie. Elle s'enflammait aussi pour les luttes sociales et féministes, signait ses lettres de slogans : « *Women strike for peace and equality* », « *Sisterhood is powerful.* »

Cela me paraissait si lointain ; le vent de liberté inouï qui soufflait aux États-Unis n'avait pas atteint notre île.

Au début de l'été, je reçus une lettre d'Arturo. Lui aussi débordait d'enthousiasme sur les événements et y voyait « … une profonde évolution sociale, une nouvelle spiritualité de nature à faire bouger bien des choses. J'espère que je vais trouver ma place à part entière dans la société de demain ». Je voyais parfaitement ce à quoi il faisait allusion. « Il souffle un air de vacances et de liberté comme jamais, nous sommes au cœur d'une vraie révolution », ajoutait-il.

Révolution.

Il employait les mêmes mots que Deborah et c'était troublant.

« Je suis passé à côté du Human Be-In cet hiver. J'ai tout raté, Allen Ginsberg et ses poésies, les Grateful Dead et Jefferson Airplane, des groupes qui, s'ils ne correspondent à la musique que je compose, seront demain partie intégrante de la culture populaire. Alors, crois-moi, je ne vais certainement pas rater le festival pop de Monterey, il y aura les Who, Janis Joplin, Jimi Hendrix et Otis Redding. »

Arturo, d'habitude si mesuré, s'exaltait et je sentais bien que ce qui se passait était proprement extraordinaire.

Bientôt Debbie se mit à m'envoyer non plus des lettres mais des cassettes où elle s'enregistrait. Je fus obligée de commander un magnétophone à Santiago pour pouvoir continuer à partager un peu de ce que mes amis vivaient loin de moi. Elle y collait des morceaux de cette musique qu'on qualifiait de psychédélique et qui me laissait perplexe.

Lizzie était quelque part là-bas, j'en étais sûre. Elle arpentait les rues de Haight-Ashbury, elle dansait pieds nus dans l'herbe du Golden Gate, elle chantait, elle se droguait, elle vivait l'amour libre. Elle avait dû retrouver son ancien gourou du temps de Zihuatanejo, son fameux Tim[1], qui incitait les gens à « sortir de leur esprit et entrer dans leurs sens » grâce au LSD qui circulait gratuitement, comme me l'apprit Arturo dans une autre lettre, où il avait glissé deux photographies de lui. Il paradait, manifestement euphorique, en chemise à fleurs et cheveux aux épaules, au côté d'un garçon efflanqué et débraillé. Ils posaient devant des édifices d'une rue pentue de San Francisco. Les clichés étaient légendés « maison de Cosmic Mama[2], 635 Ashbury Street » et « Blue Unicorn ». Je me rappelai que c'était le coffee house préféré de Lizzie. Je me dis qu'ils étaient là-bas tous les deux, qu'ils allaient se croiser, sûrement, que je ratais quelque chose.

Je faisais écouter les cassettes de Deborah à Domingo et je lui lisais les lettres de son frère, lui taisant ce qu'Arturo n'aurait pas aimé que je lui dise. Évidemment il désapprouvait tout ça. « La libre circulation de la drogue, c'est criminel. Tout ça va tourner court », assénait-il avec comme une prescience de ce qu'il adviendrait du *flower power*, qui, nous ne le savions pas, était déjà moribond[3]. Il me regardait au

1. Timothy Leary, psychologue, professeur d'université et promoteur du LSD.

2. Janis Joplin.

3. Ultime symbole, un cercueil rempli de fleurs et de plumes fut incendié dans le Golden Gate Park le 6 octobre 1967, actant la fin d'une époque.

fond des yeux et je sentais mes petites pointes d'envie pour mes amis se dissoudre aussitôt dans le désir que j'avais de lui. Pour rien au monde je n'aurais quitté l'île.

Quand je décidai d'écrire un article pour les journaux auxquels je collaborais, Domingo approuva sans réserve. C'était une gageure ambitieuse, un dérivatif puissant. Pourtant je restais entièrement immergée dans mes émois amoureux et ce qui se passait cet été-là aux États-Unis s'effaçait devant l'intensité de mon histoire d'amour, une vague qui emportait tout sur son passage. Pour moi, rien d'autre ne comptait. Je retrouvais Domingo n'importe où, à n'importe quelle heure. Dans un hôtel, dans un restaurant, sur une plage. Partout où nous pouvions cacher cet amour qui risquait de nous exploser à la figure. Car il bataillait toujours dans les arguties de son divorce et nous devions nous montrer prudents.

C'était une passion folle, impétueuse, exaltée, excessive même. Un besoin permanent l'un de l'autre, corps soudés, haleines mêlées, regards aimantés… Parfois il téléphonait au journal et se contentait de respirer à l'autre bout de la ligne et je me mettais à trembler d'excitation. Parfois je regardais fixement le téléphone, de longues minutes sans bouger, et je bondissais quand il sonnait.

Je titrai mon article pour le *Listín* « Une déferlante hippie submerge la ville de San Francisco ». Ma mère prédisait que l'article serait retoqué par la censure balaguérienne, au prétexte de pervertir la jeunesse dominicaine. J'avais mal à ma République dominicaine, mon pays encalminé dans sa démocratie de façade, à la traîne des mouvements sociaux, de la culture internationale, de la modernité. Je m'entêtais et mes articles furent publiés.

Et je vivais une folle passion avec Domingo, le frère de mon meilleur ami. Comme pour tous ceux de ma génération, cet été fut mon *Summer of love.*

10

Une guerre de plus
Août 1967

Jérusalem, juillet 1967

Chère Almah,

Cette courte lettre pour te rassurer.
Une guerre de plus.
Il est donc écrit que nous ne vivrons jamais en paix. Nous aurions pu croire, après ce que nous avons traversé, particulièrement notre peuple, que le monde serait plus sage. Nous aurions tant aimé qu'il soit plus sage, comme nous aspirions si fort à la paix. Et nous allons de déception en déception. Plus que jamais je pense que la guerre est une fatalité et la paix une utopie.
Le pire c'est qu'ici les Israéliens sont euphoriques, malgré les horreurs commises dans les deux camps. Il y a eu un terrible pogrom

à Tripoli et certains des 4 000 Juifs libyens sauvés par le Joint sont arrivés ici après avoir transité par l'Italie. Notre victoire est totale, notre supériorité avérée, le pays s'est agrandi de façon spectaculaire. Les images des soldats au mur des Lamentations tournent en boucle. Aux dires des politiques, Jérusalem est enfin libérée. Moi, je préfère dire réunifiée.
Mais à quel prix ? Plus de 20 000 vies, sans compter les dizaines de milliers de blessés, avons-nous le droit de nous en réjouir ? Je suis infiniment triste et j'ai honte. Entre libération et conquête, où est la vérité ?
Entre votre guerre et les nôtres, l'horreur n'en finit jamais. Parfois j'ai envie de me retirer dans un ashram et de vivre ce qui me reste de temps loin du tumulte des hommes. M'accompagnerais-tu ? Ce serait enfin notre repos des guerrières !

Je t'embrasse très fort, Almah,
en souhaitant nous voir bientôt réunies,
Svenja

P.-S. : Tu ne trouves pas que notre Moshe Dayan a l'air d'un pirate ?

Cette lettre qui suintait le découragement ne ressemblait pas à Svenja. L'écriture était hachée, les lignes se tordaient comme sous l'effet de la colère ou du chagrin. Seul le post-scriptum ressuscitait un peu son ancienne verve.

Almah était peinée pour son amie. Elle non plus n'approuvait pas la politique conquérante d'Israël, même si, par loyauté, elle la soutenait. Il y avait des combats justes, mais la politique était une affaire complexe dont les enjeux les dépassaient, et celle d'Israël plus encore. Une ride se creusa au milieu de son front qu'elle effaça en décidant de se concentrer sur les préparatifs de la fête à venir.

11

La plus heureuse des femmes

Novembre 1967

— Oh Ruthie, inutile de batailler, tu n'arriveras pas à cacher ça.

— Je m'en moque ! Rien ni personne ne m'empêchera d'être la plus heureuse des femmes. Oh, je vais te faire une confidence : quand j'étais petite, je détestais notre nom, trop rugueux, pas du tout espagnol. Je rêvais de m'appeler García ou López. En secret, je m'étais rebaptisée Elisa Díaz, et maintenant je vais m'appeler Ruth Rosenheck-Soteras.

Almah pouffait dans la cabine d'essayage en boutonnant les perles de nacre au dos de la jolie robe, évasée à souhait, crème comme l'avait exigé la mère de Domingo, « pas de blanc pour un remariage… », et même si elle n'avait pas osé rajouter « … avec une femme enceinte », je l'avais parfaitement entendue. Je me retournai, radieuse, habitée d'un bonheur si intense que mon corps peinait à le contenir.

— Avec le collier de grand-mère Esther que m'a offert Myriam, je serai…

— Divine ! conclut Almah avec fierté.

Ce n'était plus un secret pour personne. Les Soteras faisaient contre mauvaise fortune bon cœur, estimant qu'ils auraient de la chance s'ils n'en sortaient pas couverts d'opprobre. Après l'exil de Daniel le communiste, la désertion américaine d'Arturo, leur benjamin, c'était Domingo, un médecin sur lequel on aurait dû pouvoir compter, qui faisait des siennes. Et il ne faisait pas les choses à moitié. Car non seulement il avait quitté son poste dans une clinique huppée de Santiago pour s'engager dans une sorte d'organisation humanitaire où il allait à coup sûr gâcher son talent, mais, à peine divorcé, il avait organisé à la va-vite un mariage civil avec une fille de la campagne, enceinte, déjà mère d'un enfant, et juive pour couronner le tout.

Je savais ce qu'on disait dans mon dos, que j'étais une briseuse de mariage, que je n'avais pas de moralité, que je n'étais pas un très beau parti, que j'aurais dû jeter mon dévolu sur Arturo, le suivre à New York, là où nous nous étions rencontrés, ça aurait fait moins de vagues… Ne plaidaient pour moi que la blancheur de ma peau et ma famille, somme toute acceptable puisque prospère. Je savais tout ça et je m'en fichais comme d'une guigne. J'allais épouser l'homme que j'aimais et je portais son enfant.

*

Une fois de plus la ferme serait le cadre de la fête, qui, bien que civile, ne s'annonçait pas moins fastueuse que la dernière en date, celle du mariage de Frederick. Nous avions d'un commun accord décidé de placer les choses sous le signe de l'œcuménisme et donc échappé à l'épineux dilemme cochon de lait/cuisine kasher pour nous concentrer sur le côté festif. Car je voulais que ce soit la plus réussie des fêtes. Ce serait la plus internationale aussi. « Des Dominicains, des Américains, des Costariciens, des Panaméens, des Israéliens, un véritable *volapük* » se réjouissait Markus. Car nous attendions des visiteurs du monde entier.

D'Israël, Svenja, Eival et Mirawek, qui nous avait fait la belle surprise d'accepter l'invitation. « Après tout ce temps, va-t-on seulement le reconnaître ? » s'interrogeait Markus.

Pour la première fois depuis leur départ en 1950, Emil et sa femme Nelly, des amis des premières heures du kibboutz de Sosúa, viendraient de leur lointaine hacienda du Guanacaste.

Les Américains seraient en force. Myriam, Aaron et Nathan, des habitués des vacances dominicaines. Arturo, mon témoin, exultait : « Nous sommes de la même famille dorénavant. » Deborah, dont la carrière à la télévision explosait, serait accompagnée de son fiancé. Et, surprise, Samuel, notre ami d'enfance, le plus gentil, le plus raisonnable d'entre nous, celui qui toujours me consolait, prenait ma défense et arrondissait les angles, avait pris quelques jours de congé pour nous rejoindre depuis Chicago où, désormais ingénieur, il construisait des ponts.

La fête s'annonçait grandiose. J'avais cependant une épine plantée dans le cœur : Lizzie n'avait pas répondu à mon invitation.

*

— Resserrez-vous, là, c'est bon, ne bougez plus ! nous intima Markus – il s'était instauré photographe de la journée, rôle qui aurait incombé à mon père s'il avait été encore de ce monde – l'œil rivé au viseur de l'appareil.

Frederick et Samuel m'encadraient, un bras passé sur mes épaules. Le trio reconstitué. Après près de dix ans de séparation, j'avais eu du mal à reconnaître notre mousquetaire d'enfance dans cet homme élégant, légèrement empâté, qui commençait déjà à se dégarnir et projetait l'assurance d'un homme qui a réussi. Nos retrouvailles avaient été rieuses et, en discutant avec lui, je me rendis compte qu'il éprouvait une forte nostalgie du Sosúa d'antan.

— Dommage que les quatre mousquetaires ne soient que trois, laissa tomber Samy d'un ton fataliste. J'aurais aimé qu'elle soit là.

Mon cœur se serra. Moi aussi j'aurais tant aimé. J'avais adressé un faire-part à l'adresse new-yorkaise de sa mère, Anneliese, et attendu en vain. Aucun signe de vie. Au fond cela ne me surprenait pas, mais je ne pouvais m'empêcher d'en être peinée. Ce n'était même pas une question d'affection mais de loyauté. Frederick, qui me connaissait assez pour soupçonner mon chagrin, préféra ne pas relever.

C'était l'heure de ce que la mère de Domingo avait baptisé le cocktail, une entrée en matière avant de passer à table. Une coupe de champagne à la main, je promenais mes rondeurs avec l'arrogance d'une reine, tandis qu'Arturo interprétait une pièce gaie de sa composition sur le piano droit mal accordé qu'Almah avait fait monter de l'école du Batey à grand renfort de bras.

Vêtues de magnifiques robes blanches ornées de petits nœuds de satin, les jumelles de Frederick paradaient en minaudant, rougissantes de plaisir sous les compliments des adultes. Où était passée Gaya ? Je la repérai, les cheveux ébouriffés et les joues rouges, en train de caracoler en salopette entre ses nouveaux cousins endimanchés, les deux garçons de Manuel, le frère aîné de Domingo. Sa jolie robe blanche devait agoniser en bouchon au pied de son lit et je me demandai pourquoi je m'en étonnais.

Arturo venait de plaquer le dernier accord de sa ballade quand le grondement d'un moteur domina les conversations. Je tournai les yeux vers la piste d'où montait un panache de poussière caractéristique. Un véhicule gravissait notre piste de terre. Un retardataire ? Nous n'attendions plus personne.

12

Vingt ans après

Novembre 1967

La voiture stoppa à l'écart, sur l'espace réservé au stationnement, le terre-plein devant la maison ayant tout entier été consacré à la fête. La portière arrière s'ouvrit. D'abord je ne vis rien. Puis un chapelet de ballons de baudruche s'échappa lentement de la porte. Une grappe multicolore qui n'en finissait pas de grossir, comme un bouquet de bulles de bonheur. Une surprise de ma mère ? de Frizzie ? un clown pour les enfants ? J'interrogeai Domingo du regard, il me fit signe que non avec des yeux étonnés. Je regardai Arturo qui, toujours assis à son piano, secoua la tête. Je devinai une main, un bras, puis une silhouette qui s'extirpait de l'habitacle, entièrement masquée par les ballons. Tous les regards étaient aimantés vers cette masse de boules colorées à deux jambes qui s'avançait maintenant vers nous. Mon cœur se mit à battre, une danse folle dans ma cage thoracique, un espoir immense. Je n'osais y croire. Qui d'autre aurait pu imaginer une entrée en scène aussi sensationnelle ? Ma robe relevée d'une main, j'avançai le cœur battant vers la prodigieuse fantaisie. Nous étions comme au centre d'une scène de théâtre. La grappe de ballons s'éleva doucement.

— Surprise !

Je titubai, la bouche ouverte sans pouvoir émettre un son. C'était bien un clown… qui riait :

— Épatant, non ? Ça te coupe la chique !

Je me jetai dans ses bras et disparus dans les ballons sous les regards médusés de l'assistance. Frederick s'approcha et la grappe changea de main tandis qu'un petit attroupement se formait autour de nous. Mais une bulle nous isolait du reste du monde et nous n'avions d'yeux que l'une pour l'autre.

— Regarde-toi ! Comme tu es belle, Ruthie !

Puis sans prévenir, Lizzie éclata en sanglots.

*

Voilà, tous ceux que j'aimais étaient là, et c'était sans doute mon plus beau cadeau. Rien, absolument rien n'aurait pu ternir la magnificence de cette journée. Pas même la question d'Ana Maria, lâchée du bout des lèvres, comme si le mot, proprement horrifiant, lui brûlait la langue, comme si elle avait évoqué une vilaine maladie contagieuse. « C'est votre amie… hippie ? »

Comme toujours, Lizzie me volait la vedette. D'abord elle était accoutrée de façon tout à fait extravagante, jean rafistolé de pièces de tissu aux genoux, chemise criarde pleine de volants à l'encolure, aux poignets et à la taille, gilet sans manches en peau frangée, cheveux jusqu'aux reins retenus par un foulard indien, une palette de couleurs assortie à ses ballons. Et puis elle en faisait trop, trop de rires, trop de cris, trop de mimiques, comme si elle devait encore imprimer nos mémoires de son exubérance. J'étais la seule d'entre nous à l'avoir revue depuis son départ de l'île en 1959. Elle passa de bras en bras, ma mère, Svenja, Mirawek, Markus, Emil, Marisol, Nelly, et Samy qui, de tous, se montra le plus ému. Nous formions un clan, et ce qui nous unissait, les autres ne pouvaient le comprendre. Il y eut un moment de flottement quand Frederick étreignit Lizzie, son amoureuse d'autrefois, celle dont tout le monde prédisait qu'elle serait sa femme. Lizzie se troubla un bref instant quand mon frère lui présenta Ana Maria que son intuition mettait sur ses gardes. Mais ma belle-sœur n'y pouvait rien. Si entre nous les liens s'étaient distendus, ils étaient profonds et personne n'aurait pu y changer quoi que ce soit. Domingo l'avait bien compris qui, une fois la confusion de son arrivée en fanfare passée, me laissa à mon amie pour se consacrer à nos invités. Nous nous assîmes face à face, à l'écart, sous des crépitements d'explosions. Les enfants, Gaya en tête, s'amusaient à percer les ballons.

— J'ai raté la cérémonie, je ne voulais pas rater la fête !

— Personne n'était au courant ?

— Non personne, je voulais que ce soit une surprise totale !

— Comme d'habitude, tu as parfaitement réussi ton coup. Tu ne m'as jamais répondu et je te croyais perdue corps et biens…

— Ça faisait partie du plan.

Les plans de Lizzie ! Souvent foireux, toujours décoiffants. Qui m'avait un jour parlé des rayures du zèbre que l'on ne change pas ?

— Alors ça y est ! Tu l'as trouvé, ton prince charmant ? Et d'après ce que je vois (elle tapota doucement mon ventre), vous n'avez pas attendu la bénédiction du rabbin !

— Oh Lizzie, tu n'as pas lu mes lettres ?

— Je ne les ai pas reçues, tes lettres. Elles sont au fond d'un tiroir chez ma mère, j'imagine. Une chance que je lui aie téléphoné et que tu aies adressé ton faire-part à son nom. Sans ça, je ne serais pas là. Tu vois comme nos étoiles s'accordent. Alors ce mari ?

Je levai une main en souriant béatement :

— C'est le frère d'Arturo et il est l'homme de ma vie, tout simplement, rien de plus à déclarer, votre honneur !

Lizzie porta sa main droite à son cœur et je sus ce qu'elle allait proférer avant même qu'elle n'ouvre la bouche.

— Je te pardonne, laissa-t-elle tomber tandis que j'éclatais de rire.

— Et toi, Lizzie, où vis-tu maintenant ? Tu as un amoureux, un compagnon ?

— Je suis restée à San Francisco longtemps et je suis rentrée à New York depuis quelques semaines. Je bosse dans un théâtre, comme ouvreuse. Mais je suis en partance, même si je ne sais pas pour où. Quant aux mecs, ça va ça vient. Pour l'instant, je n'ai pas trouvé chaussure à mon pied, mais j'ai fait beaucoup d'essayages, crois-moi. Peut-être ne suis-je pas taillée pour ça, une relation durable. Est-ce que c'est mal ?

— Non, ça n'est pas mal, bien sûr que non. Tu vis comme tu l'entends et si tu es heureuse comme ça, c'est tout ce qui compte.

— Vraiment ?

Lizzie me regarda dans les yeux. Elle menait une existence à part, lourdement chargée d'exotisme et d'interdit, une existence à laquelle elle savait que je n'avais jamais aspiré et que je lui avais autrefois reprochée. Mais aujourd'hui que j'étais apaisée et follement heureuse, j'avais décidé de l'accepter telle qu'elle était, elle et sa vie de bohémienne, comme disait sa mère. Je hochai la tête.

— Vraiment !

Elle me raconta des miettes de sa vie, ses allées et venues entre San Francisco et New York, ses jobs de serveuse dans des *diners* ou des bars interlopes, ses incursions en Basse-Californie, ses colocations temporaires, ses entreprises artisanales, des épisodes éphémères qui s'enchaînaient les uns derrière les autres et s'éparpillaient comme les pétales d'une fleur qu'on effeuille. Pendant mes années américaines, j'avais cru que mon malaise par rapport au style de vie de Lizzie n'était que contextuel. Mais non, je devais me rendre à l'évidence, j'étais toujours en délicatesse avec sa façon de vivre dont elle s'enorgueillissait et que je jugeais infantile. Mais je dis juste :

— Est-ce que tu comptes rester un peu ?

— Quelques jours, sans doute…

Lizzie eut une petite moue gênée.

— Autant être franche avec toi, se reprit-elle d'un ton qui s'excusait, j'avais juste assez d'argent pour un aller simple. Sans compter le taxi depuis la capitale qui m'a pompé tout ce qui me restait. Ce qui fait que je suis rincée !

Je m'attendais à quelque chose de cet ordre.

— Nous arrangerons ça, ne t'en fais pas.

— Oh mais je ne m'en fais pas, pas du tout !

— Alors tu restes !

— Mais tu n'as pas… et ton voyage de noces ?

Je caressais doucement mon ventre.

— Domingo refuse que je prenne l'avion. Il a réservé une suite pour deux nuits à l'hôtel Montana à Jarabacoa, mais seulement à partir d'après-demain car je voulais profiter de mes amis.

— Je sens que ton mari va m'adorer !

J'avais retrouvé ma Lizzie d'autrefois, son insouciance, sa légèreté, ses moqueries. Elle me paraissait aller beaucoup mieux que la dernière fois que je l'avais vue à New York. Cela remontait à l'hiver 1964 – je me rappelais que je lui avais donné mon écharpe et qu'elle m'avait traînée chez Andy Warhol qui était devenu une célébrité depuis – et à cette époque, elle était dans la drogue jusqu'au cou. Je n'osais pas lui demander où elle en était de ce côté-là. Avec son intuition phénoménale, elle avait saisi le fil de ma pensée car elle extirpa de sa poche une cigarette roulée.

— Ça te dit ?

— Lizzie, tu plaisantes ? Je suis enceinte ! Non, ça ne me dit pas. Et tu ferais mieux d'être discrète, ça risque de ne pas plaire à tout le monde.

— Pfttt ! Quelle bande de rabat-joie, s'écria-t-elle en se levant.

La lumière déclinait, la nuit commençait à tomber et avec elle montait le chant des grenouilles. Samy avançait vers nous à grands pas en gesticulant.

— Venez, les filles, on va faire une photo des quatre mousquetaires !

Il se pencha vers moi, me salua d'un chapeau imaginaire et me prit la main pour m'aider à me relever.

— Et on l'appellera « vingt ans après », rigola Lizzie en lui emboîtant le pas.

13

When a Man Loves a Woman

Novembre 1967

Le repas, une véritable débauche de nourriture, se terminait. Deux serveurs apportèrent cérémonieusement la pièce montée. Je ne raffolais pas de ce genre d'échafaudage de couches de gâteau recouvert de sucre glacé, décoré de noisettes de crème fouettée et surmonté de ridicules personnages de plastique en tenue de cérémonie, mais j'avais cédé pour complaire à ma belle-mère. Domingo me fit lever pour accueillir la pyramide. Tous les regards se tournèrent vers nous ; ils m'intimidaient. Sa main guida la mienne pour entamer le gâteau avec une précision toute chirurgicale, sous les flashs des appareils photo. Ce fut le moment que choisit Arturo pour demander le silence d'un battement de sa cuillère sur sa coupe de champagne. Tandis qu'il se levait, Domingo se pencha vers moi et grommela à mon oreille un « *Dios mío*, que va-t-il bien nous sortir ? » Moi j'étais soulagée qu'il coupât l'herbe sous le pied de Markus qui n'aurait pas manqué d'évoquer mon enfance.

Arturo, qui n'avait rien d'un tribun, s'empêtra dans une harangue grandiloquente, pleine de sous-entendus, nos années américaines, notre amitié, évoqua à mots couverts le carnaval décisif, pour conclure par une formule absconse : « Ruth, tu es désormais ma belle-âme-sœur » et ses vœux de bonheur. Il se rassit légèrement penaud en me décochant un clin d'œil et je me mis à battre des mains comme une folle pour lui éviter un fiasco. Tout le monde m'imita.

— Vive les mariés !

Pris d'une inspiration subite, Arturo se releva et, soulignant son trait d'un clin d'œil, lança :

— Attachez vos ceintures, la nuit va être agitée !

Il n'avait pas pu s'en empêcher. Il avait gardé cette habitude de truffer ses conversations de répliques de cinéma chipées dans les films qu'il voyait au rythme effréné de deux à trois par semaine. J'étais sans doute la seule à connaître cette marotte que je trouvais infantile. Il avait manifestement enrichi son répertoire. J'éclatai de rire, mais pas sa mère qui nous tança d'un regard désapprobateur, l'un après l'autre.

Ravalant son discours, Markus venait de lever haut sa coupe, un éclat paternel dans le regard. Sous les ovations, Frederick, parfait dans son rôle de chef de famille, me guida à pas lents au centre de l'estrade. Je me voyais avec les yeux de Lizzie et me fis la réflexion que nous étions atrocement traditionnels, que j'aurais préféré quelque chose de plus… iconoclaste. Les accents nostalgiques de la *Zigeunerweisen* d'Igor Borganoff s'élevèrent. C'était mon choix et c'était bien trop triste et solennel pour un mariage, mais mon frère et moi savions pourquoi. En valsant lourdement dans les bras de mon frère, je glissai un coup d'œil à ma mère et je la vis essuyer une larme.

— Franchement, Ruthie, c'est à pleurer, c'était pas une bonne idée, me chuchota Frizzie en enchaînant les pas. Si tu voulais foutre le bourdon, c'est réussi.

— Je m'en fiche, c'est rien que pour nous. Je voulais que papa soit avec moi, ne serait-ce qu'une minute.

— Je ne sais pas comment tu vas rattraper ça maintenant.

— T'inquiète ! Arturo et Debbie ont apporté des munitions. Ça va rocker en moins de deux.

— Ne rocke pas trop, et tu ferais bien aussi d'y aller mollo sur le champagne.

— Pas question de célébrer mon mariage à l'eau ! Et je te ferais remarquer que je ne risque rien, mon mari (le mot roula sous ma langue comme une gourmandise) est médecin !

J'éclatai de rire tandis que Domingo m'arrachait des bras de mon frère aux accents sirupeux de *When a Man Loves a Woman*. La *Zigeunerweisen* avait fait long feu.

*

La fête était en train de se métamorphoser.

Carmela avait ses yeux de fête, étrécis par un sourire heureux. Elle avait débouché son éternelle flasque de rhum, sans oublier de gratifier la terre de la première goutte « *Pa' lo' muerto'* », puis, malgré ses quatre-vingt-six ans, elle avait dansé avec fierté un merengue endiablé avec Frizzie – c'est elle qui le lui avait appris dans son enfance –, agitant son petit mouchoir blanc d'un moulinet du poignet à chacune de ses figures. Almah la regardait les yeux brillants de bonheur et de fierté.

— Carmela incarne tout ce que j'aime dans ce pays : la joie de vivre, l'énergie, l'optimisme, le courage, la liberté, la générosité.

Elle avait offert à Ruth un magnifique couvre-lit de coton blanc qui lui avait coûté de longues semaines de travail, elle dont les yeux défaillants se voilaient irrémédiablement. Émue, Ruth l'avait imaginée courbée sur l'ouvrage, le nez chaussé de ses lunettes, le crochet zigzaguant entre ses doigts. C'était le cadeau qui l'avait le plus touchée et elle savait que jamais elle ne s'en séparerait.

Ils avaient formé un grand cercle pour danser une hora, les mains des uns sur les épaules des autres, et c'était vraiment joyeux et formidable de voir mêlés trois générations et autant de pays. Almah, qui avait renoncé à la ronde, se balançait dans une *mecedora* en regardant tout son petit monde, une seule grande famille. Markus déambulait et s'escrimait à prendre des photographies. Les enfants chahutaient, se glissant entre les jambes des uns et des autres. Gaya, la plus jeune, était de loin la plus turbulente. L'énergie de cette enfant impressionnait Almah. Frizzie parlait, sans doute tabac et élevage, avec Soteras père, à moins qu'il n'évoquât avec fierté ses projets d'investissement pour le domaine.

Almah était heureuse, il n'y avait pas une ombre au tableau. Elle avait jaugé Domingo, il ne lui avait pas fallu longtemps. C'était un amour jeune, fort, vigoureux, plein d'optimisme résolument tourné vers le bonheur. Elle n'avait jamais vu sa fille aussi radieuse. Ruth avait ouvert le bal avec Frederick avec cette valse qui lui rappellerait toujours son premier rendez-vous amoureux, puis elle avait valsé avec Markus, Emil, Aaron, son beau-père. Il y avait eu les chansons de l'adolescence et Lizzie avait entraîné Ruth dans un mambo de Pérez Prado. Almah s'était souvenue du temps où les filles en short s'entraînaient à danser sur la véranda, Lizzie était fan de Pérez Prado, elle trouvait *El Manicero* démodé alors que Ruth l'adorait. Plus tard, Ruth avait entamé un merengue endiablé sur un joyeux *perico ripiao* avec Arturo sous l'œil réprobateur de sa belle-famille et de Domingo qui n'arrivait pas à la tempérer.

Il y avait eu un moment de flottement quand Lizzie avait dansé en chaloupant, ses longs cheveux ondulant autour d'elle sur le refrain iconique de Scott McKenzie « *If you're going to San Francisco, be sure to wear some flowers in your hair...* » Ruth avait rejoint son amie et elles avaient dansé toutes les deux une espèce de lente sarabande hypnotique. Dans les yeux de Frederick, Almah avait lu envie et compassion, regret et admiration. Ça avait été le clou de la soirée. Ou presque.

Almah avait soupçonné une conspiration – probablement Arturo et Deborah, ou alors Liselotte et Frederick – quand Ruth et Domingo s'étaient retrouvés seuls sur l'estrade, enlacés sur les accents joyeux de *Happy Together*. Oui, ils étaient vraiment heureux ensemble et Almah avait dû essuyer une larme intempestive qui s'invitait au coin de son œil. Elle en était sûre, c'était un mariage d'amour, un amour au long cours. Un bref instant, un regret, vif et acéré, lui avait mordu le cœur. Wilhelm. Comme il lui manquait à cet instant même, comme il aurait été fier de valser avec sa fille. Contre toute raison, Almah s'efforçait de croire qu'il était là, qu'il les voyait d'où qu'il fût, qu'il partageait leur immense bonheur.

*

Attirée par les éclats de la voix de Mirawek qui, fidèle à lui-même, s'échauffait entre Emil et Markus à propos de la guerre des Six-Jours, Almah s'approcha du trio. Le Mirawek grinçant et cynique d'autrefois avait cédé la place à un homme mûr. Il était toujours aussi sûr de lui mais n'avait plus rien à prouver. Libéré de la *doxa* sioniste, il avait appris, semblait-il, à écouter les autres, hochant la tête en entendant leurs arguments, les pesant et les soupesant, avant de les reprendre et d'y répondre. Bref, il avait appris à mettre de l'eau dans son vin. Il parlait de guerre éclair, de finesse stratégique, de supériorité incontestable et vantait la qualité du renseignement israélien.

— Et voilà comment une guerre que nous n'avons pas désirée se transforme en triomphe !

Markus hocha la tête, dubitatif :

— Un triomphe, vraiment ? Israël a spolié les Arabes comme on l'a fait en 48 avec des conséquences catastrophiques pour la population expulsée et consignée au mieux dans des camps de fortune et au pire laissée pour compte…

— Sais-tu qu'il y a eu un pogrom à Tripoli, 4 000 Juifs sauvés par le Joint, dont certains ont rejoint Israël après avoir transité par l'Italie ? L'histoire se répète.

— C'était une guerre. Il n'y a pas eu de débordements de Tsahal ? Ça m'étonnerait, intervint Emil.

— Il est vrai qu'Israël est dans une configuration difficile à défendre, même dans le contexte particulier de l'histoire juive, tempéra Markus, reprenant à son compte les mots d'Abba Eban, le ministre israélien des Affaires étrangères.

— Avec deux populations, dont l'une est privée de tous ses droits, c'est un véritable baril de poudre, renchérit Emil, exhalant un lourd nuage de fumée.

— On est bien loin de l'idéal de Buber, un État binational fondé sur l'amour partagé des deux peuples pour leur patrie, soupira Markus avec fatalisme.

— C'est juste et c'est vrai aussi que les pays arabes ont refusé en bloc de reconnaître notre État, et par conséquent de faire la paix ou même de négocier[1], rétorqua Mirawek.

— Bah, je suis confiant, l'ONU y mettra bon ordre, conclut Markus en balayant leurs remarques d'un haussement d'épaules, espérant clore le sujet.

Almah sourit en se laissant choir sur une chaise au milieu de ses amis. Ces trois-là réinvestissaient leurs costumes d'autrefois avec un naturel déconcertant, à

1. Résolution de Khartoum adoptée en septembre 1967 par les pays arabes.

croire qu'ils ne les avaient jamais quittés. Mirawek le provocateur exalté, Markus le temporisateur, Emil le sceptique. Quand elle pensait à eux, elle ne voyait jamais Mirawek que dressé sur ses ergots et Emil son éternel cigare aux lèvres. Rien n'a changé, pensa-t-elle avec un pincement au cœur. Sauf que Wil n'est plus là. Comme il serait heureux d'être avec nous et de croiser le fer avec Mirawek, songea-t-elle encore une fois.

— Aujourd'hui c'est le mariage de Ruthie, alors pas de discussion politique, c'est un ordre ! Qui inviterait à danser une infirme qui traîne la patte ?

Écrasant son cigare dans le cendrier, Emil se leva et lui prit la main, laissant Mirawek et Markus à leur bataille d'idées.

14

Une morsure douce-amère

Novembre 1967

Petit à petit, les invités désertaient la fête pour regagner leurs pénates. Domingo raccompagna des cousins logés dans un hôtel de Sosúa et je me retrouvai seule. C'était ce moment un peu triste d'une fête, quand elle n'est pas encore finie mais presque, celui où l'ambiance se délite et qu'on aimerait que ça se prolonge encore un peu.

Je cherchais mes amis des yeux, ils avaient disparu. Un rire en cascade et la voix de fausset de Nathan qui pérorait me guidèrent et je les retrouvai. Ils étaient tous là, Lizzie, Samy, Arturo, Debbie et Allen, son fiancé – un banquier aussi effacé qu'elle était pétillante et qu'elle menait par le bout du nez –, assis en cercle, se tournant le dos, épaule contre épaule, le visage levé vers le ciel, hilares. Ils essayaient de repérer des constellations en gloussant. Arturo, d'habitude si réservé, ricanait comme un âne, et je compris. Ce n'était pas que l'effet de la fête et de l'alcool.

— Assieds-toi avec nous, Ruthie, m'intima Lizzie qui évidemment menait la danse, Nathan calé contre ses genoux.

Je me sentais un peu ridicule, engoncée dans ma robe de mariée. Je me laissai tomber dans l'herbe entre Arturo et Debbie.

— Ils ont fumé un joint, piailla Nathan de sa voix haut perchée.

— Mon Dieu, j'espère que…

— T'inquiète, me rassura Arturo, je veille sur lui.

L'espace d'une courte seconde, je ressentis la morsure douce-amère d'une pointe d'envie. Je ne pouvais pas partager ça avec eux. J'avais quitté leurs rangs, ceux des célibataires sans entraves, et il y aurait désormais bien d'autres choses que je ne pourrais plus partager avec eux. Ils allaient dormir tous ensemble dans une vaste chambre aménagée en dortoir avec des matelas à même le sol, ils allaient rigoler tout ce qui restait de la nuit. Je tentai de me mettre à l'unisson et leur pointai mes étoiles préférées, la constellation d'Orion et Sirius, les cadeaux de mon père.

La voix de Domingo me rappela à l'ordre et je me levai pour rejoindre mon mari tout neuf.

— Un bain de minuit, ça vous tente ? lança Lizzie, qui ne manquait jamais d'inspiration.

— Oh oui, oh oui ! glapit Debbie, suivie par Nathan qui se mit à trépigner.

— J'ai une voiture, dit Arturo.

Ils étaient tous debout, soudain pressés, comme pris d'une envie irrésistible. Je resserrai ma main autour de celle de Domingo, une supplique silencieuse. Il me regarda avec ce sourire qui me faisait fondre et qui disait « ce qui te fait plaisir, *querida* ».

— File te changer, me glissa-t-il, et rapporte-moi un maillot et les clés du pick-up.

Je courus vers le bungalow d'Almah. Ma mère et Svenja discutaient doucement sur la galerie, avachies dans les fameux fauteuils Adirondack dont Svenja avait déclaré plus tôt qu'elle voulait les importer dans son pays tant ils étaient confortables.

— On va se baigner !

— Ma chérie, le jour de ton mariage ? objecta ma mère.

— Oh Almah, tu ne te rappelles donc pas ? intervint Svenja. Combien de fois nous sommes-nous baignées sous les étoiles ? Ruthie, je suis sûre que Frizzie regretterait de manquer ça.

— Elle a raison, Ruthie, appelle ton frère.

Entortillée dans une serviette de plage, je galopai vers la maison où je trouvai Frederick en grande discussion avec Mirawek. Il déclina l'invitation avec une moue d'adulte navré par les caprices d'un enfant.

— Frizzie, on y va tous !

Il fit non de la tête. Je n'insistai pas. Domingo m'attendait au volant du pick-up dont la plateforme était pleine. Je me glissai sur la banquette avant contre lui et nous partîmes.

La lune baignait la plage d'une lueur argentée se reflétant dans l'eau noire. Nous batifolions dans l'eau tiède depuis un bon moment, jouant à nous asperger comme des enfants, quand je vis deux silhouettes noires s'approcher de la rive, main dans la main. Frizzie avait convaincu Ana Maria ou peut-être était-ce l'inverse. Tous ensemble, nous retrouvions la joie insouciante d'autrefois. Nous regagnâmes la *finca*, hébétés de fatigue mais heureux, dans le ciel pur du matin naissant.

*

À son arrivée, Deborah avait considéré longuement Lizzie, comme une curiosité. Je le savais à ce regard inquisiteur et pensif qu'elle prenait quand quelque chose l'interpellait. Lizzie s'était laissé observer avec une lueur de défi dans les yeux. Puis je les avais vues se sourire, un sourire sincère, et j'en avais été soulagée. Pas de rivalité entre mes deux amies. Plus tard, je les avais surprises à rire ensemble. Se moquaient-elles de quelqu'un ? Parlaient-elles de moi ? J'éprouvais un plaisir singulier à les voir si bien s'entendre. J'avais l'impression d'être une sorte de démiurge et en même temps j'en ressentis comme un soupçon de jalousie. Lizzie avait mis Debbie dans sa poche, j'en aurais mis ma main au feu. Plus tard Debbie me confia qu'elle lui avait laissé ses coordonnées. Je lui glissai « Si tu pouvais lui trouver un job, quelque chose qui lui convienne, tu sais, elle est terriblement intelligente », car je continuais à me faire du souci pour Lizzie.

Lizzie qui avait trouvé une solution à son problème de retour : Samy lui offrait son billet pour rentrer aux États-Unis. Je m'interrogeais, sans oser demander à quelles tractations ils s'étaient livrés, quel accord ils avaient passé. Elle avait bouclé son sac et j'ignorais à ce moment-là que c'était tout ce qu'elle possédait. Nous attendions le taxi qui les ramènerait dans le Sud en nous promenant en silence autour de la maison. Je ne savais pas trop quoi dire. Rien de ce que font les amis quand ils se quittent, échanger des promesses, échafauder des projets ou se faire des recommandations, ne convenait. Je savais que c'était inutile. Ce que nous savions pertinemment en revanche, l'une comme l'autre, c'est que nous ne savions pas quand nous nous reverrions. Un an ? deux ? une éternité ? Le silence entre nous était comme un pacte. En entendant la rumeur d'un moteur, Lizzie s'immobilisa, me prit par les épaules et me regarda droit dans les yeux. Sa lèvre inférieure se mit à trembloter.

— Ruthie, tu ne sais pas la chance que tu as d'être tant aimée !

La tristesse absolue de cette remarque me scia. Je balbutiai :

— Toi aussi, Lizzie, tu es aimée. Tout le monde t'aime, moi la première ! Tu es ma meilleure amie !

Elle se contenta de me fixer de son regard aigu, avec son petit sourire, celui qui disait : « Tss… Tss… ! Tu m'as parfaitement comprise. »

Je détournai la tête pour qu'elle ne vît pas l'ombre qui voilait mes yeux, lui pris la main et l'entraînai vers le taxi.

Il y eut des baisers, des accolades, et même quelques larmes quand la portière de la voiture se referma sur Lizzie et Samy. On aurait pu croire que c'étaient eux les jeunes mariés. Et finalement c'était presque ce qu'ils étaient. Car Lizzie ne rentra ni à New York ni à San Francisco.

15

Une petite revanche sur le destin

Décembre 1967

La Havane, 5 novembre 1967

Ma très chère Almah,

Comme la vie est étrange, qui ne cesse de nous réserver des surprises.

Il était écrit que nos chemins se croiseraient encore. Nous appartenons désormais à la même famille élargie.
Souhaitez de ma part tout le bonheur du monde aux jeunes mariés. Mon neveu Domingo est un homme solide et honnête qui saura rendre votre fille heureuse, n'ayez pas le moindre doute là-dessus.

J'en profite pour vous annoncer que je vais moi aussi me marier. Yelena est institutrice, elle a

trente-six ans. Nous nous sommes rencontrés au cours de la dernière zafra et nous partageons les mêmes idéaux, ce qui est l'assurance de bases solides pour un couple.
Ici le mariage est une institution curieuse et bien peu romantique, régie par des règlements précis. Nous ressortirons de la Maison des mariages avec un certificat et une dotation en bons d'achat, puisque l'État pourvoit à nos besoins.

Je ne pourrai malheureusement pas être des vôtres le jour de la noce de Ruth et Domingo car ici les voyages sont réduits à la portion congrue et réservés à l'élite, mais mes pensées accompagneront les jeunes mariés. Je leur adresse ce jour un télex de félicitations, car il est probable que vous recevrez cette lettre bien après le mariage.

Avec toute mon affection, votre fidèle ami,
Daniel Soteras

Daniel avait vu juste, sa lettre arrivait après le mariage, un exploit alors qu'elle n'avait qu'un bras de mer à traverser. Almah la replia, pensive. Daniel ne s'enquérait même pas d'elle. À bien la relire, elle se dit que c'était une sorte de lettre d'adieu. Qu'importe ! Daniel méritait sa part de bonheur. Elle souhaitait sincèrement que son mariage soit heureux. Elle ne sentait pas de véritable passion sous ses mots, ce qui, d'une certaine façon, était comme une petite revanche sur le destin qui lui avait enlevé cet homme, sur la vie qui ne le lui avait jamais ramené. Une satisfaction bien mesquine qu'elle balaya vite. Elle espérait que, par pudeur, Daniel ne lui avait pas tout dit, que Yelena était une de ces belles plantes des îles qui enflamment les sens des hommes, qu'il en était amoureux. Enfin, ce n'était plus son affaire.

Almah chiffonna la lettre, puis changea d'avis et la lissa du plat de la main. Elle irait rejoindre les précédentes dans le coffret de bois où elle conservait sa correspondance.

Elle se mit à se balancer doucement.

Pas de regret.

Pas de déception.

Pas de ressentiment.

Rien que le sentiment du temps qui passe et apaise.

À l'heure où les responsabilités et les contraintes s'étaient envolées, la jeunesse revenait comme une douce caresse, une inspiration. Son esprit pouvait voguer sur la crête de libertés nouvelles, dans un océan dégagé des tempêtes. Almah sentait poindre en elle des envies, des espérances, des idées qui voulaient prendre de l'ampleur. Elle n'était pas vieille, sa vie était loin d'être terminée et elle n'avait pas dit son dernier mot. Maintenant que tout était en ordre, le temps était venu de se montrer égoïste.

Elle ferma les yeux et se mit à rêver.

De liberté.

De son âme sœur, Svenja.

D'un nouveau voyage à Jérusalem.

16

Les ajustements nécessaires

Janvier 1968

Nous apprenions à nous connaître et à cohabiter.

Nous n'avions eu jusqu'à notre mariage que des rendez-vous secrets, qui n'avaient donné aucune chance à une intimité autre que physique de s'installer entre nous. Je n'avais jamais partagé le quotidien d'un homme et c'était une gageure. Nous étions issus de milieux tellement différents, et mon éducation libre heurtait la sienne, contingentée par les règles strictes dont son frère avait eu le courage de s'affranchir. En vivant auprès de Domingo, je mesurais le chemin parcouru par Arturo et je n'en admirais que davantage sa force de caractère tapie sous ses dehors timides.

C'était le temps des ajustements nécessaires.

Les premiers temps de notre mariage, Domingo se moquait de moi. Je gardais tout, une planche de bois, un élastique, une boîte en carton. Comment lui expliquer que j'avais été élevée dans l'esprit des *moshavim*[1]. On m'avait appris à ne rien jeter. Le moindre objet pouvait trouver son utilité, sa fonction, être recyclé, servir d'engrais. C'était une éducation à l'écologie avant l'heure, j'étais pétrie de ce bois-là et peu à peu je le convertis à cette façon de vivre.

Dans un désir très conscient de plaire à ma belle-famille, je tentai de me déguiser en bourgeoise respectable lors de nos visites à Santiago en pensant aux quolibets dont Lizzie n'aurait pas manqué de m'étourdir si elle m'avait vue. Je les trouvais si vieux jeu malgré leur prétendue ouverture d'esprit et tellement soucieux des apparences. Rapidement je décidai de jeter l'éponge, j'étais comme j'étais et je leur imposais l'enfant d'un autre. Point. Mais j'étais la femme que leur fils avait choisie, celle pour laquelle il s'installait à la campagne, embrassant une carrière bien moins reluisante que celle qu'il avait entamée à Santiago, en mettant ses compétences au service des déshérités. C'était la réalité, c'était quelque chose que les Soteras devraient digérer, quelque chose qui, selon Domingo, s'apaiserait avec la naissance de notre enfant. Je n'en étais pas si sûre, même si ma belle-mère s'était attelée avec zèle à la confection d'un trousseau pour le bébé.

— Tu crois que ça se soigne ? demandai-je un jour à Domingo au retour d'un repas dominical à Santiago.

Pour toute réponse, sans quitter la route des yeux, il posa sa main sur mon genou, une des rares parties de

1. Un *moshav* (au pluriel, *moshavim*) est un type de communauté agricole coopérative israélienne associant plusieurs fermes individuelles.

mon corps qu'il osait encore toucher. Puis comme je restais silencieuse, ma question toujours en suspens :

— Mon amour, toi et moi nous sommes invincibles, et ce ne sont pas les petites perfidies de ma mère qui y changeront quelque chose. Si tu savais comme je suis content de rentrer chez nous. D'ailleurs, nous allons arrêter ce rituel des déjeuners du dimanche. On prétextera ton état et ensuite le bébé. S'ils veulent nous voir, ils n'auront qu'à se déplacer.

C'était une des mille choses que j'aimais chez lui. Domingo me comprenait à demi-mot et prenait toujours les décisions qui allaient dans mon sens sans que j'aie à les formuler.

Il y avait aussi toutes ces choses que j'étais fière de lui apprendre. Comme savourer le moment suspendu quand la nuit tombait silencieusement avant le début du concert nocturne, déchiffrer les chants de la nuit sans confondre celui des grenouilles naines avec le crépitement des grillons quand l'obscurité avait jeté son voile, distinguer le craquement des branches du souffle des palmes sous la brise, ou lire l'humeur de la mer. Je lui racontais les croyances du *campo* et lui révélais les vertus des plantes qu'il ignorait. Cet aspect des choses l'intéressait particulièrement et il décida d'approfondir le sujet auprès de Carmela car il y avait là « des trésors de savoirs qui ne devaient pas se perdre ».

Je découvrais tant de choses qui m'attendrissaient. Comme le fait qu'il était jaloux du lien qui m'unissait à son frère. Il y avait entre Arturo et moi une forme d'intimité exclusive dans laquelle Domingo n'entrait pas, des mots, des codes, des signes, des secrets, une relation sans filtre, sans pudeur, absolue.

Domingo savait donner de la magie à nos soirées. Il institua l'apéritif, « du jus de fruit pour mes deux princesses, désolé c'est valable pour toi aussi, Ruth, et jusqu'à nouvel ordre ». C'est lui qui racontait l'histoire du soir à Gaya, avec beaucoup plus de talent que moi. Un soir où Domingo devait rentrer tard d'une de ses campagnes de vaccination, je le remplaçais pour la lecture. Ma fille déclara en fronçant le nez :

— Tu fais pas bien la voix du dragon, maman. Papa la fait mieux que toi.

Mon cœur se dilata de bonheur et je me dis que nous étions une vraie famille, sans fausse note.

J'avais abandonné les incertitudes de ma vie. Je n'avais plus à chercher ma place dans le monde. Elle était à côté de lui. C'était nouveau pour moi, ce sentiment de force, d'invulnérabilité. La perspective de vivre et de vieillir à ses côtés me paraissait infiniment douce et rassurante. Je pouvais lui confier les sentiments secrets que j'avais parfois du mal à m'avouer à moi-même, mes lâchetés, mes incertitudes, mes incohérences. J'acquis peu à peu la conviction qu'il faisait ressortir ce qu'il y avait de meilleur en moi.

Chaque matin le chant du coq ébranlait le calme du jour naissant, et Gaya prit l'habitude de venir se nicher entre nos deux corps. Elle posait sa menotte sur mon ventre à côté de la grande main de Domingo pour dire bonjour au bébé. Voir ces deux mains côte à côte, celle si petite et potelée de ma fille, celle large et robuste de mon mari, me bouleversait. Et c'était une journée qui commençait bien.

Bientôt nous ne fûmes plus habités que par l'attente de la naissance de notre enfant.

17

« *Shot to death in Memphis* »
4 avril 1968

La nouvelle claqua comme un fouet, avec une force telle que j'en vacillai. « *Shot to death in Memphis.* »

Il était 19 h 30. Nous nous apprêtions à dîner sur la véranda. Ce fut une déflagration dans la tiédeur de la nuit tropicale qui tombait doucement. Les nouvelles du soir que distillait la radio furent interrompues par un flash d'informations. Je crus d'abord avoir mal entendu. « Le pasteur Martin Luther King, prix Nobel de la paix, vient d'être abattu d'un coup de feu à Memphis. »

Je restais en état de sidération de longues secondes. Je me rendis compte que des larmes coulaient sur mes joues quand la petite voix inquiète de Gaya s'éleva :

— Maman, pourquoi tu pleures ?

À cet instant le téléphone sonna.

Arturo appelait de New York. Étais-je au courant ? Lui aussi était en état de choc, comme moi, comme le monde entier. Il me dit que les dernières paroles du pasteur, « Ben, joue *Precious Lord, Take My Hand* à la réunion de ce soir. Joue-le de la plus belle manière », adressées à son ami musicien Ben Branch qui devait se produire lors du meeting prévu le soir même, étaient comme une prémonition. Et cela fit redoubler mes pleurs.

La soirée prit des allures de veillée mortuaire. Je couchai Gaya sans histoire du soir et en bâclant le rituel câlin, malgré ses protestations. Vraiment je n'avais pas le cœur à ça. Domingo était perplexe.

— Je ne comprends pas que tu te mettes dans un tel état. C'est un événement triste, très triste, mais de là à…

— J'étais là quand il a prononcé son discours à Washington. J'y étais avec ton frère. Nous avions fait le trajet dans un vieux bus avec mon ami Bernie qui avait tout organisé. Tu ne peux pas savoir ce que nous avons vécu et partagé ce jour-là, la fièvre, l'ardeur, l'allégresse. C'était une communion collective, un immense espoir, quelque chose de… de…

Je n'avais pas de mot sur ce qu'avait été pour nous cette journée qui restait à jamais gravée dans mon âme. Domingo me considéra, un peu blessé. Il était l'homme de ma vie, mais Arturo occupait une place très spéciale dans mon cœur, car j'avais partagé avec lui des moments rares et précieux, de ces moments inoubliables qui construisent un individu.

Ainsi donc, dans le climat de désordre, de désobéissance et de chaos qui régnait aux États-Unis, on avait réussi à faire taire la voix de la mauvaise conscience de l'Amérique. C'était un symbole que l'on venait d'abattre et j'étais convaincue que le pasteur serait bientôt un mythe. J'étais touchée jusqu'au tréfonds de mon être, moi dont l'âme était métisse, moi née au cours de la pire extermination de l'Histoire, moi qui appartenais à une nation où le racisme ordinaire était beaucoup plus insidieux qu'aux États-Unis, où l'ennemi avait toujours été le voisin, l'Haïtien, plus pauvre, plus noir. Je ne doutais pas que la philosophie de Luther King triompherait, mais le chemin, je le savais, serait long et tortueux.

Ce soir-là, je veillai jusqu'au petit matin, raturant mille fois mes feuillets jusqu'à ce que je sois satisfaite de mon article, tandis que mon bébé s'agitait dans mon ventre.

Une semaine plus tard je reçus d'Arturo par pli très spécial un numéro de *Life* dont la couverture, un grand portrait noir et blanc de Luther King, titrait « *Week of shock* ».

18

Le gouvernail de nos vies

Mai 1968

Gaya exultait. C'était un petit frère.

« Vraiment très petit et pas très joli », constata-t-elle avec un froncement de sourcils et une petite moue dubitative en observant le nouveau-né. « Et un peu jaune aussi. »

David naquit en quelques heures avec la jaunisse. Je m'étais alarmée, mais Domingo, incapable de contenir sa joie à la naissance de son fils, me rassura. « Un petit problème de réglage des fonctions du foie. Dans quelques jours il n'y paraîtra plus. » Et il avait raison.

À l'inverse de ce que j'avais vécu pour Gaya, j'avais eu hâte d'accoucher, hâte de faire connaissance avec mon enfant. J'avais hâte aussi de retrouver un corps désirable. Car même s'il avait affirmé le contraire, je sentais bien que Domingo me considérait comme un réceptacle sacré, un véritable sanctuaire et plus tout à fait comme une femme. Cela faisait moins de deux ans que nous nous connaissions et j'avais l'impression de ne m'être jamais montrée à lui que volumineuse, boursouflée et empotée. Le souvenir des premiers mois de notre passion se diluait dans l'expectative des derniers mois de ma grossesse. Je trouvais la sanction dure. J'avais un urgent besoin de retrouver l'estime de moi-même et le chemin du corps de mon mari.

Car avec mon ventre flasque, ma taille épaisse, mes seins lourds et douloureux qui tachaient mes vêtements, j'avais du mal à m'aimer et j'avais le sentiment que je n'intéressais plus personne. Je me sentais abandonnée et à plusieurs reprises dans les jours suivants la naissance, je me retrouvai à fondre en larmes sans raison. Cela n'échappa pas à ma mère, qui tenait ferme le gouvernail de nos vies, et elle décida qu'il était temps que je me reprenne en main. Comme lors de l'été de ma première grossesse, je me mis à vivre une période de complicité et de tendresse sans pareille avec elle. J'aimais cette facette d'Almah, quand la femme impériale et indépendante s'effaçait au profit de la mère tendre et attentionnée. Une routine s'installa qui dura quelques semaines. Nous prenions nos repas ensemble, nous nous promenions sur la plage, je portais mon fils en écharpe, parfois elle prenait le relais. Nous nous installions à l'ombre d'un amandier pour bavarder, elle me racontait des anecdotes de notre petite enfance, de sa propre enfance. Je lui parlais de mes doutes, de mes craintes pour l'avenir de Gaya et David. Elle m'aidait à reprendre confiance en moi. Nous allions chercher les filles à l'école et les ramenions sur la plage où elles s'égaillaient comme un trio de poussins échappés d'une volière. Puis je rentrais chez moi apaisée tandis que ma mère remontait à la *finca* avec les jumelles. Ce fut une période de trêve, une belle parenthèse durant laquelle j'apprivoisai ma nouvelle vie de mère de famille.

Je crois bien que le mot exact est pouponner. C'était ce que je faisais en mesurant avec regret ce que j'avais sacrifié dans les premiers mois de vie de Gaya. David était un gros bébé, un glouton de premier ordre qui dormait comme un bienheureux, et je bénissais le ciel qu'il fût un enfant aussi facile. Il portait autour du cou une pierre d'ambre passée dans un lacet que Carmela lui avait offerte à sa naissance pour le protéger du *mal de ojo*. Domingo s'était moqué de cette croyance campagnarde, mais j'avais tenu à garder le collier car ça ne pouvait pas nuire à notre fils. Et puis je ne voulais à aucun prix froisser notre Carmela. D'ailleurs, nourrisson, j'avais moi aussi porté ma perle d'ambre offerte par la vieille dame qui croyait dur comme fer à ses vertus.

Du côté de David, donc, tout allait bien. Mais c'était Gaya qui me donnait du fil à retordre. Elle avait fait un caprice pour avoir son propre collier d'ambre que Carmela s'était empressée de lui offrir, s'était remise à jouer les bébés, refusait de manger, réclamait de la bouillie au petit déjeuner et boudait plus qu'à son tour. Toujours placide, Domingo prédisait que ça ne durerait pas. Néanmoins, je décidai de me faire aider au quotidien et Rosita me présenta Flor, une cousine à elle, qui me devint rapidement indispensable.

Délestée des tâches ménagères, je me remis doucement au travail, tandis qu'Almah veillait aux destinées du studio de photographie et de sa fondation médicale, sans compter l'atelier de menuiserie qui, malgré ses efforts, ne décollait pas. Les fauteuils Adirondack étaient en passe de devenir une plaisanterie familiale. Pourtant Markus et Almah n'en démordaient pas, un jour ils feraient un tabac. De son côté, Domingo était accaparé par le nouveau programme de vaccination qu'il mettait sur pied. Et avec son projet de transformer le dispensaire de Sosúa en une véritable clinique, il était plus qu'occupé.

Une nuit, je me réveillai dans un lit déserté. Je me levai sans bruit. Domingo faisait les cent pas sur la terrasse, berçant David dans ses bras, son petit doigt glissé dans la bouche du bébé. Bouleversée par cette image, je retournai me coucher sur la pointe des pieds.

Était-ce une coïncidence ? Le lendemain, au cours de notre promenade de fin de journée, Almah, yeux plissés, sourire en coin, constatait avec l'air de ne pas y toucher :

— J'ai l'impression qu'on n'a plus trop besoin de moi ici.

Elle fit une courte pause et ajouta d'une voix malicieuse :

— Je crois bien que je vais aller prendre l'air.

Almah n'avait pas besoin d'en dire plus, je savais ce qu'elle me signifiait.

Et effectivement, ma mère passa l'été en Israël.

19

Dans l'ordre des choses

Août 1968

Le mariage de Lizzie et Samy ne dura pas huit mois. Nous avions été avertis de la cérémonie express qui scellait leur union par un télégramme.

À sa moue faussement dédaigneuse et à sa remarque acide, « ils sont vraiment mal assortis », je compris que Frizzie en concevait du dépit. Mais tout le monde pensait que c'était finalement dans l'ordre des choses. Après tout, ils avaient partagé leur enfance et se connaissaient bien. Sauf que Samy s'était terriblement assagi tandis que Lizzie n'avait fait que suivre sa pente vertigineuse. Et ce qui devait arriver arriva. Ses bagages à peine défaits, Lizzie les refit et reprit sa vie aventureuse.

— Ça ne pouvait pas marcher, triompha Frizzie avec une sorte de satisfaction quand je lui annonçai la nouvelle de leur divorce. C'était un mariage bâclé, une mascarade, un pis-aller catastrophique pour sauver la face.

Je le trouvai dur et lui en voulus de son jugement à la serpe. Car sans doute avaient-ils vraiment essayé.

Quand Almah l'apprit, beaucoup plus tard, elle laissa tomber, fataliste :

— Je n'aurais pas parié un peso sur leur union ! La carpe et le lapin…

*

Je relisais la lettre de Lizzie et je me sentais désespérée. J'avais eu tant d'espoir pour elle.

New York, le 18 août 1968

Ruthie,

J'imagine très bien ta tête à la lecture de ma lettre et j'entends déjà tes ah et tes oh ! Aussi, plutôt que de te téléphoner, je préfère t'écrire, même si ce courrier mettra du temps à te parvenir.
Samy et moi venons de divorcer. Notre mariage a été une bêtise, et nous en avons vite été convaincus aussi bien l'un que l'autre. Qui manque d'assez de discernement pour épouser un ami d'enfance ? Qui à part moi, qui commets erreur sur erreur ?

Ne t'attriste pas de cette nouvelle. Nous étions partis sur de mauvaises bases, de vieux souvenirs magnifiés par le temps, une certaine attirance physique, le besoin de prendre une revanche (surtout pour moi je le confesse par rapport à Frizzie, ne le dis jamais), des blessures d'amours avortées de part et d'autre, rien qui puisse sceller durablement un couple. Non seulement nos caractères ne s'accordaient pas, mais finalement nos corps non plus. Et le pire, je m'ennuyais terriblement. Bref ça a été un fiasco sur toute la ligne et j'ai préféré partir avant que les choses n'empirent.

Pour être franche Ruthie, je suis infiniment soulagée, car je sentais bien que je rendais Samuel malheureux, et moi aussi par la même occasion. Il s'est conduit avec moi comme aucun de mes petits amis ne l'a jamais fait, avec beaucoup d'élégance et de tendresse. Mais ça n'a pas suffi. Samy a vu en moi une autre personne que celle que je suis réellement, et moi j'ai voulu m'illusionner, sans doute parce que j'étais fatiguée de ma vie. Pourtant j'ai essayé, je te jure que j'ai essayé, mais cette existence-là n'est pas pour moi.

Voyons les choses positivement : je me suis refait une santé, sans m'aigrir le caractère pour autant, ce qui serait arrivé inévitablement si j'étais restée plus longtemps, et je suis prête à prendre un nouveau départ dans la vie. Quant à Samuel, son nouveau statut d'homme fraîchement divorcé lui confère une aura de séduction et de respectabilité fort plaisante. À vrai dire, il est un peu tourneboulé et ne s'en rend pas encore compte, mais je suis sûre qu'il va se remettre très vite.

Je vais me réinstaller à San Francisco, chez une amie, en attendant mieux. Samy, grand prince, m'a donné un peu d'argent pour m'aider à redémarrer et je lui en suis très reconnaissante. Je t'enverrai mes coordonnées dès que j'aurai posé l'ancre.

Lizzie Kestenbaum, ex-Kaufman, fraîchement divorcée

À quoi m'attendais-je ? Pourquoi étais-je surprise ? C'était le contraire, un mariage réussi, un couple heureux, qui eût été surprenant. C'était typique de l'égocentrisme de Lizzie et j'aurais plutôt dû m'étonner que les choses aient duré huit mois. J'avais voulu y croire, de toutes mes forces.

Ce que Lizzie taisait, c'était que Samuel, comme il le confierait des années plus tard à Frederick, sortait anéanti de leur relation. Il avait tout fait pour que leur mariage marche, mais on ne se marie pas avec une exaltée de la trempe de Lizzie. « J'aurais dû me méfier, je la connaissais assez, et pourtant j'y ai cru », avouerait-il plus tard, avec une note de nostalgie très perceptible dans la voix.

Pour couronner le tout, Lizzie avait signé de son graffiti favori, ce qui laissait suffisamment présager du genre de vie qu'elle comptait reprendre.

Cette lettre était la première sensée, intime et vraiment sincère de Lizzie, la première où elle ne jouait pas. Je pensais avec amertume à ce bonheur qui était passé à portée de sa main et dont elle n'avait pas voulu se saisir. Mais peut-être était-ce elle qui était dans le vrai, peut-être qu'une vie sans aucune compromission n'avait pas de prix ?

Lizzie avait été mon double, elle était devenue le reflet de ce que je ne serais jamais. Je m'interrogeai sur ma propre vie et sur mon bonheur sans nuages. Pour conclure que non, ma vie ne souffrait d'aucune ombre, n'était empoisonnée d'aucun compromis. Je me dis que j'avais de la chance, plus que Lizzie n'en aurait jamais, qu'elle avait raison, j'avais de la chance d'avoir une famille comme la mienne, de la chance d'être tant aimée. Je me sentis légèrement coupable et aussi redevable vis-à-vis d'elle, et, cerise sur le gâteau, j'étais agacée de me sentir coupable et redevable.

20

La *tarea* va flamber
Décembre 1968

« Désenclavés, reliés au reste du monde ! » Ainsi titrai-je la une de *La Voix de Sosúa*.

C'était un changement majeur dans notre univers paisible, qui allait bouleverser nos vies.

Nous l'attendions depuis longtemps tout en la redoutant : la route côtière reliant Puerto Plata, Sosúa, Nagua et Samaná venait d'être inaugurée. Pile pour les fêtes de fin d'année.

Désormais nous n'étions plus isolés du reste du pays par une piste poussiéreuse que les belles voitures hésitaient à emprunter. Puerto Plata en une demi-heure, Santiago en une heure et demie !

Ana Maria se réjouissait de faire venir sa famille plus souvent. Ils n'avaient plus d'excuse désormais.

Avec son sens inné des affaires, Frederick flairait le développement touristique de la région.

« La *tarea*[1] va flamber » était devenu son leitmotiv et il pressait Domingo d'investir dans un grand terrain limitrophe de la *finca*. « C'est une belle opportunité, crois-moi ; vous pourrez y construire plus tard une grande maison, et si vous ne construisez pas, vous pourrez toujours le revendre. » Nous n'en avions pas les moyens, mais Domingo estimait que ça ne devait pas nous empêcher d'être ambitieux.

Almah, Markus et Marisol redoutaient que la paix de leur univers ne soit bouleversée, cependant ma mère, jamais à l'abri d'une contradiction, s'enflammait sur le prochain succès des fauteuils Adirondack dont la production était au point mort. Les premiers fauteuils avaient été vendus à nos amis, puis timidement à quelques bourgeois de Santiago qui possédaient des bungalows de vacances à Sosúa. Mais les choses allaient changer assurément. On pouvait même envisager de développer une collection de meubles en bois, comme des chaises longues, des tabourets de bar…

— Si le tourisme arrive jusqu'ici, il faut que tout le monde en profite, y compris les artisans locaux, décréta Almah avec assurance.

Et, de fait, elle tentait de convaincre Markus de commencer une campagne publicitaire dans le journal.

Frederick avait vu juste. C'était l'effervescence dans notre village et, comme il l'avait prédit, la *tarea* se

1. En République dominicaine le système légal est le système métrique, mais dans la pratique on utilise un système hybride. La *tarea* est la mesure utilisée pour les terrains et les travaux agricoles, elle correspond à 628,86 mètres carrés.

mit à flamber et les projets de développement touristique à pulluler. On parlait nouveaux hôtels, ouverture de restaurants, de bars et même d'une discothèque. Nous entrions dans une nouvelle ère.

21

La grand-mère d'Israël

18 mars 1969

Je trépignais à côté du fax qui ronronnait, crachant lentement une feuille imprimée. J'avais insisté pour que nous nous équipions d'un télécopieur, un investissement lourd mais nécessaire compte tenu de notre isolement et du fait que mes principales sources d'informations étrangères, Arturo et Svenja, vivaient à des milliers de kilomètres.

En découvrant le message, je me félicitai d'avoir tenu bon. Une deuxième feuille apparaissait déjà, puis une troisième.

Svenja m'annonçait la nomination par le parti travailliste de Golda Meir, à soixante et onze ans, comme Premier ministre d'Israël, suite au décès prématuré de Levi Eshkol. Fidèle à son habitude, elle m'envoyait des copies de différents articles en anglais, une biographie détaillée de celle qu'on appelait familièrement la grand-mère d'Israël et des photographies dont je savais d'avance que la qualité de reproduction serait pire que médiocre.

C'était une excellente nouvelle pour Israël et pour les féministes, puisque, après avoir dirigé plusieurs ministères, Golda était la troisième femme au monde à accéder à ce niveau de responsabilité. Je découvrais au passage qu'en 1938 elle avait été « observateur juif de Palestine » à la conférence d'Évian, celle-là même qui avait abouti, après bien des méandres, à l'exil de mes parents ici. Elle avait aussi été l'un des vingt-quatre signataires de la déclaration d'indépendance de l'État d'Israël en mai 1948 après avoir vécu dans un kibboutz de Palestine sous le mandat britannique. Des hasards de la vie, des petits signes, qui faisaient que je me sentais proche d'elle. C'était une femme hors norme et pour moi l'occasion de signer un portrait passionnant.

Je passai deux coups de téléphone, au *Listín* et au *Faro*, pour m'assurer que mes articles seraient publiés. Le calibrage était réduit à la portion congrue. Qu'importe, je me rattraperais dans *La Voix de Sosúa*. Je me mis au travail avec excitation, comme chaque fois qu'un sujet m'enthousiasmait.

22

En direction de la Californie

Avril 1969

New York, le 15 avril 1969

Ma chère Ruthie,

J'espère que tu vas bien ainsi que tout le monde. Je t'écris pour te dire qu'il se passe plein de choses très intéressantes ici, une vraie révolution. Je ne suis pas à Sosúa, mais ici ça chauffe. Je voudrais bien participer aux marches contre la guerre du Vietnam, mais mes parents me l'interdisent. Ils m'interdisent tout. Je n'ai le droit de rien faire. J'en ai vraiment marre. Marre d'être sous leur joug.

Je m'amusai de cet emploi de termes un peu surannés qu'il affectait parfois pour paraître adulte, un effet de ses lectures classiques.

Vivement que je sois majeur pour pouvoir faire ce dont j'ai envie. Heureusement, Arturo me raconte tout. Il va à plein de concerts et j'aimerais bien y aller avec lui. Je voudrais aussi aller à Woodstock, voir les hippies. Peut-être bien que j'aimerais vivre avec eux.

Je frémis en pensant à Lizzie et à ses débordements, au mauvais exemple qu'elle et ses amis pouvaient être pour un garçon à peine sorti de l'enfance.

Arturo nous a emmenés avec maman voir Hair. *C'est la comédie musicale dont tout le monde parle à New York. Il connaît des musiciens et a eu de très bonnes places. Figure-toi qu'il y a des acteurs tous nus sur la scène. Maman n'a pas trop aimé le spectacle, elle a dit que c'était gratuitement provocant. Moi j'ai bien aimé la musique, pas trop les danses car c'est très désordonné. Je préfère plus de style. Et d'ailleurs je ne crois pas que ce sont de vrais danseurs. Pas comme moi en tout cas.*

Je souris, malgré la mode et les nouvelles danses, malgré ses doutes, malgré l'adolescence qui pointait son nez, Nathan n'avait jamais sacrifié sa passion pour la danse classique et son entraînement quotidien.

Je vais te confier un secret, Ruthie, j'économise de l'argent et s'ils m'embêtent trop, cet été je m'en irai, sur la route en direction de la

Californie. Je te préviens donc que je ne viendrai peut-être pas à Sosúa comme l'année dernière. Mais ne t'inquiète pas pour moi, tout va bien.

Je t'embrasse, Nathan

C'était mon cousin chéri, mon petit compère, mon petit frère. Mais j'étais désormais une maman, solidaire de toutes les autres mamans. Je fus tentée de prévenir Myriam du mal-être de Nathan, de ses velléités, de sa révolte qui couvait. Je pesais le pour et le contre : trahir la confiance de Nathan ou me taire au risque d'être sa complice ?

J'y réfléchis et pris la seule décision qui me paraissait juste et bonne. J'en parlai à Arturo. Qui décida aussitôt de sacrifier ses vacances d'été pour emmener Nathan en voyage. La négociation avec Myriam et Aaron fut serrée mais il obtint gain de cause. Arturo loua un camping-car et il fit avec Nathan un voyage jusqu'à Yellowstone. Nathan m'envoya une carte postale enthousiaste : les ours étaient autrement plus fascinants que les danseurs nus de *Hair*. C'étaient ses plus belles vacances depuis celles de Lake George.

23

Une étrange communion

20 juillet 1969

— Comme j'aurais aimé que Wil voie ça, murmura Almah, les yeux rivés sur l'écran.

C'était la première fois que je voyais ma mère complètement hypnotisée par les images crachotantes de la télévision. Et comme elle, tout le village agglutiné en demi-cercle autour du poste de l'Oasis et moi étions entrés dans une étrange communion.

Je les imaginais tous, tous ceux que j'aimais, dispersés dans le vaste monde, Arturo, Nathan, Lizzie, Myriam, Aaron, Emil, Svenja, Eival, Deborah, mes anciens amis du kibboutz… regardant ces mêmes images, hallucinés, incrédules, terriblement émus et fiers. La fascination était universelle.

Nous ne comprenions pas encore tout ce que cela signifiait. Nous étions juste des enfants à qui on racontait une histoire incroyable, un conte de fées ou un récit de science-fiction.

Nous étions le 20 juillet 1969, il était 22 h 56.

L'Aigle s'était posé sur la mer de la Tranquillité.

Enfoui dans un scaphandre blanc, un homme marchait sur la Lune.

24

Toute une époque

Avril 1970

« *Journée de deuil : McCartney vient d'annoncer la séparation des Beatles.* »

Le télex était signé d'Arturo. Sans autre commentaire.

La nouvelle m'attrista.

Je savais que lui aussi était triste. Nous n'avions pas besoin de communiquer. Par une sorte de télépathie, nous savions d'avance ce qui nous peinait ou nous réjouissait l'un et l'autre.

Les Beatles, c'était toute une époque. Les années de notre jeunesse, notre vie d'étudiants à New York, le premier concert américain du groupe dont nous avions obtenu les billets par miracle, nos escapades nocturnes dans le Village, les sessions de jazz, les films en version originale du Elgin où l'espagnol chantait à nos oreilles, le trio avec Nathan, les vacances insouciantes…

Je relisais le télex les larmes aux yeux. Ce n'était pas la dissolution du groupe mythique qui me faisait pleurer.

Je savais très bien ce qu'Arturo me signifiait en une ligne : nous n'étions plus si jeunes.

2e Partie

Et la vie prit ses racines…

« *Et la vie prit ses racines, son cours,*
sa routine parmi les décors
et les personnages d'un songe. »

Joseph Kessel, *La Vallée des rubis*

1

Des quatre coins du globe

8 au 13 mai 1970

— *Ach Gott !* Les choses ont bien changé ici, c'est rien de le dire !

Les mains sur les hanches, Schlesinger n'en finissait pas de s'étonner. Il avait été un des premiers à répondre à l'appel. Et il se tenait là, face à la Casa Grande, à l'endroit même où il était arrivé quelque trente ans plus tôt.

Le *volapük* cher à Markus était de retour.

Il y avait bien quatre cents personnes qui se récriaient, s'embrassaient, se congratulaient, les larmes aux yeux, des trémolos dans la voix. On s'extasiait sur les enfants, la troisième génération turbulente qui, inconsciente de l'intensité émotionnelle de ces journées, se découvrait des oncles et des tantes par dizaines. Ruth et Frederick retrouvèrent avec plaisir leurs amis d'autrefois, dont Samy qui rappelait tristement l'absence de Lizzie. Et ceux qui n'avaient pu venir étaient présents dans les conversations. Pour quelques jours, Sosúa entra dans une effervescence telle qu'ils n'en avaient plus connue depuis des décennies. « Depuis l'annonce de la création d'Israël, je crois bien », déclara Markus à Emil, arrivé du Costa Rica avec sa femme Nelly quelques jours en amont des cérémonies officielles.

Svenja et Mirawek étaient au rendez-vous, hébergés à la *finca*. Et il y avait tous les autres venus des quatre coins du globe, ceux à qui Sosúa était chère et qui n'auraient manqué pour rien au monde cet anniversaire, les trente ans de la création de la colonie. Quant à Almah et Markus, en chefs de cérémonie, ils étaient débordés.

— Je ne reconnais pas le village, insistait Schlesinger. C'était bien différent dans mes souvenirs. Plus petit, plus… rustique. Et ils ont effacé le nom de Trujillo de tous les lieux. Ils ont rebaptisé l'aéroport Las Américas et notre école Cristóbal Colón !

— Trois décennies ont passé, mon cher Rainer. Tu croyais peut-être que nous allions rester les deux pieds dans le même sabot ? le taquina Almah. Mais j'imagine que ce doit être un choc pour toi, ajouta-t-elle gentiment.

Contre toute attente, elle était contente de revoir celui qu'autrefois ils surnommaient en douce « Monsieur Je-sais-tout ». Si on le lui avait dit, jamais elle ne l'aurait cru, mais elle devait se rendre à l'évidence, elle était heureuse de retrouver Schlesinger qui était aussi un des personnages de son histoire. Elle savait qu'elle partageait ce sentiment avec Markus, Svenja et tous les autres. Une sorte d'émotion inattendue, mélange de mélancolie et de tendresse enfouie au plus profond de ses souvenirs. Monsieur Je-sais-tout, qui, réapparaissant soudain, la ramenait aux jours heureux de sa jeunesse.

Schlesinger la considérait avec une bienveillance non dissimulée qui lui réjouissait le cœur. Il n'était plus le jeune homme présomptueux que tous avaient connu autrefois, celui dont l'ardeur à vouloir briller à tout prix, à vouloir être admiré et aimé en faisait une véritable plaie. C'était aujourd'hui un homme replet et jovial à qui la vie avait manifestement souri ; un joli ventre débordait de la ceinture de son pantalon, il avait perdu ses cheveux et portait comme beaucoup d'autres des lunettes.

— Il faut que je te présente ma femme. Wilma, Wilma, appela-t-il.

Une grande femme se détacha du cercle où elle causait et s'approcha d'eux. Wilma était spectaculaire, une femme qui en imposait, magnifique, d'une beauté brute, sans artifice. Elle dépassait son mari d'une tête. Et Almah fut soufflée. Car Wilma était noire. Ça ressemblait si peu au Schlesinger d'autrefois. Celui-ci s'amusa finement de la surprise qu'Almah tentait de cacher, la dévisageant d'un œil ironique qui disait « je sais ce que tu penses ».

— Nous avons pris notre retraite à Boca Raton, il faudra que vous veniez nous visiter, déclara Wilma, et aussitôt Almah la trouva sympathique.

— Aujourd'hui Wil me manque plus que jamais, glissa Markus à Almah. Je n'ai jamais retrouvé un ami comme lui. Une amitié pareille, on n'en rencontre qu'une dans sa vie. Elle vous emplit. C'est comme un grand amour, ajouta-t-il en se tournant vers Marisol qui rosit de plaisir. Elle vous magnifie, on lui donne le meilleur de soi-même. Il aurait été fier de fêter cet anniversaire.

Almah baissa les yeux. À elle aussi, Wil manquerait toujours, et elle apprenait à vivre chaque jour avec son absence.

*

Les festivités[1] commencèrent le vendredi soir avec la célébration du service d'Erev Shabbat. On avait fait venir un rabbin d'Argentine, la synagogue était pleine à craquer et la foule s'étirait sur le parvis. La lecture de psaumes du roi David fut un moment particulièrement émouvant. Certains s'étaient affranchis de toute tradition religieuse, d'autres au contraire respectaient à la lettre les préceptes du judaïsme, mais tous communièrent avec ferveur dans un recueillement commun.

Puis ils firent patiemment la queue pour signer le magnifique livre de souvenirs relié de cuir qu'Almah avait commandé à Santiago. Le buffet de l'Oasis – où aurait-il pu être ailleurs ? demanda Svenja malicieusement – fut suivi d'un show folklorique, puis Ramon Santos et son combo ouvrirent le bal qui dura toute la nuit. À un moment, Arturo Kirchheimer, un des pionniers allemands

1. Toutes ces festivités eurent bien lieu, mais en 1990, pour les cinquante ans de la création de la colonie et en présence du président Guzmán. La commémoration de 1970 fut plus modeste.

qui avait fait sa vie à Sosúa, grimpa sur la scène un peu éméché et entonna, avec la complicité de l'orchestre, un merengue de sa composition, un panégyrique à Sosúa, qui souleva un tonnerre d'applaudissements.

Le dimanche on projeta un film et un montage photographique dans le cinéma. On dut faire deux projections car la salle ne pouvait contenir tous les spectateurs. Puis on présenta le livre *Sosúa, une colonie juive en République dominicaine*, une sorte d'archive de la colonie qui répertoriait arrivées, départs, histoires familiales, grandes dates et anecdotes, un récit factuel agrémenté de nombreuses photographies, sur lequel Almah et Markus avaient passé des nuits blanches. C'était leur grand œuvre. Ils en avaient financé l'impression mais avaient vu trop petit, leur stock fut écoulé en quelques minutes. Ils promirent une réimpression et des envois tous azimuts.

On inaugura l'exposition de photographies à la mairie puis retour à l'Oasis pour le *Kaffeeklatsch*[1] préparé par les femmes du village. Pour ne pas faillir à sa réputation de meilleure pâtissière du village, Selma Wellisch avait dégainé sa fameuse recette de la *Dobosh Torte*, un gâteau fourré au chocolat à la croûte caramélisée dont les enfants raffolaient.

Le lundi, Frederick et ses associés guidèrent la visite de l'usine de la Cilca et des installations de la Ganadera. Schlesinger, bras dessus bras dessous avec Markus et Emil, n'en finissait pas de s'extasier.

— L'idéalisme s'est effrité devant le principe de réalité, n'est-ce pas ? constata-t-il.

1. Goûter où l'on sert du café et des gâteaux.

— C'était totalement illusoire, une chimère de vouloir transformer des Juifs urbains en pionniers agricoles dans un esprit communautaire avec des personnalités individualistes comme les nôtres, confirma Markus.

Et Emil d'acquiescer, dans un nuage de fumée de son éternel cigare.

Puis – et ce fut un moment très symbolique – le premier service œcuménique catholico-juif eut lieu à l'Oasis, en présence de Balaguer. C'était un véritable témoignage de l'identité plurielle des colons qui n'avaient jamais étouffé dans le refuge du folklorisme.

Ce furent des journées pleines de rires, de larmes et de partage, les anciens pionniers faisaient partie d'un cercle enchanté dont ils étaient les seuls à détenir la clé.

*

Svenja prolongea son séjour de deux semaines qu'elle passa à la *finca*, et partit satisfaite d'avoir soutiré à Almah la promesse de la rejoindre bientôt à Jérusalem.

Markus entreprit discrètement Schlesinger. Mettant son orgueil dans sa poche, il lui avait demandé de l'aider à sauver le journal, non sans fixer des conditions : laisser une totale liberté à la rédaction et ne pas attendre de rentabilité de son investissement. Et contre toute attente, une sorte de petit miracle se produisit. La bouée de sauvetage de *La Voix de Sosúa* se manifesta quelques semaines plus tard sous la forme d'un virement adressé depuis Boca Raton. En échange Schlesinger ne demandait qu'un abonnement à vie au journal. Ruth pouvait se remettre au travail.

2

Une mythologie très confidentielle

Juin 1970

C'était un oukase, la conclusion d'une histoire, une page de nos vies qui se tournait. Cela ne signifiait pas grand-chose pour moi. En revanche, pour Markus, Almah et tous ceux qui s'appelaient entre eux « les pionniers » ou « la première génération », il en allait tout autrement. C'était un symbole qui s'éteignait, même si cela ne révolutionnait pas nos modes de vie, car nous vivions depuis des années comme si elle n'existait plus. D'ailleurs cela serait passé quasiment inaperçu si Markus et quelques autres n'avaient décidé d'officialiser la décision par une soirée dans les bureaux de la Cilca.

Par une décision du Joint, la Dorsa[1] venait d'être dissoute. Le rêve socialiste puis collectiviste avait

1. La Dominican Republic Settlement Association est l'entité émanant du Joint qui signa l'accord avec le gouvernement dominicain le 30 janvier 1940 et encadra le projet de communauté agricole de Sosúa de son origine à 1970.

vécu, rattrapé par la réalité et le pragmatisme. Cela signifiait que nous n'avions plus d'entité de tutelle, ce qui était déjà une réalité dans les faits. Nous n'aurions plus à référer de nos décisions à qui que ce soit, mais nous ne pouvions plus non plus compter sur l'aile protectrice du Joint en cas de coup dur. Nous étions désormais livrés à nous-mêmes, une communauté totalement libre, lâchée dans le monde du capitalisme galopant, dans un pays gouverné par un vieillard qui jouait au dictateur et refusait de lâcher les rênes du pouvoir.

Nous avions été prévenus par un courrier officiel. Les ultimes prêts devaient être remboursés et bientôt les statuts des différentes coopératives seraient modifiés. Les derniers lopins de terrain appartenant encore en propre à la Dorsa étaient mis en vente. Rien de plus.

Les pionniers étaient terriblement émus par cette soirée solennelle, la dernière du genre à la Casa Grande. Elle leur rappelait les réunions d'information d'autrefois, les séances plénières et leurs décisions prises par vote à main levée, l'émotion des arrivées et des départs. Certains avaient la larme à l'œil en trinquant. Trente ans d'une existence, ce n'est pas rien.

Markus avait fait réaliser un grand tirage de la photographie de la signature de l'accord de janvier 1940 qui avait présidé à l'arrivée des pionniers à Sosúa. On y voyait des hommes en costume, graves, autour d'une table : les ministres de l'Intérieur et de l'Agriculture pour la République dominicaine, James Rosenberg et Joseph Rosen pour la Dorsa, et le président du Comité de rédaction de l'accord, lord Earl Winterton, celui-là même qui avait présidé le Comité d'Évian, l'inutile et désolante conférence de 1938. Je comptais publier un article dans *La Voix de Sosúa* au lendemain de notre cérémonie d'enterrement. Je comptais également l'envoyer au *Listín Diario* – j'estimais que cet événement méritait bien une diffusion nationale – et même à des revues américaines. Car c'était à cette institution qui allait être dissoute que nous devions d'être là aujourd'hui, c'était grâce à elle que j'étais née dominicaine.

Quand Markus, qui avait préparé un discours, demanda le silence pour prendre la parole, je vis ma mère mélancolique. Je savais à quoi Almah pensait. Elle pensait au temps d'avant, au temps de Wil, quand ils ignoraient encore tout des orages qui s'amoncelaient à l'horizon, tout de la vie qui dissoudrait leur petit paradis dans l'écume des exils et des départs successifs, tout des ambitions et de l'anonymat à venir. Je notai nettement quelques trémolos dans la voix de Markus.

— Bientôt ceux qui ont fait l'histoire de notre communauté ne seront plus que des noms oubliés au bas des pages jaunies d'un accord qui aura tout juste sa place dans un musée, soupira Almah. Comme le temps passe !

Comme souvent, sa remarque était prémonitoire. Quelques mois plus tard, notre bien-aimé docteur Rosen se vit attribuer une rue au Batey. Et pour ne pas le laisser seul, fleurirent celles de David Stern, et de Pedro Clisante et Alejo Martinez, nos deux martyrs, morts sous les balles de la dictature. Ainsi, reléguées au rang d'une mythologie très confidentielle, les figures marquantes de notre histoire étaient devenues des noms de rues.

3

Des allures de ranch américain

Octobre 1970

C'était donc un nouveau chapitre de notre histoire et de celle de Sosúa qui s'écrirait dorénavant. Plus rien ne nous rattachait à hier hormis les souvenirs et les albums de photographies jaunies. Plus aucun lien de sujétion non plus, en tout cas avec le Joint et les Américains.

Toutes nos coopératives étaient maintenant des entreprises avec des actionnaires privés, mêlant ceux de la première génération, comme s'appelaient entre eux les pionniers, et ceux de la deuxième génération, comme ils nous appelaient. Reprenant à son compte un mot de Zweig, Almah disait volontiers en riant : « Nous serons "des curiosités pour la génération suivante, les derniers exemplaires d'une race éteinte, *Homo austriaco-judaicus*[1]" et en même temps le premier maillon d'une nouvelle race, *Homo dominicano-austriaco-judaicus*. »

1. Stefan Zweig, *Correspondance 1932-1942*, Paris, Grassert, 2008.

Frederick avait gardé la direction des coopératives, la Cilca pour les produits laitiers et la Ganadera pour les viandes et charcuteries. Juste après la dissolution de la Dorsa, il avait convaincu les actionnaires – dont nous étions tous – de les fusionner en une seule entreprise pour mutualiser les coûts et en optimiser la gestion.

Sur les épaules de Frederick reposait désormais le destin de la coopérative dont il était le principal actionnaire et le gérant. Mon frère était travailleur – il avait une capacité de travail nettement supérieure à la mienne –, loyal, honnête et respecté. Sa parole valait le contrat le mieux ficelé et il était adoré de ses employés. L'entreprise était très florissante, la plus prospère de toutes celles créées par les pionniers, et il avait d'énormes ambitions pour l'avenir.

Ce fut une époque de grands pas en avant. Il décida de déposer la marque « Productos Sosúa » et de l'introduire sur le marché national. Il avait demandé à Aaron de créer un logo, simple et facilement identifiable. Notre oncle avait parfaitement rempli sa mission et nous fêtâmes en grande pompe la sortie des premiers produits labellisés, des plaquettes de beurre, des bouteilles de lait et des yaourts.

À titre personnel, Frederick s'endetta lourdement. Il agrandit notre *finca* en rachetant des hectares de *lomas*, fit venir un nouveau contingent de vaches Holstein des États-Unis, fit construire de nouvelles étables et investit dans une trayeuse électrique moderne. La *finca* Polka prenait des allures de ranch américain.

Ana Maria rayonnait. Elle était devenue la femme du plus grand éleveur de la région, un rang qui la comblait. Almah et Markus étaient immensément fiers de Frizzie. Moi aussi. Je n'avais jamais douté que mon frère réussirait et il était en bonne voie de devenir un des plus gros éleveurs du pays.

4

Une boîte de Pandore

Octobre 1971

Leurs retrouvailles avaient été une telle joie qu'elles en étaient encore sonnées. Trois jours déjà qu'Almah et Svenja s'étourdissaient de lèche-vitrines, de visites et de sorties à Tel-Aviv. Elles avaient cassé leur tirelire et pris une chambre à l'hôtel Nordoy, dans le centre historique, tout près du grand marché, et écumaient galeries, boutiques et cinémas. Cet après-midi-là, Svenja consultait un dentiste pour une carie récalcitrante. Almah avait quartier libre.

*

Almah s'arrêta net, la bouche arrondie en un O parfait. Un coup de poing dans l'estomac venait de lui couper le souffle. Elle vacilla et sentit ses jambes se dérober sous elle. Elle se reprit et, les yeux écarquillés, elle se regarda dans la vitrine. C'était bien elle, ces cheveux blonds retenus par un ruban, ces grands yeux clairs et mélancoliques, cet air sage et ingénu. Elle leva les yeux. Galerie Stern. Puis elle examina encore son visage. Longuement. Elle se trouva belle. Plus que ça, émouvante. Elle ne s'était jamais revue ainsi. Cela faisait si longtemps. Une vie entière. Quand elle poussa la porte de la galerie, sa main tremblait et son cœur battait à tout rompre.

— Je peux vous aider ?

La femme était jeune, souriante, légèrement hésitante. Almah désigna le tableau.

— C'est Max Kurzweil, n'est-ce pas ?

La galeriste leva les sourcils et lui jeta un regard étonné. Cette cliente qui s'exprimait en anglais s'y connaissait. Elle hocha la tête.

— En effet. Vous êtes collectionneuse ?

— C'est une copie ?

— Bien sûr que non ! Chez Stern, nous n'exposons que des peintures originales.

— C'est forcément une copie, le vrai ne peut pas être ici, c'est impossible. Absolument impossible, insista Almah, le regard braqué sur la galeriste.

La jeune femme ouvrit des yeux ronds et examina Almah avec une sorte d'effarement inquiet, comme si elle était dérangée. Et peut-être bien qu'elle l'était, car la dernière fois qu'Almah avait vu ce tableau, il trônait dans le bureau de son père, dans la maison de Hietzing, à Vienne. Ce tableau qui avait servi à soudoyer le consul américain pour payer leurs visas, ce tableau qui la représentait, elle, Almah, à cinq ans, avait été le prix de leur liberté. Les pensées se télescopaient dans la tête d'Almah qui articula avec difficulté :

— Comment ce tableau est-il arrivé ici ? À qui est-il ? Vous le vendez ?

La galeriste sentit que quelque chose clochait et son sourire commercial se transforma en un rictus crispé par l'embarras.

— Non, il n'est pas à vendre. Il nous a été prêté par son propriétaire pour notre dernier vernissage. D'ici quelques jours, nous le lui rendrons.

— À qui appartient-il ?

La voix d'Almah tremblait. La jeune femme se rembrunit. Elle se referma comme une huître et d'un ton sec :

— Nous ne communiquons jamais ce genre de renseignement. C'est tout à fait confidentiel. Je suis tenue…

— Mais vous ne voyez donc pas que c'est moi, là, sur cette peinture !

Almah avait crié. Elle ne contrôlait plus son émotion. Le regard de la galeriste fit plusieurs allers et retours entre le portrait et la femme qui vibrait d'excitation devant elle. Non, elle ne reconnaissait pas les traits délicats de l'enfant du tableau dans ceux de cette femme mûre. Les yeux, à la rigueur, et encore…

— Dites-moi à qui il appartient, insista Almah d'un ton pressant.

— Je vous l'ai dit, je ne peux pas.

Almah sentit une onde d'indignation la traverser.

— Je ne bougerai pas d'ici tant que vous ne me l'aurez pas dit.

Elle avait retrouvé sa superbe, son ton était ferme, sa décision sans appel. Elle ne bougerait pas. La galeriste recula sans la quitter des yeux, cherchant refuge derrière la table qui lui servait de bureau. Elle se saisit fébrilement du téléphone.

— J'appelle le propriétaire de la galerie.

Elle composa un numéro et se mit à parler à toute vitesse d'une voix étouffée. De toute façon Almah ne comprenait pas un traître mot de ce qu'elle disait. La conversation s'éternisa. Quand elle raccrocha, elle avait retrouvé un peu de son assurance.

— M. Stern est à Haïfa. Il rentrera ce soir. Vous pouvez repasser demain pour le rencontrer vers 14 heures. C'est tout ce que je peux faire pour vous.

Almah se planta devant son portrait. Elle le regarda longuement. Le souvenir d'une séance de pose se faufila dans sa mémoire.

Jutta l'habille et coiffe ses longs cheveux avec soin. Elle s'assoit sur un petit tabouret contre un mur, dans le petit salon. Le monsieur qui lui fait face a une grosse moustache et presque plus de cheveux. Il a l'air sévère. Elle n'aimerait pas du tout l'avoir pour papa. Il s'approche d'elle, dispose délicatement ses cheveux au creux de son épaule, arrange son nœud, prend ses mains, les croise sur sa robe. Il se recule et lui dit de le regarder bien en face. Derrière lui, Papa lui fait une grimace pour l'encourager. Elle lui répond de son sourire troué qui creuse une fossette dans sa joue gauche. Le monsieur s'impatiente.

— Julius, je t'en prie, ne la fais pas rire. Elle a perdu une dent...

Papa lui décoche un clin d'œil et recule, faussement penaud.

— Laisse-nous, ça vaudra mieux !

Son père s'éloigne avec un petit geste de main.

— Courage, mon Almah, c'est bientôt fini.

Elle est seule avec le peintre. Elle se tient bien droite, regarde bien en face, juste comme il le lui a demandé. Quelques notes d'une fantaisie de Schubert lui parviennent, assourdies. Sa mère, Hannah, est au piano. Elle s'envole par la fenêtre qui donne sur le parc, tandis que le monsieur s'installe derrière son chevalet…

Almah revint sur terre. Elle n'allait certainement pas céder, elle saurait le fin mot de cette histoire.

— Dites à M. Stern que je serai là demain à 14 heures précises, lâcha-t-elle impériale en sortant de la galerie.

*

De retour à l'hôtel, elle raconta toute l'histoire à Svenja.

— Incroyable ! Ma parole, nous voilà au cœur d'un roman policier. Tous les ingrédients sont réunis : un tableau de maître, un diplomate corrompu, de faux visas, la menace des nazis, un amoureux éconduit… Nom d'une pipe, Almah, c'est palpitant !

— Arrête, Svenja, ce n'est pas drôle ! Au contraire, ça me ramène dans le passé. Et à la question qui a torturé Wil des années durant et qui est restée sans réponse : Heinrich savait-il que nos visas étaient des faux ?

— Pardon, ma chérie, je n'ai pas voulu te blesser. Quelle piètre psychologue je fais ! C'est toujours très douloureux de revenir sur un épisode de cette période. Mais demain tu en sauras plus. Et s'il faut mener l'enquête, je suis là ! ajouta-t-elle, ne pouvant s'empêcher d'adopter un ton espiègle.

— Tu m'accompagneras à la galerie ?

— Et comment ! Je ne raterais ça pour rien au monde !

*

Tout le long du chemin, Almah fut fébrile, boitillant d'un bon pas quelques mètres devant Svenja. Dans la vitrine de la galerie Stern, la mer scintillait sous un magnifique coucher de soleil. Consternée, Almah explosa :

— Les salopards, ils l'ont enlevé. Tu vas voir, ils vont me dire que le tableau n'a jamais existé, que j'ai rêvé.

— Ils ne savent pas de quel bois nous sommes faites, déclara Svenja en poussant la porte de la galerie.

L'homme qui les reçut, ventripotent, petites lunettes cerclées d'acier et air affable, n'avait rien d'un requin des affaires.

— Monsieur Stern… Almah Rosenheck. Le tableau n'est plus là, attaqua Almah en lui tendant une main qu'il serra longuement dans la sienne.

— Après ce que vous avez dit à mon assistante, j'ai préféré l'enlever.

— Je peux le voir ? demanda Svenja.

— Je l'ai renvoyé à son propriétaire ce matin même. Il est en route pour Jérusalem. Je ne veux pas être mêlé à quoi que ce soit.

Stern fit un pas en arrière comme s'il battait en retraite.

— Donnez-moi le nom de ce propriétaire, c'est tout ce que je vous demande.

Stern secoua la tête, l'air vaguement gêné mais déterminé.

— Je ne peux pas, il tient à rester discret. La déontologie m'interdit…

— Elle ne vous interdit pas de vous faire le complice d'un voleur, votre déontologie ? intervint Svenja qui bouillait. Car ce tableau ne lui appartient pas, puisqu'il appartient à madame. Spoliation, vous savez ce que ça veut dire ?

Embarrassée, Almah se dandinait d'un pied sur l'autre. Stern secoua la tête de nouveau, mais son malaise était évident. Svenja menait la danse.

— Dans ce cas, nous passerons par des voies officielles. Une plainte, une enquête, et je ne me gênerai pas pour vous faire de la publicité. Complicité de recel, ça va faire désordre, croyez-moi. Je n'en ai pas l'air mais figurez-vous que j'ai le bras long, très long.

Stern se décomposa. Il y avait eu tant d'histoires de spoliation, d'œuvres d'art volées pendant la guerre et dispersées un peu partout dans le monde. Se retrouver mêlé à un scandale de ce genre, ce serait très mauvais pour son image. Sauf s'il les aidait. Sans compter qu'à titre personnel il s'insurgeait contre les spoliations et soutenait moralement les actions de restitution. Les affaires oui, mais pas à n'importe quel prix…

Mais quelle preuve avait-il que cette femme disait la vérité ? Certes elle avait reconnu le peintre au premier coup d'œil, mais Kurzweil était célèbre en Autriche avant la guerre. Il hésitait. Fine psychologue, Svenja le sentit. Battre le fer tant qu'il est chaud.

— C'est très simple, vous nous donnez ce nom ou nous allons de ce pas montrer au *Haaretz* les photos de votre vitrine et celles de la maison de madame à Vienne, de son père et de Max Kurzweil dont il était l'ami, et tu sais Almah, celle où tu poses, ajouta-t-elle, très grande dame, avec un sourire triomphant, en se tournant vers Almah qui n'en menait pas large.

Car Svenja bluffait, elle n'avait aucune photographie à montrer.

— J'espère que je ne fais pas une bêtise, capitula le galeriste en soupirant.

Il se pencha sur sa table et griffonna quelques mots sur une page qu'il arracha d'un calepin, avant de la plier soigneusement pour la glisser dans la main d'Almah qui le remercia d'une voix tremblante. Svenja lui adressa un petit signe de tête en guise d'adieu et elles sortirent de la galerie sans se retourner. Le feuillet brûlait les doigts d'Almah. Elle hésitait. Une boîte de Pandore ? Fébrile, elle déplia le papier. Un nom, une adresse. Le sang déserta son visage. Ses lèvres se mirent à trembler et ses yeux se remplirent de larmes. Elle s'adossa au mur derrière elle. Elle tendit le billet à Svenja qui décida de repartir pour Jérusalem sur-le-champ.

5

Pattes de mouche tremblées

Octobre 1971

« Un hippie, c'est quelqu'un
qui s'habille comme Tarzan,
a les cheveux de Jane et sent comme Cheetah. »
Voilà ce que dit de nous
notre cher gouverneur Reagan,
l'Errol Flynn des films à petit budget !

Je retournai la carte postale, le Golden Gate Bridge, rouge dans un ciel de crépuscule, avec perplexité. Il n'y avait pas de signature mais ça ne pouvait venir que de Lizzie, même si les pattes de mouche tremblées étaient difficilement reconnaissables. Un petit clignotant rouge s'alluma quelque part au fond de mon cerveau, mais je préférai ne pas y prêter attention et je pris le parti d'en rire. C'était une blague, encore une connerie estampillée Lizzie, comme aurait dit mon père.

— Bien sûr que c'est elle, qui d'autre que Lizzie peut envoyer ce genre de message par les temps qui courent ! s'exclama Frederick quand je lui montrai la carte postale le soir même. Je me demande comment diable elle a pu passer le crible de la censure.

— Bah, ce n'est qu'une carte postale !

— Franchement, elle est complètement inconsciente. À coup sûr, ils vont nous étiqueter.

— Comme quoi ? antiaméricains ? sympathisants de hippies ?

— Bon Dieu, Ruth, ce n'est pas comme si nous vivions sous un régime démocratique. Ils font même la chasse aux cheveux longs dans les universités, ce n'est pas à toi que je vais apprendre ça. Mieux vaut faire profil bas, on pourrait bien nous mettre sous surveillance.

Je haussai les épaules.

— Avec le journal, tu peux être sûr que nous sommes déjà sous surveillance, ce n'est pas une carte postale ridicule qui changera quoi que ce soit.

— En tout cas, moi ça ne me fait pas rire. Pour ce qui me concerne, Lizzie peut se coiffer à l'afro sans se laver, ça ne m'intéresse pas. Je veux juste qu'elle nous laisse tranquilles.

— Je n'aurais pas dû t'en parler…

Frederick secoua la tête d'un air navré.

— Complètement inconsciente, répéta-t-il, et ça vaut pour toi aussi.

Je savais bien que mon frère avait raison. Notre pays figurait toujours sur la liste des États ne respectant pas les droits de l'homme[1]. La chasse aux marginaux, la

---

1. Entre 1966 et 1978, la République dominicaine a été inscrite par Amnesty International sur la liste des pays violant les droits de l'homme.

répression des gauchistes, la surveillance des étudiants, la censure étaient notre quotidien, même si à Sosúa nous continuions à être épargnés par les miasmes de la politique ultrarépressive de Balaguer.

Je rangeai la carte de Lizzie dans mon coffret de correspondance, oubliai ses pattes de mouche et fis taire la petite alarme qu'elles avaient déclenchée.

6

Une volonté farouche

Octobre 1971

À sa demande, le taxi l'avait déposée au pied de la colline. Elle avait peiné à grimper les petites rues en pierres qui montaient à l'assaut de la butte. Elle voulait prendre son temps.

C'était une grande maison de deux étages aux murs couverts de glycine et au toit de tuiles rouges.

La porte s'ouvrit.

Il occupait tout l'espace, masquant l'intérieur de la maison. Il était tel qu'en son souvenir, tel qu'elle l'avait imaginé vieilli. Grand, se tenant très droit, une épaisse crinière d'écume, vêtu avec soin. Les rides qui couraient sur son front, les plis d'amertume de chaque côté de sa bouche et le regard un peu terni disaient les souffrances, les pertes, les deuils.

Il n'eut pas l'air étonné. Juste un sourire plein de tendresse et la joie évidente, sincère, de la voir ici, sur le pas de la porte de sa maison. Il ne l'embrassa pas, ne la prit pas dans ses bras. Il dit simplement : « Je t'attendais. »

Simplement ces deux mots en s'effaçant pour la laisser entrer.

*

Almah s'avança lentement à l'intérieur. Par coquetterie elle s'efforça de ne pas boitiller. L'ordre méticuleux qui régnait dans la maison ressemblait bien à celui dont elle se souvenait. L'entrée donnait sur un vaste salon aux meubles de bon goût et manifestement coûteux. Au-delà de la baie vitrée, un jardin fleuri en pente douce.

Elle s'assit au bord du canapé sans qu'il l'y invitât. Lui choisit un fauteuil club au cuir fauve patiné, face à elle. Ils restèrent muets un long moment. Il la fixait avec un regard d'une incroyable douceur teintée de mélancolie. Un regard qui la ramenait des décennies en arrière, aux temps heureux, quand tout était encore possible avant que ne se déchaîne l'indicible. Les yeux légèrement plissés, il la contemplait comme s'il tentait d'élucider le sens d'une œuvre d'art.

C'était elle. Les yeux pleins de larmes et un sourire magnifique illuminant son beau visage. Un sourire qui lui rappela la jeune fille dont il avait été éperdument amoureux autrefois, celle qui lui en avait préféré un autre. Et voilà qu'il la retrouvait. Les années avaient été clémentes avec elle. Il n'était pas sûr de pouvoir en dire autant de lui-même. Il se dit qu'elle n'avait pas changé, qu'il l'aurait reconnue n'importe où, même de loin, même au milieu d'une foule immense. Il se dit qu'elle était bien plus belle que dans ses souvenirs. Toujours cet éclat rieur qui le ramenait au temps de leur jeunesse. Des petites rides au coin des yeux, une autre verticale, celle des soucis, qui montait du nez vers le front, sa peau comme un abricot mûr, lisse et duveteuse, la mousse de ses cheveux dorés, sa posture bien droite. Elle avait remplacé ses chignons sophistiqués d'autrefois par une tresse sage qui lui allait bien. Les taches de rousseur qui piquetaient son nez étaient plus nombreuses, lui donnant un air juvénile malgré ses… soixante ans. Mon Dieu, comme le temps a passé, songea-t-il. Elle était bien devenue la femme qu'il savait qu'elle serait. À mille signes infimes, il voyait qu'elle avait été heureuse, qu'elle l'était encore. Elle n'avait pas souffert. Pas de cette souffrance qui avait pulvérisé ses rêves de jeunesse à jamais. Cette souffrance qui ne laissait aucun répit, qui revenait jour après jour ronger l'âme comme un acide. Elle n'avait pas eu besoin de lui. Il s'était trompé : Wilhelm Rosenheck avait rendu Almah heureuse. Bien mieux qu'il n'aurait su le faire lui-même. Il lui avait offert une vie à l'abri des tourments, une issue honorable à la situation qu'ils enduraient.

Le sang battait à ses tempes. L'émotion de la revoir brouillait ses pensées et il avait du mal à feindre un état normal, juste l'émotion des retrouvailles, quand la femme en face de lui ne provoquait que ravissement. Au-delà des épreuves, des souffrances, au-delà des années, il la retrouvait. Instantanément il en retomba amoureux.

*

Les mains posées sur ses genoux, Almah pensa que c'était étrange de se laisser ainsi inspecter en silence. Presque gênant. Que voyait-il ? Lisait-il dans ses yeux qu'elle avait vécu un bonheur qui lui faisait parfois honte quand elle pensait à tous les autres, un bonheur qu'elle lui devait en partie, puisque c'était grâce à lui qu'ils avaient pu fuir l'Autriche, quelque quarante ans plus tôt, avant que le couperet ne tombe définitivement.

Les minutes d'émotion silencieuse s'étiraient, menaçant de devenir un gouffre dans lequel ils risquaient de se noyer. Il fallait y mettre un terme. N'y tenant plus, Almah ouvrit la bouche et leurs premières paroles se télescopèrent, ce qui les fit rire. Un rire un peu forcé.

— Je nous sers un cognac, je crois que nous en avons besoin, décida-t-il en se dirigeant vers un buffet.

Il revint avec deux petits verres ronds remplis d'un liquide ambré, lui tendit le sien, se rassit. Et leva son verre dans sa direction. Almah l'imita et vida le sien d'un trait. L'émotion brouillait ses pensées.

— Cela fait deux jours que je t'attends, Almah. J'ai su que c'était toi dès que Stern m'a appelé pour me renvoyer le tableau.

Le regard d'Almah se posa sur le Kurzweil. Il était sur le sol, adossé à la baie vitrée à demi ouverte sur la terrasse qui surplombait le joli jardin pentu cerné de flots de bougainvilliers mauves. Elle prit une grande inspiration. Ça sentait les pins, le jasmin, les citronniers. Elle ferma les yeux et secoua la tête.

Le Kurzweil… Ce tableau auquel Frederick, Wilhelm et elle avaient dû leur salut. Comme c'était étrange de le retrouver là, après toutes ces années, intact, comme un fil la reliant à Vienne, à la maison de Hietzing, à son enfance, à ses parents. Une boule de souvenirs d'Autriche lui bloqua la gorge. Un soupir qui ressemblait à un sanglot lui échappa. C'était donc ainsi, on n'échappait jamais tout à fait à sa propre histoire.

Peu lui importait de savoir comment le tableau s'était retrouvé ici. Une seule chose comptait. Elle devait poser la question, celle qui avait torturé Wilhelm, celle qui n'avait jamais trouvé de réponse, une réponse qui pouvait la faire déguerpir sur-le-champ.

— Heinrich… commença-t-elle.

Il baissa la tête, redoutant le verdict qui allait tomber.

— … savais-tu que nos visas étaient des faux ? s'entendit-elle demander, et les mots lui brûlèrent la langue.

Heinrich poussa un long soupir, releva la tête et la regarda bien en face :

— Tout le monde savait que les quotas américains étaient atteints depuis belle lurette et qu'on ne délivrait plus aucun visa. Wilhelm comme les autres. Donc je savais que c'était louche et qu'il y avait un risque. Mais j'ai pensé que le prix était suffisamment élevé et j'ai fait confiance au consul. La seule chose qui m'importait, c'était que vous quittiez le Reich.

Au pli de ses lèvres, elle comprit que ce mot était comme une souillure dans sa bouche.

— Wil s'est toujours demandé si tu nous avais sciemment envoyés dans une impasse. Ça l'a longtemps obsédé. De savoir si tu voulais te venger. Moi, je ne l'ai jamais cru. J'ai toujours pensé que tu avais fait au mieux. Et je t'en remercie.

— Mon Dieu, Almah, comment a-t-il pu se mettre une pareille chose en tête ? Me venger, vraiment… Nous avions pourtant mis les choses au clair, enfin je le croyais.

Un souvenir un peu honteux remonta du tréfonds de sa mémoire. Il se rappela ce matin d'avril 1938, ou était-ce 1937 ?, où il s'était humilié à provoquer son rival…

Il pénètre d'un pas martial dans les bureaux de la Neue Freie Presse, *bien décidé à régler son compte à ce freluquet qui prétend lui ravir Almah. Qu'importe la bassesse des arguments, il est prêt à tout. C'est compter sans l'indicible entre eux, un amour si fort que rien ne peut le défaire. Wilhelm s'était montré bien plus noble que lui qui s'était tout bonnement ridiculisé. Le lendemain, il s'était empressé d'aller demander la main d'Almah à son père, comme si elle n'avait pas son mot à dire, pour se faire éconduire en bonne et due forme. Comme il avait été naïf et surtout présomptueux à l'époque de croire que sa seule volonté épaulée par son argent emporterait le cœur d'Almah. Il avait finalement rendu les armes et s'était résigné. On ne lutte pas contre un tel amour.*

Il ne put retenir un sourire. Il n'avait pas eu le beau rôle à cette époque-là et c'était entièrement sa faute. Ils étaient si jeunes. Le cours de l'histoire les avait pétris d'une manière qu'ils auraient été bien en peine d'imaginer l'un et l'autre.

— Wilhelm était tellement fou de toi que ça troublait son jugement. Il avait si peur de te perdre, de ne pas être à la hauteur. Enfin, il régnait une telle confusion à l'époque qu'on ne peut pas vraiment lui jeter la pierre. J'espère qu'il est revenu à la raison.

— Wil est mort. Il y a dix ans. Un stupide accident...

Heinrich encaissa le coup. Almah le vit serrer les dents, chercher la bonne réponse. Il n'y en avait pas. Il se pencha vers elle, prit sa main entre les siennes et ne trouva à dire que :

— Je suis désolé, Almah, sincèrement désolé.

Et Almah raconta. Leur fuite, le camp suisse, Ellis Island, Sosúa, le kibboutz, elle raconta les années d'efforts et de bonheur, Ruth, Sofie, Frederick, les amis, Svenja, Markus, l'accident, les petits-enfants... Cela dura longtemps. Heinrich l'écouta sans l'interrompre jusqu'à ce qu'elle se taise.

— Je suis heureux pour toi, vraiment heureux de tout ce bonheur. Je n'ai jamais rien désiré d'autre pour toi. Finalement ces visas, ça a été une bonne chose. Je n'ai pas eu autant de chance.

*

Almah dévisagea Heinrich, sondant son regard. Au fond de ses yeux, elle entrevit comme un gouffre sans fond qui disait ce qu'il avait vécu, les défaites et les victoires, le long et douloureux chemin pour arriver jusqu'ici. Elle vit ce qu'il lui raconterait plus tard, la peur, la faim, la connaissance du mal, la mort...

Elle lut aussi un soulagement, celui d'être en vie, et une volonté farouche, celle d'être heureux, encore, malgré tout. Avec prudence elle l'interrogea. La nuit était tombée depuis longtemps quand elle quitta la maison.

7

La danse des millions

Octobre 1971

Malgré la nouvelle route qui nous reliait au reste du pays depuis maintenant trois ans et l'intensification de la circulation, l'arrivée d'un véhicule étranger dans le village ne passait jamais inaperçue. *A fortiori* quand il s'agissait d'une limousine noire de marque allemande aux vitres teintées.

Comme de juste, le chauffeur s'arrêta devant notre bureau qui, avec le studio photographique attenant, faisait figure d'office de renseignement au cœur du Batey. De ma fenêtre, je vis le chauffeur s'extirper du siège conducteur et ouvrir cérémonieusement la portière arrière sur un homme entre deux âges. Complet gris, chemise blanche et cravate sombre, chaussures cirées de frais disaient assez qu'il s'agissait d'un bureaucrate et non d'un habitué du *campo*. L'homme pénétra d'un pas martial dans le magasin, dont la porte intérieure était ouverte sur le bureau du journal. Je me levai à sa rencontre.

— Bonjour, je cherche la famille Rosenheck. Si vous pouviez m'indiquer où je pourrais rencontrer quelqu'un.

J'étais seule au bureau et d'un coup je me liquéfiai. Qu'on le veuille ou non, nous vivions sous une dictature et à tout moment nous pouvions être soupçonnés de sympathies communistes, le pire des crimes pour notre dirigeant cramponné aux vieilles terreurs trujillesques. J'eus peur d'une incartade d'Almah, d'un écart de Domingo, un propos anti-Balaguer ou un dérapage dont il était coutumier avait peut-être été rapporté… La répression contre les opposants politiques n'avait jamais cessé dans notre démocratie de façade, elle était même devenue plus sournoise et plus féroce que sous Trujillo, ce qui n'était pas peu dire. Et ce n'était pas le miracle dominicain, l'embellie de notre économie, cette nouvelle danse des millions[1] liée au récent record du cours du sucre sur le marché mondial, qui adoucissait les choses. Au contraire, il semblait que malgré notre économie florissante, les riches devenaient chaque jour plus riches et les pauvres plus pauvres, d'où le

1. La danse des millions est une période d'euphorie économique en République dominicaine où, avec la destruction des productions européennes de betterave durant la Première Guerre mondiale, les exportations de sucre de canne atteignent leur plus haut niveau historique, un cours record de 5,50 dollars en 1914 à 22,50 dollars le kilo en 1920. Entre 1970 et 1975, épisode appelé le « miracle dominicain », le taux de croissance annuel moyen est de 9,4 %. Les investissements étrangers, principalement américains, se développent et les devises tirées des exportations de sucre atteignent un niveau élevé grâce à son cours sur le marché international.

durcissement des affrontements et, par voie de conséquence, de la répression.

Bref je n'en menais pas large et je répondis d'une voix chevrotante :

— Bonjour, je suis Ruth Rosenheck de Soteras. Dites-moi ce qui vous amène, monsieur.

L'homme se racla la gorge. Mauvais signe. Il me dévisagea, moi, mes yeux bleus, mes cheveux blonds, mon teint de gringa.

— Vous êtes une fille de la famille, c'est ça ?

— C'est ça, exactement.

— Alors vous allez pouvoir me renseigner. Je travaille au ministère des Affaires étrangères. Nous allons bientôt accueillir le secrétaire d'État de l'Économie et des Finances de la France pour une visite officielle. Jacques Chirac, précisa-t-il du ton pompeux de qui évolue dans les hautes sphères. C'est un homme très cultivé qui s'intéresse de près aux civilisations précolombiennes. Nous nous sommes laissé dire que votre famille possède une très belle collection d'objets taïnos. Nous souhaiterions vous acheter une pièce, une belle pièce, et la lui offrir. Un cadeau officiel du gouvernement. Que nous vous payerons à son juste prix, naturellement.

Je poussai un soupir intérieur de soulagement, car, si la demande me cueillait par surprise, elle ne nous mettait pas en danger. Je me fis aussi la réflexion qu'ils étaient redoutablement renseignés, jusqu'au contenu de nos armoires et sans doute de nos bibliothèques. C'était aussi cela vivre sous une dictature.

*

Depuis toujours, depuis les premiers travaux d'adduction d'eau, de construction des pistes et les premiers labours, la terre de Sosúa avait été généreuse en cadeaux précolombiens. Si beaucoup de familles de pionniers possédaient de belles collections, c'était aussi le cas de certains paysans qui gardaient les tessons ou les pièces qu'ils trouvaient dans leurs champs, plus par superstition que par lucre car ils en ignoraient la valeur. Mais de toutes les collections, la plus belle, la plus diverse, celle qui comptait nombre de pièces rares et intactes, c'était la nôtre. Elle avait démarré par une trouvaille de mon père, des fragments de poterie en terre cuite zoomorphes, dans ce qui devait devenir le premier potager de la *finca*. Quand j'étais enfant, l'assemblée grimaçante des figurines de notre panthéon taïno me terrorisait. Notre collection n'avait cessé de s'enrichir depuis, au fil de nos défrichages successifs. À chacune de nos escapades dans le pays, nous rapportions une pièce achetée ici ou là à des fermiers. C'était devenu une tradition familiale. Almah s'enorgueillissait du duho de bois parfaitement conservé, du délicat inhalateur à deux branches en os et des multiples jarres, urnes et vases, puzzles incomplets que nous avions soigneusement reconstitués comme autant d'archéologues amateurs que nous étions. Elle parlait même d'ouvrir un musée, un jour, et de le dédier à la mémoire de mon père. Un jour. En attendant, les pièces s'accumulaient dans un meuble vitrine qu'Almah avait fait construire sur mesure ; il trônait dans le salon de la *finca* et chaque pièce était soigneusement étiquetée avec ce que nous savions de son origine.

Je considérai l'émissaire du gouvernement avec perplexité. Je ne pouvais prendre aucune décision, surtout pas celle d'inviter ce personnage à la *finca*. Je le priai de repasser après le déjeuner, le temps pour moi de me retourner, ce qu'il accepta avec un haussement d'épaules.

Almah se promenait quelque part entre Tel-Aviv et Jérusalem. Markus était parti à Puerto Plata relever le courrier dans nos boîtes postales. J'appelai Frederick. Par chance, il n'était pas à cheval au milieu de ses pâturages et me répondit. Il écouta mes explications. Et se cabra dans un premier temps.

— Pas question de leur vendre quoi que ce soit. Qu'ils aillent au diable, ils n'ont qu'à offrir des cigares, c'est encore ce que nous faisons de mieux.

— Ils ont envoyé quelqu'un exprès…

— On aurait pu nous prévenir au lieu de nous mettre devant le fait accompli. Le téléphone ça existe tout de même !

— Frizzie, inutile de te mettre en colère contre moi.

— Excuse-moi, mais ça m'énerve.

— Je crains que nous n'ayons guère le choix. Cela serait sans doute très mal vu de refuser. Sans compter que leur émissaire ne peut pas rentrer bredouille et perdre la face.

Frederick se rendit à mes arguments et céda. Restait le problème de choisir la pièce, car ni lui ni moi ne voulions amputer notre collection d'une belle pièce, d'autant que nous craignions les foudres d'Almah quand elle découvrirait l'épisode à son retour. Je ne pouvais pas rejoindre la ferme, car j'étais probablement surveillée. Frizzie me rejoignit au journal. Il apportait d'importants tessons et une jarre ornée de deux anses zoomorphes figurant des têtes de grenouilles. Je compris son choix car je savais que nous avions beaucoup mieux. Ce fut lui qui mena la négociation, tenant la dragée haute à l'acheteur.

C'est ainsi qu'avec les rhumeries et les fabricants de cigares, notre famille devint fournisseur de cadeaux officiels de l'État dominicain, une complicité qui ne nous honorait pas mais que nous aurions été bien en peine de contrarier.

8

C'est une longue histoire

Octobre 1971

Elles n'avaient jamais eu de secret l'une pour l'autre. Et cela dès les premiers jours de leur amitié, des décennies plus tôt. Almah avait confié à Svenja la mésaventure des faux visas et leur espoir douché de s'installer aux États-Unis, comme son amie lui avait raconté sa propre traversée de l'Europe en flammes avec son frère Mirawek. Svenja connaissait donc l'existence d'Heinrich, mais, si elle se souvenait que c'était grâce à lui qu'Almah et Wilhelm avaient pu sauver leur peau, elle n'en savait guère plus. À l'époque, cela n'avait pas beaucoup d'importance. Aujourd'hui en revanche, depuis qu'Almah lui avait montré le nom sur le billet de Stern, Svenja était dévorée de curiosité. À peine Almah eut-elle franchi le seuil de la maison qu'elle lui sauta dessus, incapable de réfréner son excitation, brûlant de savoir comment s'était passée la rencontre.

— Alors ?

Il était rare qu'Almah racontât le temps d'avant autrement que de manière elliptique, mais ce soir-là elle ressentait le besoin de se confier.

Elle dit son grand-père paternel sauvant celui d'Heinrich grâce à une opération chirurgicale délicate. Leurs mères, Hannah et Erika, amies d'enfance, la seule dont Hannah supportât la compagnie après qu'elle eut sombré dans la mélancolie. Leurs pères côte à côte dans les tranchées pendant la Grande Guerre. Heinrich, compagnon de jeux devenu chevalier servant, évinçant tous ses prétendants. La façon dont elle faisait semblant de ne pas voir qu'il était amoureux d'elle et sa dévotion dont elle profitait pour lui faire faire ses quatre volontés. Comment il était clair aux yeux de tous qu'elle deviendrait sa femme. Jusqu'à sa rencontre avec Wilhelm. L'évidence de leur coup de foudre, leur amour fou qui avait tout balayé sur son passage… À ce point de son récit, Almah avait rougi comme une adolescente.

— Heinrich était plus fin qu'on aurait pu le croire. Il a vite compris qu'il était hors jeu et que se battre contre cet amour ne servirait à rien. Il a rendu les armes avec élégance et je n'ai jamais su s'il en avait souffert. En tout cas, il n'en a rien laissé paraître et il a fait bonne figure. Plus tard, il nous a même offert en cadeau de mariage un tableau de cet artiste grâce auquel nous nous sommes rencontrés Wil et moi.

Elle marqua une pause et se rengorgea avec un petit sourire ému.

— Wil était jaloux comme un tigre, mais il a dû se rendre à l'évidence, Heinrich ne s'est jamais posé en rival. Tout de même, nous évitions de le fréquenter pour ne blesser l'amour-propre ni de l'un ni de l'autre. Quand nous nous sommes résolus à quitter l'Autriche, après le… (Almah baissa les yeux, prit une grande inspiration et pinça les lèvres)… départ de mes parents, il était devenu impossible d'obtenir des visas américains. C'est là qu'Heinrich est intervenu et nous a aidés. Grâce à ses magasins, il avait beaucoup de liquidités, contrairement à nous. Il avait des accointances avec les politiciens et aussi dans les milieux fascistes. Non qu'il partageât leurs idées, mais il était opportuniste et il voulait préserver l'entreprise familiale. En plus Heinrich se croyait protégé parce qu'il était un *mischling.*

Svenja eut un mouvement du poignet qui disait son impatience.

— Tu m'as déjà raconté tout ça il y a bien longtemps. Ce que je veux savoir, c'est comment ça s'est passé. Qu'est-ce que ça t'a fait de le retrouver ? Comment a-t-il réagi ? Et comment a-t-il récupéré le tableau ?

— Si je te disais que c'est une longue histoire…

— Je te croirais et j'aurais la patience de l'écouter. Alors ?

*

Almah parla longtemps, taisant ses émotions et préférant s'en tenir aux faits. De temps à autre Svenja l'interrompait avec une question ou une remarque, elle s'exclamait, s'attendrissait.

Heinrich avait été bien naïf de croire que les nazis l'épargneraient. Il était passé au travers du décret de novembre 1938 qui éliminait les Juifs de la vie commerciale et avait tenu bon le plus longtemps possible. Il avait échappé aux vagues de déportation de masse lancées à partir d'octobre 1941. Mais les magasins Heppner avaient fini par être pillés et les nazis se les étaient appropriés. En 1943, après la saisie de ses magasins, il avait été envoyé en tant que demi-Juif au camp de Theresienstadt avec toute sa famille, puis transféré à Auschwitz.

— C'était un fin stratège et un financier hors pair. Il a de formidables talents de négociateur et un instinct de survie hors du commun. Il a obtenu un travail dans les bureaux du camp et il s'est mis à conseiller des hauts gradés sur leurs investissements. C'est comme cela qu'il a survécu.

Svenja fronça les sourcils, Almah le remarqua.

— Il a fait ce qu'il fallait pour survivre ! Personne n'a le droit de le juger, d'autant plus qu'il en a sauvé plus d'un en monnayant chacun de ses conseils. Il a essayé de racheter la vie de ses parents, mais c'était trop tard. Il était en piteux état quand le camp a été libéré. Il n'a fait qu'un court séjour à Vienne pour se rendre compte que rien ne serait jamais plus comme avant et il s'est installé ici. Voilà tu sais toute l'histoire.

— Et le tableau ?

— Heinrich s'est rendu aux États-Unis pour retrouver le consul américain. Il était à la retraite et vivait seul dans une grande ferme, au fin fond du Connecticut. Heinrich m'a raconté que c'était comme si cet homme l'attendait, il n'a pas semblé surpris de sa visite. Le tableau était dans son salon, il vivait en sa compagnie depuis de très nombreuses années. Il avait réussi à le rapatrier aux États-Unis dans la pagaille de l'immédiat après-guerre en prétendant que c'était le cadeau de son ami Heinrich. Il avait d'ailleurs un mot d'Heinrich qui disait cela. L'argent, il l'avait remis à des associations juives à son retour aux États-Unis, le tableau il l'avait gardé. Il s'en considérait le dépositaire. Heinrich est rentré en Israël avec le tableau et ne s'en est plus jamais séparé, sauf pour le prêter de temps à autre pour des expositions.

— Pourquoi n'as-tu jamais cherché à avoir de ses nouvelles ?

Une ride se creusa sur le front d'Almah.

— Lui non plus n'a pas cherché. Tout était tellement confus à la fin de la guerre. Je crois que j'avais peur tout simplement. Rappelle-toi, chaque fois que nous avions des nouvelles de l'une ou l'autre de nos connaissances, c'était pour allonger la liste de nos morts. C'était trop douloureux. Et puis nous avions fait notre vie à Sosúa, j'étais si occupée avec les enfants…

— Et lui ?

— Qu'il en ait réchappé, lui qui a connu la déportation, tient du miracle. D'ailleurs, il est le seul de sa famille à avoir survécu. Je crois qu'il ne voulait plus rien savoir de son ancienne existence. Il voulait se reconstruire une vie entièrement nouvelle, comme nous l'avons fait, et c'est pour cela qu'il s'est installé ici. Pendant quelques années, il s'est occupé de la gestion d'un gros kibboutz, mais il se sentait trop vieux pour mener ce genre de vie. À Jérusalem, il a épousé une Française, Gabrielle, une rescapée des camps comme lui. Ils n'ont pas eu d'enfants. Gabrielle ne pouvait pas, à cause des séquelles des mauvais traitements qu'elle avait subis.

— À quoi ressemble-t-elle ?

— Ressemblait. Elle est morte d'un cancer il y a quelques années. Heinrich dit que c'était une bonne union, qu'ils ont été raisonnablement heureux.

Il était bien tard quand Almah conclut : « J'ai retrouvé un ami, c'est tout ce qui compte ! »

Cette nuit-là, elle ne parvint pas à trouver le sommeil. Ses pensées étaient un chaos sans nom. Elle repensait à la dernière phrase d'Heinrich énoncée sur le ton d'une évidence alors qu'elle s'engouffrait dans le taxi. Cette phrase qui l'avait prise au dépourvu, cette phrase qui tournait en boucle dans sa tête :

« Envers toi, Almah, l'amitié ne peut aller sans amour. »

9

Une opportunité de bonheur

Novembre 1971

C'était un homme que la vie avait sacrément malmené avant de l'épargner en lui offrant une porte de sortie honorable. Aujourd'hui il n'était plus riche, seulement à l'aise, et il n'avait plus les attraits, ni l'appétence pour la vie de sa jeunesse. Il ne s'en plaignait pas. Comment aurait-il pu ? Il s'était tranquillement résigné à l'existence qui s'était offerte à lui. Mais le destin venait de nouveau de frapper à sa porte. Ou plutôt c'était Almah qui avait frappé à sa porte. Lui qui ne croyait plus à rien y voyait un signe. La vie lui offrait une opportunité de bonheur. Il n'allait pas la refuser.

Une vague de culpabilité le submergea. Il se sentait déloyal envers Gabrielle, sa femme dont le souvenir revint le mordre. Elle l'avait aimé d'un amour sincère et lui avait offert l'apaisement. Il s'en était emparé comme un naufragé sur le point de se noyer se jette sur une bouée de sauvetage. Avec avidité et reconnaissance. Et il s'était accroché à cette bouée, de toutes ses forces, pour ne pas sombrer.

Heinrich savait qu'Almah ne l'aimerait jamais comme elle avait aimé Wilhelm. Il n'avait jamais été de taille et s'y était résigné. Ce qu'il pouvait lui offrir aujourd'hui ce n'était ni l'amour fou ni l'émotion incomparable d'une passion partagée, mais un compagnonnage tissé d'une immense tendresse, fait de complicité, de patience et d'indulgence, qui trouvait ses racines dans une histoire commune. Il espérait qu'elle voudrait bien s'en satisfaire.

Quant à Almah, elle avait vu l'éclat dans les yeux d'Heinrich. Cela faisait si longtemps qu'elle n'avait pas brillé dans les yeux d'un homme. Depuis Wil. Elle corrigea. C'était faux, elle avait brillé dans ceux de Daniel Soteras, un éclat puissant, troublant, éphémère. Ce n'était pas juste de l'oublier ou de le reléguer au rang d'une amourette. Cet homme aussi avait compté pour elle. Mais leur histoire avait sombré. Aujourd'hui, elle retrouvait le plaisir désappris de se sentir femme. Après tout, pourquoi n'en aurait-elle pas eu le droit ?

Almah reprit pied au milieu du brouhaha des conversations. Ils étaient au bar du théâtre. Heinrich levait vers elle une coupe de champagne. Le regard d'Almah revint se poser sur sa main. La peau en était ridée, avec des taches brunes, des fleurs de vieillesse, les veines saillantes comme un réseau de fils violets, les ongles striés. Elle le vit tel qu'il était, vieux. Telle qu'elle était elle-même. Elle repensa à leur conversation quelques jours auparavant. C'était à la table d'un restaurant cossu, il ne lui restait plus que quelques jours à passer en Israël avant son retour à Sosúa.

— Je ne pourrai jamais aimer qui que ce soit comme j'ai aimé Wil, lui avait-elle déclaré en le regardant bien droit dans les yeux. Comme je l'aime encore d'ailleurs. Il fait partie de moi et chaque jour qui passe me le confirme.

Heinrich n'avait pas cillé. Il avait riposté avec placidité, une infinie tendresse dans le regard :

— On ne recommence jamais sa vie, on la continue. On n'aime pas à soixante-cinq ans comme à vingt-cinq. Je suis à un âge où il est urgent d'être heureux. Je saurai me contenter de ce que tu voudras bien m'accorder. Ton affection, ton attention. Je serai le dimanche de ta vie.

Almah prit sa décision et remit une nouvelle fois son départ.

10

Avis de prolongation

Décembre 1971

« De ta mère » jeta Markus impavide en me tendant le télex par-dessous le bureau. Il l'avait lu, j'en étais sûre, mais comme toujours, il ne montra rien ni ne fit de commentaire. Markus n'aurait jamais désapprouvé ou critiqué Almah quoi qu'elle fît, quoi qu'il arrivât. Je pressentis pourtant au son de sa voix que je n'allais pas aimer ce que j'allais lire.

Jérusalem, le 18 novembre 1971

Mes chéris,

J'ai décidé de prolonger mon séjour en Israël. Vous n'avez guère besoin de moi et je profite de ce pays que j'aime tant et dont l'énergie brouillonne m'enchante. Avec Svenja, nous sortons beaucoup et nous retrouvons de vieilles connaissances. La vie ici est très gaie.

Mais la vraie raison est ailleurs. J'ai décidé de prendre en main ma jambe (c'est drôle non ?). J'en ai assez de boitiller, et, par l'entremise d'Eival, j'ai rencontré le meilleur chirurgien orthopédiste du pays. Il est d'accord pour m'opérer et estime les chances de succès à 100 %. Il n'y a donc pas lieu d'hésiter.
Rendez-vous est pris pour la mi-décembre. Je ne pourrai donc passer les fêtes avec vous. Je le regrette, mais vous vous passerez aisément de moi. Je vais dès à présent me mettre en quête des cadeaux pour les petits.
Ne vous inquiétez pas pour moi. Je suis très bien entourée. C'est une Almah toute neuve qui rentrera d'ici quelques semaines pour danser la polka.
Je vous embrasse tous très fort et deux fois plus mes petits-enfants.

Almah

*

Après le départ d'Almah pour Israël, je m'étais mise à guetter le courrier avec une fébrilité de jeune chiot. Elle nous avait téléphoné dès son arrivée, mais les communications étaient laborieuses et très coûteuses. Le service postal dominicain était défaillant. Ses lettres accusaient des semaines de retard, nous arrivant de façon totalement désordonnée. Nous devions faire abstraction de toute logique pour la suivre et nous contenter de prendre ses informations comme elles venaient. Plusieurs semaines pouvaient s'écouler sans nouvelles puis une avalanche de lettres déferlait dans la boîte postale. En cas d'urgence seulement, elle nous envoyait un télex.

Si Almah croyait faire de l'humour, elle était loin du compte. Il n'y avait rien de drôle dans sa dernière missive. Surtout pas le fait qu'elle ait pris la décision de se faire opérer loin de nous. Je n'avais aucun doute sur le fait qu'elle s'en soit remise à un excellent chirurgien. Mais elle aurait tout aussi bien pu se faire soigner à New York. Ce serait le premier Noël que nous passerions sans elle. J'étais sous le choc.

Une autre chose me chagrinait, elle nous noyait délibérément sous un déluge d'informations factuelles mais elle ne nous livrait pas ses états d'âme. Et puis il y avait le ton de ses dernières lettres, un ton devenu étrangement guilleret. Almah ne semblait éprouver aucune nostalgie de la République dominicaine. Nous ne lui manquions pas, tout au plus nous enjoignait-elle de nous montrer prudents. Il y avait là un je-ne-sais-quoi qui laissait penser qu'elle était heureuse là-bas. Qu'elle n'y était pas seulement en visite. Elle semblait s'approprier Israël. S'y plaisait-elle au point de chercher des prétextes pour rester ? Et pourquoi ne téléphonait-elle plus ? Nous cachait-elle quelque chose ?

C'était son deuxième avis de prolongation. Elle avait fait le tour du pays avec Svenja, la tournée de ses connaissances, le plein de souvenirs. Il était temps de rentrer dans sa famille. Et voilà qu'elle nous annonçait cette opération…

Je compris à l'angoisse qui me tordait le ventre que je commençais à craindre que ma mère ne rentrât pas du tout. C'était le monde à l'envers, un juste retour des choses. Comme une mère s'inquiète pour son enfant, je me faisais désormais du souci pour Almah. Je finis par suspecter qu'elle avait un amant. Pour quelle autre raison aurait-elle prolongé son séjour loin de nous ? Je m'en ouvris à Frederick.

— Et si elle avait rencontré quelqu'un là-bas ? Si elle ne revenait pas ?

Il chassa mon soupçon d'un haussement d'épaules, incapable d'envisager notre mère dans les bras d'un homme.

— Tu plaisantes ? À son âge !

— N'importe quoi ! On a l'âge de sa tête, pas de ses artères ! Et d'ailleurs maman est toujours très belle ! Elle pourrait parfaitement séduire un homme !

— Encore faudrait-il qu'un homme trouve grâce à ses yeux ! Non, elle est bien trop indépendante pour ça !

— Elle a toujours été libre et, surtout, elle ne fait rien comme les autres…

— Dieu nous préserve d'une telle fantaisie ! soupira Frederick, légèrement ébranlé par mes arguments.

Nous n'allions pas tarder à être servis.

11

Comme une jeunesse

Janvier 1972

Heinrich oscillait entre reproche et admonestation. Il n'avait cessé d'insister pour qu'elle se fasse opérer.

— Tu n'as pas fait ce qu'il fallait, tu n'as pas pris les choses au sérieux et maintenant, voilà le résultat : si tu ne te fais pas opérer, tu garderas cette claudication. Après ce seront tes hanches qui souffriront et peut-être finiras-tu dans une chaise roulante !

— Pftt, on dirait mon fils !

— Almah, sois raisonnable, tu n'as que soixante ans !

— Je te remercie de me rappeler mon âge. Figure-toi que je ne me sens pas vieille du tout !

— Justement, tu auras des années devant toi pour profiter de ta jambe toute neuve. Fais-le, Almah, et bientôt tu marcheras de nouveau comme une jeunesse !

De guerre lasse, Almah céda. Heinrich, tout comme Frederick, avait raison.

— C'est d'accord, je vais le faire. Et si un jour je remarche comme une jeunesse, je t'épouse, Heinrich, déclara-t-elle solennellement en le défiant de son regard espiègle.

— Je te prends au mot. Tu peux préparer les faire-part. Si tu me mets cette carotte sous le nez, tu peux me croire, ta vilaine jambe ne sera bientôt plus qu'un mauvais souvenir.

— Tu as carte blanche, mon ami. Pour l'opération, j'entends. Quant aux faire-part, attendons encore un peu ! À propos, c'est bien la première fois qu'on me traite de carotte !

Heinrich sourit, heureux. Il retrouvait l'Almah cabotine des jours heureux, l'Almah d'avant la guerre, d'avant les malheurs, les exils, les pertes, d'avant Wilhelm, celle qui l'avait fait passer par un trou de souris à maintes reprises. Une image passa devant ses yeux. Almah a dix-huit ans, lors de sa première sortie dans le monde sans ses parents. Pendue à son bras, époustouflante en robe longue, dans sa loge de l'opéra. Aimantant tous les regards. Lui faisant des envieux. Il avait été si sûr ce soir-là qu'elle serait à lui, qu'elle serait sa femme. C'était sans compter le destin et cet amour magnifique qui la lui avait ravie.

Mais voilà que le destin frappait de nouveau à la porte de son cœur. Une seconde chance. Heinrich se jura que cette fois il ne la laisserait pas passer. Il se battrait corps et âme. Il se le promit : Almah remarcherait comme une jeunesse. Confiant, il leva son verre en la regardant dans les yeux et savoura une longue gorgée de vin, une quasi-victoire.

*

Finalement Almah se fit opérer à Tel-Aviv par un ami d'Eival – nul autre que lui n'était mieux placé dans les cercles médicaux de la capitale. Après ce fut le fauteuil roulant, puis la canne, puis plus rien. Au bout de sept semaines, elle marchait comme à vingt ans, juste comme l'avait prédit Heinrich.

Et Almah qui ne se parjurait jamais l'épousa.

12

Tant de choses à raconter

Mars 1972

Elle ne boitait plus. Ce fut la première chose que je vis. La haute silhouette de ma mère se découpait, svelte, élégante, droite et fière, au cœur de la petite horde des voyageurs qui attendaient leurs bagages dans le tumulte des arrivées. Radieuse, bronzée et toute mince, Almah avait coupé sa tresse blonde et arborait un carré qui la rajeunissait. Elle semblait avoir laissé quinze ans dans les sables du Néguev. Elle arpentait d'un pas sûr le chaos de valises que déposaient les préposés au déchargement des bagages. Contre toute attente, le chirurgien israélien avait réalisé un miracle.

Elle leva la main pour me sourire de loin, de ce sourire large et généreux qu'elle réservait à ceux qu'elle aimait. Mon cœur manqua un battement car la deuxième chose que je vis ce fut l'anneau qui scintillait à l'annulaire de sa main gauche. Hypnotisée, la gorge sèche, le regard aimanté sur sa main, je ne vis pas tout de suite la troisième surprise. L'homme portant beau qui était sur ses talons quand elle émergea de la foule avec une vaillante détermination.

Elle s'approcha de moi, une expression de plénitude flottant sur son visage. Fidèle à ses habitudes, Almah affichait une mine innocente et conquérante. Une impératrice retrouvant ses sujets.

Je me jetai dans ses bras dans l'espoir de cacher mon émotion mais c'était peine perdue. Elle murmura à mon oreille : « Tu m'as affreusement manqué, ma chérie. Que je suis heureuse de te retrouver ! » Un bref instant je me laissai envahir par le parfum familier de sa peau que je retrouvais avec bonheur. Puis elle dit : « Surprise » en s'effaçant légèrement. Et je le vis qui se tenait, impavide, hésitant, juste en retrait d'elle. J'eus l'impression que les yeux me sortaient de la tête. Mes pensées étaient une confusion sans nom, et l'espace d'une seconde je la détestai.

J'étais abasourdie. À côté de moi, Domingo qui me connaissait assez pour interpréter la moindre de mes attitudes, comprit en un quart de seconde que quelque chose n'allait pas. Souveraine, Almah se recula pour se mettre à la hauteur de l'homme qui l'accompagnait :

— Je vous présente Heinrich ! Nous nous sommes mariés il y a un mois à Jérusalem.

Le choc était de taille. J'en vacillai. Le Heinrich en question inclina la tête vers nous, nous considérant d'un œil curieux et bienveillant, une esquisse de sourire aux lèvres. Manifestement, il ne savait quelle attitude adopter.

— J'ai préféré vous faire la surprise, déclara Almah avec une note d'impertinence dans la voix.

Heinrich me tendit une main en inclinant brièvement la tête, une espèce de salut militaire empreint de raideur qui détonnait dans l'ambiance joviale et chaleureuse de l'aéroport. Mécaniquement je saisis cette main tendue et la laissai broyer la mienne.

— Bonjour, Ruth, je suis enchanté de faire votre connaissance, dit-il dans un espagnol laborieux.

J'étais sans voix. Face à cet homme dont je ne savais rien, je cherchai en vain une contenance.

— Heinrich, le gronda ma mère gentiment, c'est bien guindé tout ça, vous pourriez peut-être vous embrasser ! Et voici mon gendre Domingo !

Une étreinte maladroite. Et voilà, ce fut ainsi que je fis connaissance avec le nouveau mari de ma mère, qui échangea une poignée de main vigoureuse avec Domingo.

— Et Frizzie ?

— Il a été retenu par une réunion d'actionnaires… croassai-je d'une voix rauque.

Ma mère me prit le bras tandis que nous nous dirigions vers la voiture.

— J'ai tant de choses à te raconter.

Ça, je n'en doutais pas une seconde !

*

Un silence gêné tomba dans la voiture dès que nous quittâmes Las Américas, silence qu'Almah entreprit de briser en babillant, demandant des nouvelles des enfants avec un entrain qui, je le sentais, avait quelque chose d'un peu forcé et masquait mal son embarras. Domingo répondait placidement tandis que je me perdais dans un abîme de réflexions. Comment ne l'avais-je pas compris au fil de ses lettres et de nos conversations téléphoniques ? Ce ton léger, cette coquetterie, cet enthousiasme, cette envie de faire tant de choses… Tous les indices étaient là sous mon nez et je n'avais pas su les interpréter.

Plus tard Almah nous raconterait toute l'histoire. Cette histoire qui était comme un roman. Toute la vie de ma mère était comme un roman. Aucun personnage n'était secondaire, tous avaient un rôle décisif dans la toile de sa vie. Mais pour l'heure elle s'en tint à l'essentiel : elle avait retrouvé un vieil ami d'enfance à Jérusalem et elle l'avait épousé. Sans tambour ni trompette. Avec Svenja et Eival pour uniques témoins.

— De toute façon vous ne seriez pas venus, et puis à notre âge, inutile de faire une grande fête, n'est-ce pas Heinrich ?

Le nouvel époux de ma mère se retourna et acquiesça avec un sourire plein d'indulgence. Et dans ses yeux, je lus une adoration muette pour Almah, le stigmate d'un amour sincère et profond. Le sentiment de colère et de frustration refit surface. Je détestais ma mère, je la détestais de remplacer mon père, d'enterrer son passé, de commencer une nouvelle vie, je la détestais surtout de ne m'avoir rien dit. Et je me morigénais intérieurement, car je sentais bien que c'était là la réaction d'une enfant gâtée et jalouse, et non d'une adulte.

*

Fatiguée par le décalage horaire, enveloppée de chaleur moite et bercée par le ronronnement du moteur, Almah dodelina de la tête et finit par s'assoupir. Le silence s'installa dans l'habitacle et je pus me laisser aller à mes réflexions. Je regardais cette femme, si familière et si étrangère à la fois, explorais son visage serein qui gardait, vivace, la trace de son ancienne beauté. Jamais Almah n'avait demandé grâce à la vie, jamais elle n'avait capitulé, toujours elle se réinventait. Sa force de caractère, aussi peu commune que l'était son destin, forçait l'admiration et me renvoyait à mes propres questionnements. La révélation de ce mariage m'avait proprement sciée et je redoutais la réaction de Frederick qui pouvait parfois être sanguin. Je voyais déjà saillir les muscles de ses mâchoires, signe chez mon frère d'une immense contrariété. J'essayais d'imaginer les réactions des uns et des autres. Markus serait heureux pour elle et à coup sûr enchanté de la possibilité d'une nouvelle amitié. Ana Maria pincerait le nez. Et ça n'allait pas manquer de jaser dans le village.

*

Au bout de trois heures de route, nous fîmes halte dans notre habituelle *parada*. La cuisinière nous salua avec chaleur, elle nous connaissait bien, et s'enquit de nos enfants. Puis elle s'attela à nous préparer nos traditionnelles assiettées de poulet au moro. Nous prîmes place sur des chaises de bois branlantes autour de la table bancale tandis que sa fille montait le volume d'une vieille radio. Heinrich balaya du regard le décor et je sentis ma mère préoccupée : elle se demandait sans doute comment il allait faire face à la rusticité de la vie à Sosúa.

— Il y a des tas de choses que tu vas devoir apprendre, lui dit-elle, un sourire malicieux aux coins des lèvres.

— Comme ?

— Comme vivre au rythme lent des Caraïbes, retourner sur les bancs de l'école pour perfectionner ton espagnol, apprécier le riz aux haricots noirs, habituer ton oreille au merengue, devenir un grand-père… Je continue ?

— Ça suffit, j'ai compris, je crois ! répondit Heinrich, agitant en riant les mains devant son visage. Une nouvelle vie !

— On ne recommence jamais sa vie, on la continue, le corrigea Almah avec un clin d'œil que je ne compris pas.

Il y avait déjà entre eux une connivence dont j'étais absente, cette sorte de complicité qui n'existe qu'entre les personnes intimement liées entre elles.

— Eh bien, moi, je suis prêt à continuer la mienne à vos côtés, déclara-t-il en levant sa bouteille de Presidente à notre intention.

C'est à ce moment-là que je décidai de le trouver sympathique.

Quelques heures plus tard, Frizzie fit saillir les muscles de ses mâchoires, Ana Maria pinça le nez et Gaya frétilla de joie en comptant sur ses doigts « *Papito* Soteras, Markus et Heinrich, trois grands-pères », tandis que nous dévorions le *sancocho* de fête préparé par Carmela pour le retour d'Almah.

*

Nous nous promenions à pas lents sur la plage.

— L'amour est un fameux antidote contre la vieillesse, déclara ma mère.

— Parce que tu es amoureuse ? Et vieille ? Première nouvelle !

Almah haussa les épaules.

— Ne fais pas l'idiote, Ruthie. Je ne suis pas vieille, non, et pas non plus amoureuse. Enfin pas comme toi de Domingo. Non, c'est autre chose. Une sorte de compagnonnage affectueux. Votre père est parti. C'est une réalité qui s'est imposée avec brutalité et j'ai appris à vivre avec cette réalité. Mais vous avez tous vos vies de famille et moi je suis seule. Alors, je ne vais pas refuser ce qui m'est offert. Certainement pas. Voilà, les choses se sont faites naturellement. Heinrich m'a attendue pendant plus de trente ans, mais il a toujours su que nous nous retrouverions. Enfin c'est ce qu'il dit, et il a eu raison d'être patient. Vous n'aurez plus à vous faire de soucis, désormais Heinrich veille sur moi.

Puis Almah me raconta tout un pan de sa jeunesse viennoise que j'ignorais. « … Heinrich a neuf ans de plus que moi et il a été ce grand frère que je n'ai pas eu. Jusqu'au jour où j'ai rencontré ton père. Entre nous, ça a été comme une évidence, un coup de foudre violent, un amour fou qui a tout balayé sur son passage… Mais à partir de là tu connais l'histoire… »

Ce n'était pas un coup de tête, pas une folie de femme vieillissante, ni une fantaisie encouragée par son extravagante amie. Ce n'était pas non plus une histoire d'amour fou, c'était une histoire d'amitié et de fidélité qui avait pris racine dans son enfance.

*

Le mariage d'Almah avec Heinrich ouvrit un nouveau chapitre de la vie de notre famille. Ils s'installèrent dans une vie bien réglée. Désormais ils partageraient leur temps entre Sosúa et Jérusalem où Heinrich possédait une vaste maison, au sud de Jérusalem, dans le quartier chic ponctué de jardins de Yemin Moshe.

Almah voulut quitter la ferme, se refusant à vivre avec Heinrich dans un endroit qu'elle avait partagé avec notre père. Je trouvais sa délicatesse légitime même si je regrettais qu'elle s'éloignât de nous. Mais elle tint bon. Heinrich et elle louèrent une maison perchée sur la falaise à l'est du Batey, avec une vaste terrasse qui dominait la mer.

Commença une noria ininterrompue entre la Méditerranée et la Caraïbe, entre leurs deux *Heimat*. Ils arrivaient pour les fêtes de fin d'année et passaient l'hiver avec nous. Chaque année, fin juin, Almah allumait une bougie de Yahrtseit, la veille de l'anniversaire du décès de mon père. Bien qu'il ne fût pas religieux, Heinrich respectait cela. Puis ils partaient en Israël quand s'annonçait la saison des cyclones. Et leur nouvelle vie prit ainsi ses racines.

3e Partie

Atteindre l'aube

« *Nul ne peut atteindre l'aube*
sans passer par le chemin de la nuit. »

Khalil Gibran

« *La vie ce n'est pas d'attendre que les orages passent,*
c'est d'apprendre comment danser sous la pluie. »

Sénèque

« *Tous les nuages du monde*
n'empêchent pas les pleines lunes. »

Grand Corps Malade

1

N'oublie jamais d'où tu viens

Juin 1972

Il serait faux de dire que nous avions hésité comme il serait faux de prétendre que nous n'avions pas succombé à l'idée de la bonne affaire.

Domingo voulait une grande maison qui soit suffisamment vaste pour accueillir sa famille, je voulais pouvoir recevoir mes amis, je voulais surtout que mes enfants grandissent dans un environnement privilégié. Or le village se développait à vitesse grand V, envahi par le tourisme, au prix de notre tranquillité. Dernier argument, Domingo et moi voulions mettre un peu de distance entre notre maison et nos lieux de travail respectifs. Bref nous n'avions pas tergiversé longtemps avant de suivre le conseil de Frederick. Nous étions désormais propriétaires d'un terrain de six *tareas*, en légère déclivité, mitoyen de la *finca* Polka, planté de beaux arbres dont un spectaculaires *samán*[1] déployé comme un gigantesque parasol, une poignée de cocotiers, un manguier, un avocatier. Un magnifique terrain d'où on voyait la mer. Je crois bien que c'est cela qui m'avait convaincue.

Ne restait plus qu'à faire construire la maison de nos rêves. Une fois de plus, Aaron allait devoir jouer de l'équerre et du té. Nous avions des idées bien arrêtées et nous étions d'accord, du bois, précieux si possible, un style créole, un plain-pied, une grande galerie, rehaussée de décorations gingerbread, et deux bungalows pour recevoir. Et quatre chambres, précisa Domingo, « au cas où nous aurions un autre enfant ». J'avais hoché la tête et baissé le nez. Je jugeais que ma famille était au complet et c'était une pomme de discorde entre nous. Avant de me marier, je n'avais pas conscience que la famille dominicaine ne s'envisageait que nombreuse, à multiples ramifications et omniprésente.

Aaron faxa le résultat de son travail. Nous passâmes plusieurs soirées enlacés dans notre lit, excités comme des enfants, les plans de notre bonheur étalés sur nos genoux. Le plus dur restait à venir. Ce fut Domingo qui prit les choses en main, tandis que je créais des nuanciers de couleurs, établissais des listes de meubles et de fleurs à planter, collectionnais les échantillons de tissu…

Après de longs mois de travaux, nous emménageâmes dans notre chez-nous. Le 20 juin. Pour le

1. Arbre à pluie ou bois noir d'Haïti.

solstice, précisa doctement Gaya. Je franchis le seuil comme une jeune épousée, dans les bras de Domingo, accrochée à son cou, pour notre premier été chez nous tandis que les enfants trépignaient en attendant leur tour. Et quand nous fûmes tous les quatre sur la terrasse, je les entraînai dans une petite ronde de joie, une hora métissée de merengue.

J'avais hésité à poser une mezouzah sur le chambranle de la porte d'entrée. « N'oublie jamais d'où tu viens. » Mon frère m'avait rappelée à l'ordre lors d'un dîner quelques jours après notre déménagement. Lui n'avait pas hésité et je compris qu'il avait raison. Nous étions des héritiers.

2

Septembre noir

5 septembre 1972

Le monde se réveilla groggy ce matin-là.

Cela s'était passé dans la nuit. Nous n'avions su qu'au petit matin, avertis par un appel de Jérusalem. Svenja était en larmes au téléphone.

— Je ne peux pas le croire, je ne peux pas le croire, ça ne s'arrêtera donc jamais, ne cessait-elle de bredouiller entre deux sanglots.

Almah, qui avait pris le combiné, tentait de la calmer. Elle raccrocha après de longues minutes de paroles réconfortantes et me résuma les faits avec dans la voix une tension inhabituelle.

Un commando de l'organisation palestinienne Septembre noir retenait en otage neuf Israéliens de la délégation olympique après en avoir tué deux lors de leur opération. Pour prix de la vie des sportifs, ils réclamaient à Israël la libération de deux cent trente-six prisonniers palestiniens.

Ces jeux de Munich, censés racheter dans les esprits les Jeux de Berlin de 1936 de sinistre mémoire, tournaient au cauchemar. Le monde venait de basculer dans l'horreur.

Nous restâmes toute la journée suspendus au poste de radio. Comme on pouvait s'y attendre, Golda Meir avait immédiatement et fermement exclu toute négociation. Au bout de longues tractations, les autorités allemandes négocièrent l'évacuation aérienne des ravisseurs et de leurs otages vers l'Égypte. Elles choisirent de lancer l'assaut sur le tarmac de la base aérienne dans une tentative désespérée de libération. C'était mal orchestré et l'opération tourna au bain de sang.

Quand, après une sinistre journée d'angoisse, le bilan tomba, dix-sept morts dont les onze sportifs israéliens, j'étais hébétée. Pour la première fois de l'histoire des Jeux, le drapeau olympique était en berne. Pour autant les compétitions continuèrent, ce qui ne manquerait pas ultérieurement d'être interprété comme une marque d'antisémitisme.

Je me mis au travail, les ongles rongés de désespoir, l'âme et la plume en deuil. Israël n'allait pas manquer de lancer des représailles immédiates, et à coup sûr elles seraient sévères.

« Sanglante prise d'otages aux J.O. de Munich » titra *La Voix de Sosúa* le lendemain.

3

D'intenses moments d'intimité et de partage

Novembre 1972

Une routine. Rythmée par les fêtes familiales et les tournées sanitaires, c'était ce que notre existence menaçait de devenir. À part quelques escapades à New York, nous partions peu. Nous vivions sur une terre de vacances et, le plus souvent, c'étaient les autres qui nous rejoignaient. À plusieurs reprises j'avais proposé à Domingo de nous échapper, rien que nous deux – entre Ana Maria, Carmela et Rosita, il ne manquait de personne pour s'occuper de nos enfants –, mais toujours un aléa de dernière minute, une urgence, une tournée de vaccination, une obligation familiale, se mettait en travers de nos projets.

Parfois je me demandais si Domingo était heureux, vraiment heureux de ce qu'il était devenu, s'il ne regrettait pas ce qu'il avait abandonné pour moi, sa carrière, la ville, son effervescence. Une effervescence toute relative car Santiago n'était pas une ville trépidante, loin de là, mais la vie sociale y était développée et l'université garantissait un minimum d'événements culturels. Alors que chez nous… À part un combo qui se présentait de temps à autre à l'Oasis et les films familiaux du dimanche projetés dans un ancien baraquement des débuts du kibboutz transformé en salle de spectacle, c'était le néant.

En à peine cinq ans, à l'abri des turbulences, notre couple était entré dans une période de plénitude. Je pensais à la vie si aventureuse de mes parents, j'imaginais comment les épreuves avaient dû les souder dans un combat commun quotidien et, d'une certaine façon, je les enviais. Et je m'alarmais car je ne voulais pas que la vie ait raison de notre passion.

J'avais demandé à Domingo de se libérer pendant une semaine pour fêter notre cinquième anniversaire de mariage. Et ce n'était pas une option. J'avais soigneusement préparé notre échappée belle, des cartes d'état-major, du matériel de camping, des provisions, choisi les chevaux, Stela et Yuli, deux juments paso fino aux allures agréables, et chargé Jacobo de les harnacher.

Au petit matin, nous enfourchâmes nos montures. Je me retournai. Ils étaient tous alignés en rang d'oignons en contrebas de la galerie de la ferme, Frizzie, Ana Maria, Flor, Rosita, Jacobo et les quatre enfants, à agiter leurs mains en vaguelettes d'au revoir, tandis que nos chevaux, lourdement chargés, amorçaient un petit trot confortable.

Je savourais le plaisir de chevaucher au côté de Domingo. Il n'y avait d'autre bruit que le chant des oiseaux et les senteurs qui montaient de la terre étaient enivrantes. Une brise tiède caressait mon visage, l'allure de la jument me berçait. Le ciel pur et dégagé laissait présager une journée chaude malgré la saison. Nous escaladions des lomas dont le tapis d'herbes hautes s'ouvrait et se refermait sur notre passage en un chuchotement soyeux. Nous avions cette impression vertigineuse d'être plus grands, plus vivants, d'être seuls au monde dans un décor de paradis originel. J'imaginai les sentiments des premiers conquistadors quand ils avaient foulé ce sol, découvrant, au sortir des coques grinçantes et malodorantes de leurs caravelles, cette terre belle comme ils n'en avaient jamais vue, ni en Espagne, ni en Italie, ni nulle part ailleurs.

Des vautours dessinaient de grands cercles dans le ciel, signalant une charogne, et nous dépassâmes une case solitaire entourée d'un jardin fleuri où picoraient des poules étiques. Un homme au visage buriné était perché en équilibre précaire au sommet d'un cocotier, une corde passée autour du tronc enserrant ses reins. Il taillait le plumet de l'arbre et libérait les fruits. Ses coups de machette résonnaient, ponctués par le bruit mat des noix vertes qui s'écrasaient sur le sol. Sa femme nous fit signe et nous descendîmes de cheval. Elle décapita une noix d'un coup de machette assuré, fit un petit trou dans la chair blanchâtre de la pointe d'acier et nous offrit à boire. Les lèvres collées à la coque, je bus avidement. L'eau était fraîche. Je renversai la tête, de l'eau coula jusque dans mon cou. Cela fit rire la femme qui fendit en deux nos noix, tailla un éclat d'écorce, une cuillère de fortune pour racler la chair tendre et translucide. C'était délicieux.

Nous nous remîmes en route et une heure plus tard nous traversions le río Bajabonico. Au plus gros de la rivière, l'eau chatouillait le ventre des chevaux, nous obligeant à remonter nos jambes sur leur encolure. Ma jument fléchit les avants, prête à se rouler dans l'eau, et j'eus toutes les peines du monde à la redresser en tirant sur mes rênes. De l'autre côté du fleuve, il y avait cette trentaine de cascades qui dévalaient depuis le sommet de la montagne. C'était un secret bien gardé et rares étaient ceux qui s'aventuraient jusque-là. Un groupe d'étudiants santiagueros rencontrés sur la plage de Sosúa m'avaient décrit l'endroit comme un paradis. Et ils avaient raison.

L'eau murmurait doucement dans la touffeur de l'exubérante végétation qui tapissait la croupe de la montagne. Nous avançâmes au cœur d'un étroit goulet rocheux. Les sabots des chevaux résonnaient d'un écho métallique. La gorge se resserrait et nous attachâmes nos chevaux à un arbre. Nous étions seuls au cœur d'une nature inexplorée. Des orchidées sauvages s'agrippaient avec détermination aux rochers. Dans le silence dense, le grondement de la cascade était comme un appel. Je me déshabillai et m'engageai, nue, dans le canal creusé dans la roche. J'avançai dans le défilé qui formait un coude, jusqu'à déboucher dans une large piscine naturelle, alimentée par le jet puissant de la première cascade sous lequel je me faufilai, laissant l'eau fraîche masser mes épaules. Cette fois ce fut une vision des Taïnos batifolant dans le bassin qui me visita. J'avais de nouveau cette certitude absolue, Colomb et ses hommes avaient découvert un paradis tel qu'aux premiers jours de la Création. Il y eut un frémissement dans les feuilles d'un arbre. Une palpitation. Je vis, à peine perceptible dans la ramure, une perruche vert vif au ventre rouge posée en équilibre sur une branche. Sous son front blanc, deux petites billes noires me fixaient. Elle me gratifia d'une petite parade pleine d'impertinence. Je me retournai. Domingo progressait en nageant dans la passe et il me rejoignit sous la cascade. Un regard émerveillé et plein de désir embrasait son visage. Le rideau liquide nous enfermait dans une intimité parfaite.

*

Les moustiques avaient eu raison de nous. Après nous être ébroués comme des enfants, avoir fait l'amour et dévoré nos sandwichs, nous repartîmes en direction de la montagne. La chaîne se dessinait face à nous, tranchant l'horizon d'une vague verte qui brunissait au sommet. Nous avions au bas mot deux jours de chevauchée pour atteindre mon but, le double sommet du Pico Duarte. Le toit de notre île avait autrefois porté le nom du dictateur et on continuait dans les campagnes à l'appeler les Pelonas, la petite et la grande. L'ascension devait nous amener à plus de 3 000 mètres d'altitude vers des hauteurs vierges d'arbres et la progression sous le soleil était éprouvante pour nous comme pour nos montures.

Domingo m'avait promis d'oublier la médecine le temps de notre aventure. Il tint parole jusqu'à ce que nous traversions un hameau oublié au-dessus de San José de las Matas. Des cris déchirants venaient d'une case dont sortit une femme âgée, un mélange d'impuissance et de désarroi peint sur le visage. Domingo mit pied à terre devant la bicoque et échangea quelques mots avec elle.

— C'est un accouchement, le travail a commencé, me jeta-t-il en farfouillant dans un sac attaché à sa selle.

Et je me rendis compte qu'il avait embarqué sa trousse d'urgence à mon insu. Il pénétra dans la case et en ressortit au bout de quelques minutes, l'air préoccupé.

— Ça se présente mal, le bébé est bloqué. Il va falloir envisager de dormir ici.

Je regardai autour de moi, résignée. C'était loin du cadre romantique où j'avais imaginé notre première nuit. Je décidai de monter notre tente dans un champ, derrière les cases du hameau. Je gonflai le matelas pneumatique et disposai nos sacs. Je vis la vieille femme ressortir de la case et m'approchai pour l'aider à faire chauffer un récipient d'eau sur le foyer en pierre où rougissaient des braises. Domingo m'appela dans la bicoque où je découvris une toute jeune fille tordue de douleur sur une paillasse de feuilles. L'air était épais, saturé d'odeurs, sueur, sang, larmes.

— C'est le moment de te souvenir que tu as failli être infirmière, me dit mon mari en palpant le ventre de la gamine gémissante. Trempe un linge dans l'eau chaude et passe-le-moi.

Et je le vis enfoncer sans hésitation ses doigts à l'intérieur de la fille qui avait cessé de hurler pour gémir en pleurant doucement. Ses gestes étaient précis, nets, efficaces. D'une voix douce et autoritaire, il encourageait la jeune fille, tandis que l'*abuela* marmonnait, probablement des prières. C'était la première fois que j'assistais Domingo pour un accouchement ; je ressentais une immense admiration pour lui et une onde égoïste me traversa à l'idée de ce souvenir que, plus tard, nous partagerions. Il était tout à son affaire, son autorité naturelle faisait merveille. Cela dura longtemps. Finalement Domingo extirpa du corps résigné à la douleur un bébé qui paraissait minuscule dans ses grandes mains. « *Un varón*[1] », lâcha-t-il en coupant le cordon. L'enfant était tout bleu, comme cyanosé. Un silence épais et poisseux de respirations suspendues envahit la case. Mon cœur battait à grands coups dans ma poitrine oppressée d'angoisse. Tous les yeux étaient rivés sur Domingo. Il prit le bébé par les pieds, tête en bas, lui tapota les fesses, et finalement son premier cri retentit dans la case. Il y eut un relâchement, comme un soupir de soulagement collectif, tandis que Domingo déposait le nouveau-né sur la poitrine de la jeune mère qui le serra contre elle, dans un geste d'amour instinctif.

— *Tu hijito*, lui annonça-t-il joyeusement.

Un immense sourire illuminait son visage. Puis il se tourna vers moi. Dans ses yeux je lus de la victoire, de la fierté, et comme une espèce d'émerveillement

1. « Un garçon. »

enfantin. Mon cœur se dilata. Comme je l'aimais ! Cet homme me rendait heureuse, il me comblait et je n'imaginais pas ma vie ailleurs qu'à ses côtés.

Nous partageâmes notre dîner, riz, avocats, fruits et mauvais rhum avec les paysans qui n'avaient guère à nous offrir, hors leurs sourires et leur joie sincère.

— Ça a été une très bonne journée, merci, ma chérie, souffla Domingo avec un sourire apaisé avant de s'endormir épuisé dans mes bras, sur notre couche de fortune.

Je respirai avec volupté les odeurs qui montaient de son corps, en me disant qu'il incarnait la médecine dans son dévouement, dans son intégrité, sa mission. Il était la médecine, pas celle des universités, des laboratoires de recherche, des cliniques huppées, mais celle du terrain, des affections du quotidien, des maux des corps, de la lutte pied à pied contre la maladie et la souffrance. C'était là, confrontée à la pauvreté et au dénuement des paysans oubliés, que je sus que Domingo avait trouvé son apostolat.

Le reste de notre voyage fut fait d'intenses moments d'intimité. Comme quand nous atteignîmes le sommet du Pico, dominant les vagues de montagnes qui déferlaient au nord jusqu'à la mer, et que nous fûmes, à cet instant-là, les personnes les plus haut perchées du pays. Nous avions déployé nos bras tels des goélands ouvrant leurs ailes et crié à nous en déchirer les poumons. Un cri de victoire. Comme quand nous fîmes l'amour dans notre abri de toile ou dans le lit des rivières brouillonnes. Comme quand Domingo, se parjurant, délivra des soins au fil de notre périple. Je me rendais compte à quel point soigner donnait un sens à sa vie. Ces journées où nous partageâmes tant avaient offert une réponse à mes questionnements. Je crois bien que Domingo était pleinement heureux.

4

Elles deux, seules

Janvier 1973

Pour ses huit ans, Gaya voulait un « cadeau très spécial ». Elle avait demandé à sa grand-mère de l'emmener, rien qu'elle, voir les baleines à Samaná. Almah avait cédé avec joie. Depuis toujours elle avait une affection particulière pour cette enfant. Était-ce parce que Gaya était la fille de sa propre fille, parce que le véritable père de la petite lui resterait à jamais inconnu, parce que les jumelles de Frizzie se suffisaient à elles-mêmes dans leur propre monde, parce que la petite avait une personnalité hors du commun et des aptitudes exceptionnelles ? Un peu de tout ça sans doute. Mais si on l'avait questionnée, jamais au grand jamais Almah n'aurait avoué que de tous ses petits-enfants, c'était Gaya sa préférée.

Le jour de son anniversaire, Gaya découvrit dans son assiette une enveloppe qui contenait un bon pour un voyage à Samaná. D'excitation elle se mit à caracoler en sautillant à cloche-pied autour de la table, tout en scandant de sa voix haut perchée « les ba-lei-nes, les ba-lei-nes » en ajoutant « De toute façon les jumelles ont mal au cœur en voiture et pire en bateau, et David est trop petit, il sait même pas nager ». Ce serait donc elles deux, sa grand-mère et elle, seules.

Gaya avait établi sa liste de fournitures pour l'expédition, sinon ça ne valait pas la peine :

– un carnet de dessin
– une boîte de peinture avec ses pinceaux
– une paire de jumelles
– une paire de lunettes de soleil avec un élastique pour derrière la tête
– un masque et un tuba
– des palmes
– une combinaison de plongée courte
– un livre sur les baleines et les dauphins

Et Domingo qui ne savait rien refuser à sa fille l'emmena faire ses achats à Puerto Plata. Cela leur prit tout un après-midi et ils durent commander la combinaison à Santiago. Pendant plusieurs semaines Gaya prépara son expédition dans le plus grand secret.

*

— Ça y est ! elles sont arrivées ! annonça Almah d'une voix triomphante en franchissant la porte du jardin.

Comme chaque année, les baleines venaient de prendre leurs quartiers d'hiver dans la baie de Samaná pour y mettre bas et engraisser leurs petits. Comme chaque année, Philippe avait prévenu Almah dès que les pêcheurs avaient aperçu la première nageoire.

Philippe et sa femme Hélène, un couple de Français, tenaient le seul hôtel de tourisme digne de ce nom à Samaná. Almah était leur amie depuis de nombreuses années. Haute stature, crinière grise, visage hiératique, Philippe avait tout du roi en exil. Quand on lui demandait ce qui l'avait amené à se perdre aux confins de l'île, il prenait un air mystérieux. Était-il un agent secret à la retraite, un politique exilé, un témoin protégé, un terroriste au purgatoire, un mafieux planqué ? Les suppositions allaient bon train. Le couple était un joyeux cocktail de contradictions, relents de culture hippie et sympathies monarchistes mâtinées de tendances anarchistes. Leur maison était toujours grande ouverte et leur table accueillante, autour de laquelle on refaisait le monde en sirotant un daiquiri qui était sans conteste l'un des meilleurs qu'Almah eût jamais savouré.

Le visage de Gaya s'illumina et elle entama une petite danse guerrière en battant des mains, imitée par David. Bientôt elle irait à la rencontre des baleines, ce n'était plus qu'une question de jours.

*

Il faisait encore nuit ce matin-là quand Gaya sortit de la maison, traînant avec précaution ses bagages. Elle s'assit sur les marches de la terrasse, frêle silhouette dans la pâle lueur du jour naissant, casquette sur la tête, lunettes de soleil retenues par un cordon autour du cou, à côté de sa valise et d'un petit sac marin contenant son équipement de plongée. Le jour était tout juste levé quand elle déboula dans la chambre de ses parents. Secouant Domingo, elle déclara, des larmes plein les yeux :

— Je crois bien qu'Almita m'a oubliée.

(Almah, qui n'avait voulu à aucun prix des mamie, mamita, mémé, *abuela* ou autre bonne-maman, avait transigé après d'âpres négociations en acceptant que ses petits-enfants l'appellent Almita.)

Engourdi de sommeil, Domingo s'assit au bord du lit et prit sa fille aux épaules. Sa petite bouche tremblotait, elle allait fondre en larmes.

— Mais non, ma chérie, ta grand-mère ne t'a pas oubliée. C'est qu'il est encore un peu tôt. Elle va arriver, ne t'inquiète pas. Nous allons prendre notre petit déjeuner en l'attendant, décida-t-il.

Gaya n'était pas très sûre qu'il eût raison, mais elle choisit de faire confiance à son père. Elle s'en félicita. Comme toujours son papa avait raison : Almita arriva au volant de sa Jeep sur le coup de 7 heures. L'aventure pouvait commencer. Mais pas avant qu'Almah, pas si pressée que ça d'en découdre avec les cinq heures de conduite incertaine sur la piste pleine d'ornières qui séparaient Sosúa du bout de l'île, ne prenne un bon café.

*

Elles firent étape à Río San Juan où Gaya voulut tester ses jumelles en explorant la mangrove. Un pêcheur les promena en barque dans les épais méandres des tunnels de racines – échasses des palétuviers. « C'est une protection contre l'érosion et aussi en cas de tempête », expliqua Gaya en observant la cime des arbres. Puis elle baissa le nez sur son carnet de croquis. La navigation s'étira en longueur, Gaya photographiait les oiseaux et les crabes. Du travail en perspective pour le studio de photographie. Au retour, à plat ventre à l'avant de la barque, le menton dans ses bras repliés, le nez presque au ras de l'eau, Gaya observait les poissons. Elle était fière de son nouveau maillot, une simple culotte bleu marine à pois blancs. Almah se souvint qu'à son âge Ruth et Lizzie mettaient des coquillages dans leurs brassières. Mais Gaya refusait les brassières, « c'est bon pour les jumelles, moi j'ai rien à cacher ».

Elles déjeunèrent de poulet grillé dans une *parada* de fortune et reprirent la route jusqu'à Playa Grande, une immense plage déserte réputée dangereuse. Almah regardait avec tendresse la petite culotte à pois disparaître et réapparaître dans l'écume des vagues.

— C'est bien mieux qu'à Sosúa, décréta Gaya, du sable plein les cheveux, en se laissant rouler dans les vagues tumultueuses.

Elles arrivèrent en fin de journée à Samaná. Hélène les installa dans leur chambre dont la terrasse offrait une vue magnifique sur la baie. Gaya fit du trampoline sur son lit en rigolant, les vacances sans les parents, c'était vraiment bien.

*

Gaya était assise à la poupe de la barque, dans sa combinaison flambant neuve, jumelles rivées au visage. Almah regardait avec tendresse ses genoux étoilés d'égratignures, quand le pêcheur émit un jappement en tendant le bras sur leur droite. Gaya les avait repérées aussi.

— Il y en a plusieurs, clama-t-elle sur un ton victorieux. C'est sûrement une famille avec des enfants. Des baleineaux on les appelle, ajouta-t-elle à l'adresse d'Almah d'un air savant.

Le magnifique spectacle des baleines à bosse évoquait toujours *Moby Dick* à Almah et elle se promit de faire lire le roman à sa petite-fille. La barque s'approcha prudemment des cétacés. Une autre barque remplie de touristes suivait lentement. Almah était confiante, il n'y avait pas de risque, les gens du coin connaissaient assez la mer et ses habitants. Le pêcheur arrêta le moteur. Au-dessus d'elles un lent et majestueux ballet d'ailes blanches et grises, ponctué de piaillements, des sternes, des pélicans, une frégate noire à la gorge boursouflée comme une baudruche rouge. Gaya les pointait du doigt, elle connaissait le nom de chaque oiseau. La petite fille était maintenant debout à la proue de l'embarcation, masque relevé sur le front, palmes aux pieds. En un rien de temps, elle abaissa son masque sur son visage, engouffra l'embout du tuba dans sa bouche et, sans la moindre hésitation, sauta dans l'eau. Almah crut que son cœur allait lâcher. Elle hurla son nom. La fillette se retourna vers sa grand-mère en formant de son pouce et de son index un rond « Tout va bien, en langue des plongeurs sous-marins », avait-elle expliqué la veille à Almah, et se mit à nager en surface à la rencontre de la baleine. Cela s'était passé en quelques secondes et Almah resta médusée, les poings serrés contre sa bouche pour s'empêcher de crier. Elle s'apprêtait à plonger pour repêcher Gaya mais le marin la retint d'un geste. Il n'y avait pas de danger. Il insista : pas de danger.

On ne voyait que le tuba dressé et le petit derrière qui flottait à fleur d'eau à proximité d'un monstre marin. Gaya s'enfonçait par moments puis remontait à la surface, son tuba relâchant un filet d'eau, comme la baleine. C'était comme un enchantement qu'il ne fallait pas briser. Au bout de quelques minutes, qui parurent une éternité à Almah, Gaya sortit la tête de l'eau, leva son bras, ses doigts formant le signe. Elle releva son masque sur son front et nagea vers la barque. Ses yeux brillaient de ferveur. Almah la hissa à bord en poussant un soupir de soulagement.

— Almita, la baleine est très gentille, elle est mon amie. Mais je ne la voyais pas très bien, elle est trop grosse. Elles nagent longtemps, tu sais, les baleines pour arriver ici. Il faudra que je vérifie si elles sont pas trop vieilles pour voyager comme ça. Est-ce que tu crois que les baleines peuvent mourir ? pépia-t-elle en s'asseyant.

Submergée de tendresse, Almah hocha la tête. Oui, elles peuvent mourir, quand elles sont très vieilles. Gaya leva de grands yeux éplorés. Mais déjà le pêcheur lui désignait un autre groupe de cétacés qui s'ébattaient au loin en un ballet de queues, d'ailerons et de sauts carpés que Gaya immortalisa à l'aide de son Instamatic, un cadeau de Myriam qui faisait sa fierté. La promenade en mer dura longtemps et elles rentrèrent épuisées pour faire une sieste. Almah était nauséeuse, jamais elle n'avait pu s'habituer au roulis de la mer.

Le lendemain, Almah demanda au pêcheur de les emmener pique-niquer au Cayo Levantado, l'îlot qui se dessinait à quelques encablures au large de Samaná.

Et ce fut là, sur le sable immaculé, que Gaya sidéra Almah.

5

Prise au dépourvu

Janvier 1973

Elles avaient nagé et se reposaient, allongées nez à nez sur leurs serviettes étalées à l'ombre d'un cocotier. Gaya, coudes repliés, menton dans ses mains en coupe, planta ses yeux dans ceux de sa grand-mère d'un air crâne. Son regard était farouche, son front plissé.

— Almita, je vais te dire un secret.

Almah sourit, à mille lieues d'imaginer ce qui allait tomber.

— Je sais que mon papa c'est pas mon vrai papa !

Gaya avait sorti ça comme ça, avec cette assurance des enfants qui assènent une vérité qu'ils savent indiscutable. Almah en eut la gorge sèche. Que savait-elle exactement ? Qu'avait dit Ruth à sa fille ? Almah avait prévenu Ruth que ce moment viendrait, bien plus vite qu'elle ne l'imaginait, et voilà, c'était maintenant. Ruth balayait toujours l'argument d'un haussement d'épaules, repoussant le moment de révéler la vérité au prétexte que Gaya était trop jeune pour l'affronter. Domingo n'était pas son père biologique. Et alors ? Cela ne faisait aucune différence, il l'aimait comme sa propre fille. Almah esquissa un sourire qui masquait mal son désarroi. Et, avec une petite moue perplexe :

— Et qu'est-ce qui te fait dire ça, ma chérie ?

— Oh (la petite dodelina des épaules et hocha la tête), plein de choses. D'abord je ressemble à personne, pas à maman, ni à Domingo, ni à David. Et puis mon papa, heu, Domingo, est trop gentil avec moi. Et quand j'ai demandé à maman si j'étais leur vraie fille, elle est devenue toute rouge, mais alors rouge, t'imagines pas. Elle m'a montré des photos de l'hôpital où je suis née, avec elle dans son lit, mais il y avait pas Domingo comme sur les photos de David. En plus à leur mariage j'avais trois ans, alors pourquoi ils se sont pas mariés avant si je suis leur vraie fille ?

C'était la première fois qu'Almah se sentait prise au dépourvu. Cela ne lui ressemblait pas, elle qui avait toujours su se sortir de situations compliquées, elle qui n'avait jamais eu sa langue dans sa poche, elle qui trouvait toujours la réplique qui faisait mouche. Mais là, rien…

Cette fillette lui en rappelait étrangement une autre, Lizzie, avec ses questions impertinentes qui mettaient les adultes mal à l'aise. Elle se demandait aussi de qui Gaya, sa petite-fille si dégourdie, si intrépide et si franche, pouvait bien tenir. La réponse, ce fut Wilhelm qui la lui souffla, de là où il était : « De toi évidemment. » Bien sûr.

— Rassure-toi, ma chérie, tu es bien de notre famille et de notre sang.

Gaya bougonna dans sa barbe. Il y avait deux familles, et ça elle l'avait bien compris.

— Mais Domingo…

— Domingo est ton papa et il t'aime, sois-en sûre.

Gaya lui adressa un regard navré et déçu. Almah était bien consciente de l'indigence de sa réponse, mais elle ne pouvait pas empiéter sur le territoire de Ruth. Elle parlerait à sa fille dès leur retour.

À Sosúa, Gaya, comme allégée d'un poids, se montra plus assurée. Elle décréta qu'il fallait protéger les vieilles baleines, que les oiseaux devaient vivre libres, même Chiquito dont elle ouvrit la cage. Ce fut un coup d'épée dans l'eau car la perruche ne s'envola jamais plus loin que le bout de la terrasse pour revenir se percher dans sa cage dont la porte ne la retenait plus.

L'escapade à Samaná eut deux conséquences sur la vie de Gaya. Deux conséquences dont on ne mesurerait l'importance qu'au fil des ans. D'une part elle s'était prise d'une passion immodérée pour « nos baleines » comme elle les appelait désormais, d'autre part elle était à présent convaincue qu'un secret planait sur sa naissance.

6

Le terrain miné des souvenirs

Janvier 1973

— Tu ne pourras pas botter en touche bien longtemps !

Au retour de son équipée à Samaná, Almah avait déboulé chez nous et m'avait embarquée à l'Oasis où elle avait commandé deux cafés. Bien forts.

— Elle est trop jeune pour être confrontée à cette révélation. J'ai peur que ça ne la déstabilise et surtout que ça ne la rende malheureuse.

Je levai un regard soucieux sur ma mère.

— Pour une raison ou une autre, son instinct d'enfant lui souffle la vérité, même si elle n'en est pas très sûre.

Un nœud d'angoisse venait de se loger dans ma poitrine. Comment Gaya avait-elle pu discerner l'ombre du secret de sa naissance ? Quel indice, quelle indiscrétion, quelle faille dans mon comportement ou dans celui de Domingo l'avait mise sur la voie ? L'affection, l'adoration même de Domingo, jamais prises en défaut, lui paraissaient-elles suspectes ? Elle ne pouvait souffrir de l'absence de figure masculine avec tous ces hommes, Arturo, ses trois grands-pères, Markus, Soteras et Heinrich, autour d'elle. Et certainement pas de l'absence d'un père. Se sentait-elle différente ou son intuition lui avait-elle simplement soufflé un embryon de vérité ? Je compris que ma fille avait une finesse hors du commun et que nous avions voulu nous aveugler. Almah me laissa le temps de digérer. Puis :

— Si tu attends trop, elle considérera que tu lui as menti et pour un enfant un mensonge est une chose impossible à accepter. Alors un de cette envergure, et venant de sa mère en plus… Cela risque de saper sa confiance en toi et de gangrener votre relation. Je te conseille de ne pas attendre plus longtemps.

Almah enfonça le clou :

— D'ailleurs si elle m'en a parlé, c'est qu'elle cherchait à te faire passer un message.

— Je n'en fais pas un mystère, j'estime simplement qu'il est trop tôt pour le lui dire.

— Est-il vraiment trop tôt pour le lui dire ou manques-tu simplement de courage ?

Je rougis et regardai ma mère avec un mélange de honte et de culpabilité. Almah reprit avec plus de douceur :

— Gaya n'est pas une enfant comme les autres. Ma chérie, ta fille est, comment dire, affûtée, maligne. Elle est en avance, et elle comprend, elle sent des choses qui ne sont pas de son âge. C'est un phénomène. Il suffit de la regarder vivre. Ne me dis pas que tu ne l'as pas remarqué !

Almah avait raison. Et je me rappelais ma propre frustration, enfant, quand j'avais compris que mes parents me taisaient des choses de leur passé, et ma propre exigence adolescente : connaître l'histoire familiale pour pouvoir enfin vivre sans entrave. Gaya ne se sentait pas autrement et je la comprenais si bien. Je savais qu'elle avait un caractère bien trempé. J'en éprouvais de la fierté et aussi une certaine peur. Le moment tant redouté était arrivé, je ne pouvais plus me voiler la face. Je devais la vérité à ma fille. J'avais juste espéré que ce serait plus tard. Par lâcheté sans doute. Par peur aussi d'ébranler les fondations de ma famille. Chaque fois que j'avais abordé le sujet avec Domingo, il avait esquivé, au prétexte que Gaya était encore une enfant, qu'il ne fallait pas la confronter à une réalité qui la bouleverserait ou pire la déstabiliserait dans ce virage vers l'adolescence qu'elle amorçait. En réalité, je sentais bien qu'il avait une peur chevillée à l'âme, celle de perdre son affection et d'être déchu du piédestal où elle l'avait hissé. J'en étais si émue que j'ajournais l'échéance. En vérité, je n'avais pas envie de l'intrusion du fantôme de Christopher dans ma famille. J'aurais aimé n'avoir jamais à affronter cette réalité et j'étais bien consciente de ma propre lâcheté.

L'idée de demander conseil à Svenja me traversa l'esprit. Mais je savais que c'était un prétexte pour gagner du temps. C'était à moi et à moi seule de révéler à ma fille qui était son père, aussi difficile que fût cette démarche qui m'emmènerait sur le terrain miné des souvenirs.

*

Comme le temps a passé vite, pensai-je ce soir-là en rentrant dans la chambre de Gaya. Depuis son retour de Samaná, à notre gentillesse attentionnée elle opposait une indifférence prudente. Maintenant qu'elle avait investi sa grand-mère du rôle d'ambassadrice, elle attendait patiemment, sachant que je ne pourrais différer bien longtemps le moment de venir à elle. Et c'était comme si elle m'attendait, sagement assise sur son lit, les mains croisées sur ses genoux. Je m'assis à côté d'elle.

— Nous devons parler ma chérie. Ta grand-mère…

— Je préférerais sortir et marcher un peu.

Je hochai la tête. Oui, la complicité de la nuit et de la lune propice aux révélations m'aiderait à cacher mon trouble. Gaya se leva et je lui emboîtai le pas. Je serrai dans ma poche trois photographies de Christopher et une bandelette de quatre clichés pris dans une cabine automatique de Grand Central. Lors de ma rencontre avec Domingo, dans la fougue de notre passion naissante, j'avais détruit mes Polaroid, effaçant les reliefs d'une aventure de jeunesse, comme pour me convaincre que ma vraie vie commençait là. Les rescapés de mon autodafé montraient Christopher à son avantage mais ils étaient dénués de véritable émotion et maintenant je regrettais d'avoir détruit les images de notre amour. De lui et moi, il ne me restait que le ruban d'instantanés où nous faisions les pitres, louchant et grimaçant. C'étaient les seules photographies de ses parents ensemble que je pouvais offrir à Gaya. J'allais aussi devoir faire face à ça, à l'absurdité de mon geste d'autrefois.

Nous franchîmes la haie qui séparait notre maison de la ferme et marchâmes en silence un long moment. Je savais où Gaya me conduisait. Sur la butte au flamboyant où, de nuit, on voyait les minuscules lumières de Sosúa et la lune se refléter dans la mer au loin. Gaya se laissa choir dans l'herbe et je m'assis à son côté. J'avais tellement peur de trébucher que, devant l'ampleur du gouffre, j'hésitai un bref instant avant de me lancer :

— Ta grand-mère m'a raconté ce que tu lui as dit à Samaná…

Silence.

— … à propos de Domingo… qui n'est pas ton vrai papa.

J'avalai ma salive, je ne reconnaissais pas ma voix. Gaya, comme tous les enfants, guettait la moindre de mes faiblesses pour s'y engouffrer. Et me facilita les choses.

— Alors c'est vrai, n'est-ce pas ?

— Oui, ma chérie, c'est vrai, je ne t'ai pas conçue avec Domingo, même si c'est lui ton papa.

— Pas la peine de tourner autour du pot, je suis pas un bébé. C'est qui mon père alors ? Et il est où ?

Dans sa voix, il y avait de la colère teintée d'une note de déception. J'avais la gorge sèche.

— Il s'appelait Christopher… murmurai-je en sortant les photographies.

Après ce fut plus facile.

Ma petite fille de huit ans apprit cette nuit-là qui était son père biologique, comment il était mort et surtout, et c'était là le plus important, qu'elle était née d'une vraie histoire d'amour.

— Alors, s'il était pas mort, tu te serais mariée avec lui ?

— Bien sûr, affirmai-je avec aplomb, alors que je n'en étais pas sûre du tout.

Loin de là. Car il n'avait jamais été question de mariage entre Christopher et moi au cours des huit petits mois de notre relation. Quand je comparais les incertitudes qui m'assaillaient à l'époque à l'évidence de ma rencontre avec Domingo, je me disais que ça avait été un amour bien bancal et que Christopher, qui voulait vivre sans attaches, ne m'aurait sans doute pas épousée, même s'il avait su ma grossesse. Mais cela resterait mon secret. Ce qui m'importait aujourd'hui, c'était que ma fille se sente heureuse, aimée, et que cette révélation ne détruise pas le magnifique équilibre de notre famille.

Gaya poussa son avantage :

— Est-ce que je lui ressemble ? À mon vrai père ?

« Mon vrai père », ces mots étaient comme une lame d'acier enfoncée dans mon cœur. Je n'avais pas besoin de l'observer pour savoir combien elle ressemblait à Christopher. Il y avait aussi ce caractère indépendant, intrépide, sans limites, cette part de ma fille qui m'échappait et m'effrayait.

— Oui, ma chérie, tu as son sourire en coin quand tu te moques, et aussi cet épi sur la tête, dis-je en avançant une main vers le sommet de son crâne.

Gaya recula sa tête pour esquiver ma caresse et cela me donna envie de pleurer. À sa tristesse, à son désarroi, à sa rébellion, je ne pouvais opposer que ma tendresse. Je ravalai mes larmes et entourai ses épaules de mon bras. Elle se raidit, résista une poignée de secondes, puis céda et se laissa aller contre moi en silence. Je la câlinai de longues minutes.

— Domingo t'aime, très fort, depuis que tu es toute petite. Il n'y a aucune différence entre toi et David, tu le sais, n'est-ce pas ? Les liens du cœur sont bien plus puissants que ceux du sang.

— J'ai sommeil. Demain j'ai école, il faut que je me couche.

Nous rentrâmes en silence, main dans la main. Au moment de franchir le seuil de la maison, Gaya leva vers moi un visage grave et demanda d'une petite voix :

— Je peux garder les photos ?

— Bien sûr, ma chérie, elles sont à toi.

Ce soir-là, je dus aussi rassurer Domingo qui m'attendait avec anxiété. J'étais responsable du double désarroi de ma fille et de mon mari. J'allais devoir affronter cette période incertaine durant laquelle ils se réapprivoiseraient sur de nouvelles bases. Dans les semaines qui suivirent, Gaya témoigna d'une réserve distante à l'égard de Domingo qui encaissa avec patience, ne laissant jamais soupçonner à quel point il était affecté. Avec une infinie constance, il attendit que les nuages passent. Et peu à peu ils s'éloignèrent.

7

Un minable pied de nez

Septembre 1973

New York, le 22 septembre 1973

Ma chère Ruthie,

C'est plein de désenchantement que je t'écris. Je me demande si je ne vais pas abandonner les rangs des militants pour ne m'occuper que de musique. Peut-être est-ce cela vieillir. Se rendre compte que nous ne sommes que de misérables jouets aux yeux des forces qui nous gouvernent. Notre soutien et nos manifestations ont été vains. C'est une telle désillusion. Allende est mort en martyr, avec un certain panache, mais son suicide (en est-il un d'ailleurs ?) est-il une victoire ? Les services secrets américains sont mouillés jusqu'au cou dans l'attaque de la Moneda et s'ils n'ont pas appuyé sur la gâchette, c'est tout comme. Pinochet n'est que l'homme de paille des Américains, comme Balaguer l'est chez nous. Ils avaient tellement peur de lui, comme de Bosch... Seul Castro a su leur tenir tête. Jamais les Yankis ne cesseront de se croire les maîtres des Amériques. Ils interviennent et de sale manière dans les affaires nationales dès qu'un dirigeant menace leurs intérêts économiques, dès qu'un socialiste pointe le bout du nez.

Si j'ai souvent été tenté de prendre la nationalité américaine, ce coup d'État est la goutte de trop qui m'y fera renoncer définitivement. Je ne me reconnais pas dans l'arrogance de cette nation. Plus les années passent, plus je me sens un Latino pur jus, aux antipodes du gamin qui est arrivé ici sur le même bateau que toi, il y a douze ans, et qui se rêvait américain. Aujourd'hui je me revendique tel que je suis, hispanique, métèque, métis, pas base-baller, juste musicien, petit professeur et piètre compositeur.

Je me rappelle qu'un jour où tu m'expliquais votre isolement à Sosúa, tu m'avais servi un vieux dicton yiddish qui voulait que les Juifs ne se mêlent pas des affaires des princes qui les gouvernent. Je l'avais trouvé pleutre à l'époque, mais je crois qu'aujourd'hui je vais le faire mien.

Voilà mes réflexions du jour,

Avec tout mon amour, Arturo

Je lisais l'amertume d'Arturo et je le comprenais si bien. Je repensais à mes années américaines. Aux violents mouvements étudiants des années soixante. Comme j'avais été tentée de m'installer aux États-Unis après mes études, et comme je me félicitais de ne pas l'avoir fait. Désormais, comme Arturo, je revendiquais ma nationalité, particulièrement difficile à assumer dans le pays voisin. Avec fierté, bien que notre pays étouffât sous une main de fer qui n'avait rien de démocratique. Encouragée par ma mère, j'avais pris ma carte de membre du PRD[1], et même si nous savions les élections honteusement truquées, nous continuions à voter, sûres d'une prochaine embellie dans notre ciel politique.

Ce soir-là, en passant devant le *play*[2], je remarquai que les gradins étaient noirs de monde. Des recruteurs de la MLB[3] étaient en chasse. Pour les gamins qui maniaient la batte depuis leur plus jeune âge, c'était la porte de l'Eldorado qui s'entrouvrait. Ils rêvaient tous d'être le nouvel Ozzie Virgil, ou mieux, le nouveau Juan Marichal[4]. Je me fis amèrement la réflexion

1. Parti révolutionnaire dominicain.

2. C'est ainsi que les Dominicains appellent le terrain de baseball présent dans le moindre village.

3. La Ligue majeure de base-ball est une organisation nord-américaine regroupant la Ligue nationale et la Ligue américaine.

4. Ozzie Virgil, né en 1932, fut le premier Dominicain à évoluer en MLB entre 1956 et 1969. Juan Marichal, né en 1937, est un lanceur qui évolua dans les ligues majeures de base-ball de 1960 à 1975, jouant les quatorze premières de ses seize saisons avec les Giants de San Francisco. Considéré comme l'un des meilleurs lanceurs de son époque, il fut élu au Hall of Fame en 1983.

qu'Arturo avait raison : la qualité de nos joueurs de base-ball était à peu près la seule valeur que nous avions aux yeux des Yankis.

8

À la vitesse de la lumière

Octobre 1973

Il ne lui avait pas été si difficile d'asseoir sa légitimité.

Je savais que Markus l'appréciait. « C'est un jeunot, il me doit le respect dû à l'âge », disait Heinrich non sans humour car il n'avait que quelques années de plus que Markus. Je les savais liés par une complicité très spéciale, fondée sur une histoire commune, celle de deux hommes qui avaient connu les belles heures de l'Autriche, puis son effondrement, et qui avaient survécu par des voies bien différentes à la Shoah. Et je savais qu'une partie de l'affection de Markus à son égard venait de là. Heinrich avait souffert bien plus que lui. Et pour cela Markus le respectait infiniment.

Quant à savoir ce qu'il pensait de son union avec Almah, Markus n'en disait rien, discret et policé comme toujours. Sans doute l'image de leur couple le ramenait-elle à celle de mon père, son ami disparu qu'il n'avait jamais remplacé, mais si cela le peinait, il n'en disait rien. Je crois plutôt que, comme nous tous, Markus était sincèrement heureux pour Almah qu'il avait toujours chérie.

Malgré les mois qui passaient, Frederick restait sur son quant-à-soi. J'avais beau lui expliquer que notre mère avait bien le droit de refaire sa vie, je le sentais cabré, pire, froissé. Mon frère avait ce côté prude, soigneusement entretenu par le puritanisme de sa femme, et je suis sûre qu'imaginer notre mère partageant le lit d'Heinrich le gênait terriblement.

Quant à moi, Heinrich m'avait apprivoisée.

En premier lieu parce qu'il avait mis Gaya dans sa poche en un tournemain. Ou vice et versa. Leur complicité faisait plaisir à voir. Elle lui apprenait le pays dans toute sa complexité quotidienne avec cette simplicité propre aux enfants. Il faisait montre envers elle de l'autorité d'un vieux sage qu'elle ne contestait pas comme elle le faisait de celle de son père. Avec l'aide d'Heinrich, Gaya avait fait d'évidents progrès dans ces matières scolaires qu'elle détestait, les mathématiques, la technologie, et même l'histoire. Par je ne sais quelle magie, il arrivait à l'intéresser à toutes sortes de choses. Par exemple, ils avaient fait des recherches ensemble et avaient découvert l'existence d'un bateau de 1 185 tonneaux baptisé *Sosúa*, construit en 1912 dans un lointain chantier naval norvégien pour le compte de la United Fruit et revendu par la compagnie au Chili en 1935, quelques années après la fermeture des bananeraies dominicaines. Gaya avait obtenu la meilleure note de sa classe grâce à son exposé d'histoire, et c'était nouveau pour elle.

J'étais contente aussi qu'Heinrich s'occupât d'Almah. Avec lui à ses côtés, je n'avais plus à m'inquiéter pour elle. Je le savais attentif à ses moindres désirs et je craignais parfois qu'elle ne se montrât tyrannique. Mais ça, c'était leurs affaires et je ne m'en mêlais pas.

J'appréciais sa présence silencieuse et sa discrétion. Il avait ce côté strict et un peu rigide, typique des Autrichiens et des Allemands. Nos retards, nos approximations, notre langage même froissaient son sens de la précision. Je m'étais amusée un jour à lui expliquer notre notion très relative du temps et les différences entre *ahora*, maintenant, *ahorita*, maintenant un peu plus tard, et *ahoritica*, maintenant on ne sait pas quand… Cela l'avait atterré. Il s'était rassuré en apprenant que les avions décollaient à l'heure. Et nous en avions ri ensemble.

Ce jour-là, Almah était partie se promener à cheval. Heinrich était passé au journal récupérer les quotidiens de la veille qu'il avait pris l'habitude de lire à l'Oasis. Je décidai de l'accompagner, histoire de faire une pause dans la rédaction d'un article épineux.

— Nous avons bien fait de rester cette année, je n'aurais pas aimé que ta mère vive une nouvelle guerre[1], me déclara-t-il en reposant sa tasse de café sur la table.

— À croire qu'Israël ne vivra jamais en paix…

— Nous y arriverons, Ruth, nous y arriverons. Mais le chemin sera long. En tout cas, le mythe d'une armée

1. La guerre du Kippour opposa Israël à une coalition menée par l'Égypte et la Syrie du 6 au 25 octobre 1973.

et de services secrets invincibles a fait long feu. Avec cette guerre, nous prenons conscience de notre vulnérabilité. Sans compter le déchirement de la société…

Heinrich s'étendit longuement sur les crispations de la société israélienne et la complexité de la vie là-bas, en comparaison du long fleuve tranquille qu'était notre existence ici.

— Je me demande si nous n'allons pas finir par nous installer définitivement à Sosúa, me confia-t-il. Ta mère est si heureuse ici. Dès que nous sommes en Israël, ses petits-enfants lui manquent. Et puis il y a tous ses projets, sa fondation, son atelier de menuiserie…

J'étais étonnée. Jamais Almah ne s'était ouverte à moi de cette éventualité.

— Mais vous avez vos amis là-bas. Elle a Svenja. Elle aime la vie culturelle, le mouvement, l'énergie de votre pays…

— Bien sûr, Ruth, bien sûr. Mais nous vieillissons, lentement mais sûrement, et un jour cela ne nous sera pas aussi facile de voyager sans cesse.

— Un jour, mais pas tout de suite, Heinrich. Vous avez encore de belles années devant vous avant d'être vieux ! Et je ne crois pas du tout qu'Almah se sente vieille !

— Quand tu souris comme ça, Ruthie… c'est… frappant, tu ressembles beaucoup à ta mère ! déclara-t-il en rougissant sous le hâle, avec une maladresse touchante.

C'était la première fois qu'il m'appelait Ruthie et j'en ressentis un vif plaisir. J'y vis aussi un signe.

Le signe qu'il appartenait bel et bien à notre famille et que notre histoire s'écrirait avec lui désormais.

— Allez, j'arrête de t'ennuyer et je te laisse. Je vais voir si Almah est rentrée pour faire un tour à la plage !

En le regardant s'éloigner à pas lents, haute silhouette couronnée de blanc, je pris conscience qu'il avait raison et que les années filaient à la vitesse de la lumière.

9

De mauvais augure

6 janvier 1974

Nous fêtions *los reyes*[1]. C'était l'une des habitudes qu'Ana Maria avait instituées. En s'agrandissant notre famille se métissait. Nous étions dominicains, pour autant nous n'avions pas sacrifié la tradition de Noël, qui, du plus loin que je m'en souvenais, avait toujours été de mise dans ma famille. J'adorais les sandales sous le sapin que nous faisions venir à grands frais de Jarabacoa, les anges, les boules de toutes les couleurs et les guirlandes, le réveillon. La succession des deux fêtes maintenait les enfants excités jusqu'à début janvier, dans l'attente de la seconde salve de cadeaux. J'avais cru faire plaisir à Gaya en lui offrant un poupon avec une jolie barboteuse et un biberon ; elle l'avait abandonné à ses cousines avec indifférence pour se plonger dans le livre sur les animaux

1. En République dominicaine, les enfants reçoivent des cadeaux pour l'Épiphanie et non à Noël.

que lui avait offert Almah. David était accaparé par un embouteillage de voitures et de camions.

Nous en étions aux digestifs. La sonnerie du téléphone interrompit la diatribe de Domingo qui, son verre en l'air, s'emportait contre la corruption des élus locaux, sous l'œil approbateur d'Heinrich qui commençait à maîtriser l'espagnol. Un retardataire allait encore nous souhaiter une bonne année.

Délaissant les girafes, Gaya trottina vers le salon. Je l'observai d'un œil attendri décrocher, froncer les sourcils, écouter et reposer le combiné.

— Maman, c'est pour toi !

Je me levai, prête à échanger des vœux joyeux.

— Allô, Ruthie ?

Je reconnus immédiatement l'accent rugueux. C'était bien la dernière personne que je m'attendais à entendre ce jour-là.

— Anneliese ? Comme c'est gentil d'appeler. Je vous souhaite une très bonne année.

— Oh Ruthie…

Sa voix était comme une plainte sourde. Je compris instantanément que quelque chose n'allait pas. Un frisson de mauvais augure parcourut mon dos.

— Que se passe-t-il, Anneliese ?

Un sanglot à l'autre bout de la ligne. Puis un bip et le vide. La ligne venait d'être coupée. Trop de monde sur l'international en ce début d'année. Je restai indécise, le combiné en suspens. Regagner la table ? Rappeler ? Je filai dans ma chambre et farfouillai dans mon bureau jusqu'à trouver mon répertoire en me disant que si Anneliese avait déménagé, ça ne servait à rien. Le cœur battant, l'index fébrile, je fis tourner le cadran. Deux, trois sonneries, puis la voix éraillée d'Anneliese dans le lointain.

— Ruthie ?

— Oui, Anneliese, c'est moi. Alors, que se passe-t-il ?

— Oh Ruthie, c'est Lizzie. Elle est… elle est… elle n'est plus elle-même. Je crois bien qu'elle… qu'elle a perdu la tête. Elle est sortie hier en pyjama dans la rue et elle a distribué toutes nos affaires, mes vêtements, toutes mes économies, le poste de radio. Quand on l'a ramenée à la maison elle riait comme… comme une folle. Et aujourd'hui elle… elle… a voulu… mourir.

Sa voix s'éteignit, noyée dans les sanglots. J'étais pétrifiée et peinais à comprendre. Anneliese reprit dans un murmure terrorisé :

— Elle a avalé tous mes médicaments. Les voisins ont appelé un docteur. Il dit que je ne peux plus la garder avec moi. Ils veulent l'enfermer, dans un hôpital pour les fous. Ruthie, je t'en prie, viens la chercher. Je n'ai que toi, Ruthie. Tu es sa seule amie. Il faut que tu viennes.

Les sanglots d'Anneliese redoublèrent, résonnant sinistrement dans le combiné. Je balbutiai :

— Où est-elle maintenant ? Où est Lizzie ?

— À l'hôpital. Ils veulent me faire signer ces papiers mais je ne veux pas. Ma petite fille… Non, je ne veux pas. Il lui faut juste du repos, bien manger, du soleil… Ruthie, viens la chercher, s'il te plaît, s'il te plaît, Ruthie !

— Anneliese, ne faites rien, ne signez rien. Je vous rappelle très vite. Je parle avec Domingo, mon mari, il est médecin, vous savez, et je vous rappelle.

Voilà, c'était arrivé. Je craignais quelque chose de cet ordre depuis longtemps et nous y étions. Je revins chancelante vers la table.

*

Ils me regardaient tous, les adultes inquiets, les enfants sans comprendre.

— Une mauvaise nouvelle ? demanda Domingo.

— C'est Lizzie. Elle ne va pas bien. Pas bien du tout. Elle a voulu… mourir.

Le mot, celui-là même employé par Anneliese, eut du mal à franchir mes lèvres.

— Sa mère me demande de venir.

Domingo fronça les sourcils.

— Et que feras-tu là-bas, grands dieux ?

Frizzie n'avait rien dit. Les yeux étrécis, il me dévisageait avec gravité et je vis, à sa soudaine pâleur, à quel point il était touché.

— Domingo, elles sont seules toutes les deux, sans le sou, elles n'ont personne. Tu ne sais pas… Tu ne peux pas comprendre…

La voix d'Almah s'éleva, douce et ferme.

— Personne ici ne peut comprendre ce qu'Anneliese a traversé. Personne à part moi. Pas même toi, Ruthie. Elles sont aussi notre famille et si elles ont besoin d'aide, il n'y a pas à hésiter. Regardez-nous. (Le regard de ma mère balaya le tour de la table.) Nous sommes tous ensemble, nous avons la chance de nous en être très bien sortis. Pas elles. Tu dois y aller, Ruthie. Voir ce dont elles ont besoin, voir ce qu'on peut faire pour Lizzie. C'est une *mitzvah*.

Quand ma mère se réfugiait derrière les préceptes de la foi juive, c'était signe qu'elle prenait la chose au sérieux.

— Maman a raison, Ruthie, approuva Frederick. Au besoin, j'irai avec toi.

Ana Maria décocha à mon frère un regard légèrement excédé qu'il ignora superbement, ce dont je lui sus gré.

Le soir, au creux de notre lit, je confiai à Domingo les détails de ma conversation avec Anneliese. Son diagnostic fut sans appel : troubles de l'humeur, bouffées délirantes et tentative de suicide, Lizzie souffrait de psychose maniaco-dépressive, une affection psychiatrique qu'il ne connaissait pas bien. Il allait se renseigner sur le traitement.

Finalement Frizzie ne m'accompagnerait pas à New York. Quand il me l'annonça, je vis une lueur victorieuse dans les yeux d'Ana Maria. C'était aussi bien comme ça, je n'avais pas besoin de lui.

Trois jours plus tard, je décollais pour les États-Unis.

10

Une petite chose fragile

Janvier 1974

À la sortie de l'aéroport, le froid mordant me happa. Le ciel était gris, bas, déprimant, aussi éloigné de la lumière tropicale que l'enfer du paradis. New York avait des allures de carte postale en noir et blanc après toutes les couleurs caraïbes. C'était violent et ce fut comme si un poids terrible s'abattait sur mes épaules. J'étais glacée jusqu'aux os, jusqu'au tréfonds de mon âme. Je déposai mon bagage chez les Ginsberg où Myriam, informée de la raison de mon voyage, m'accueillit avec une mine de circonstance, et je sautai dans un taxi pour Bensonhurst.

L'appartement me parut encore plus sinistre que la dernière fois que j'y avais mis les pieds. Habillée de vêtements sombres, usés jusqu'à la trame, Anneliese avait des allures de fantôme, teint gris, yeux rougis soulignés de cernes mauves, bouche amère. Elle m'accueillit avec un soulagement non dissimulé.

Désormais, elle n'était plus seule pour faire face à la situation, elle m'en laissait la responsabilité. Sans perdre de temps, nous prîmes un taxi en direction de l'hôpital. Pendant le trajet, indifférente au spectacle de cette ville que je connaissais si bien, je me préparai à affronter une Lizzie malade. Je ne savais pas à quoi m'attendre mais ce fut pire que ce que je craignais.

*

Blottie au fond de son lit, Liselotte paraissait une petite chose fragile. Sur son visage, creusé à faire peur, il n'y avait plus aucune trace de sa flamboyance d'autrefois. Ses bras reliés à une perfusion où s'écoulait un liquide rosâtre gisaient sur le drap. Elle avait rongé ses ongles jusqu'au sang et déchiré toutes les petites peaux autour, et ça me fit mal de la regarder. Une immense vague de tristesse me submergea. Elle dormait. En fait non car ses paupières frémirent. Elle ouvrit lentement un œil dans lequel je voulus voir une étincelle. Mais en réalité c'était un regard totalement dénué d'expressivité et c'était effrayant. Toutefois ses lèvres se retroussèrent en un vague sourire fatigué :

— Ruthie, tu es là ! marmonna-t-elle avec une lenteur qui ne lui était pas habituelle.

À quoi m'attendais-je ? Je la dévisageai avec incrédulité. Ses traits ne lui ressemblaient plus, ce n'était plus ma Lizzie. Elle tenta de se redresser sur son lit en prenant appui sur ses coudes. Je m'approchai et la pris dans mes bras pour l'aider. Elle n'était plus qu'un sac d'os, prête à se briser. Ma gorge se noua et je serrai les dents pour empêcher les larmes de monter. Qu'avaient-ils fait d'elle ces gourous, ces hippies, ces beatniks ? Qu'avaient-ils fait de ma Lizzie ? Je la serrai dans mes bras, cette fille que je connaissais si bien, que je ne connaissais plus, que j'avais perdue, que je retrouvais. Je la calais du mieux que je pus et elle retomba comme une poupée de chiffon sur son oreiller, les yeux clos. Anneliese s'assit à son chevet et lui prit la main. Je sortis de la chambre en quête d'un docteur.

*

Je dus mener une bataille de haute lutte. Les médecins prétendaient que Lizzie souffrait d'un type d'atteinte dont parfois le cerveau ne se remet pas complètement, qu'elle aurait très probablement des crises toute sa vie, avec des mieux et des rechutes. J'argumentais, j'allais lui offrir un havre, la quiétude, une vie au grand air, l'amour d'une famille, le soleil… Il y eut des sermons et des mises en garde, d'interminables tractations téléphoniques entre l'équipe de soignants et Domingo. Et ils finirent par se laisser convaincre. Lizzie pouvait sortir de l'hôpital en échange de l'engagement qu'elle serait encadrée et suivie par un médecin.

Le plus difficile fut de persuader Lizzie elle-même, car je ne pouvais la mettre de force dans un avion. Elle paraissait totalement terrifiée et la voir ainsi était une profonde douleur. Je ne voulais pas imposer le spectacle désolant de sa maladie à Nathan, aussi je la laissai chez sa mère qui avait du mal à se résoudre à une nouvelle séparation bien qu'elle l'eût elle-même demandée, le temps d'organiser notre retour à Sosúa.

Le soir même, je m'accordai un dîner avec Arturo. Ce fut bien moins gai que ce que j'avais espéré, et quatre jours plus tard j'étais de nouveau dans un avion qui nous ramenait, Lizzie et moi, en République dominicaine. Nous étions convenus qu'Anneliese nous rejoindrait plus tard, peut-être définitivement, selon la tournure des événements.

*

Domingo nous attendait à l'aéroport. Liselotte ne sembla même pas le reconnaître. S'il fut troublé par son apparence, il n'en laissa rien paraître et nous installa confortablement à l'arrière de la voiture avec un panier de fruits et une bouteille d'eau tandis qu'il mettait le cap vers le nord. J'espérais que le spectacle de Saint-Domingue, cette ville au chaos calme qui avait été un peu la sienne, distrairait Lizzie, mais il n'en fut rien. Malgré mes commentaires joyeux un peu forcés, elle colla son front à la vitre et se mura dans un silence obstiné, asthénique. Que voyait-elle ? Que pensait-elle ? J'aurais été bien en peine de l'imaginer. Aussi je me contentai de prendre sa main dans la mienne. Par la vitre ouverte, portées par le vent, montaient l'odeur des champs de canne brûlés et une senteur de caramel entêtante. Le spectacle de la campagne, des canneraies encore touffues et des rizières miroitantes où patrouillaient des aigrettes et des pique-bœufs perchés sur l'échine des vaches sembla l'animer un peu car je la vis à plusieurs reprises tourner la tête pour suivre du regard un troupeau, un homme en deux-roues, un paysan à cheval. Alors que nous dépassions un trio d'enfants qui trottinaient à dos de mulet, elle se tourna vers moi et lâcha :

— *Gedainkst*[1] ?

Elle resserra l'emprise de sa main sur la mienne, puis tordant le nez, ajouta :

— Ourakan ?

Dans son œil, je vis comme un éclair. Et je me dis que la Lizzie d'autrefois n'était pas complètement morte. À mots couverts, elle me rappelait son mulet Ourakan, le plus rapide du village, et qu'elle me faisait faire ses quatre volontés avant de me laisser monter sur son dos. Comme c'était bon de retrouver une bribe d'autrefois, une petite bulle de bonheur avec un peu d'enfance dedans.

— Qu'est-ce que vous dites ? demanda Domingo en se retournant à demi.

Je secouai la tête.

— Rien d'important. C'est du yiddish, marmonnai-je.

Puis il y eut cette pensée comme un caillou dans ma chaussure. Il y avait quelque chose que je ne partagerais jamais avec mon mari, quelque chose qui m'appartenait et qu'il ne comprendrait jamais. Cet abîme en moi, cette double appartenance, cette douleur, cette cicatrice que je partageais avec Lizzie, avec Frizzie. Nous seuls savions cette part de nous, sans jamais avoir besoin d'en parler. À Domingo, elle resterait toujours étrangère.

Puis Lizzie sombra dans le sommeil.

1. Tu te rappelles ?

La nuit était tombée depuis longtemps quand nous arrivâmes à Sosúa et les enfants étaient couchés. J'installai Lizzie dans la chambre d'amis.

Ce soir-là, je mis longtemps à m'endormir, les yeux grands ouverts dans le noir, dans le silence tonitruant de la nuit tropicale.

11

Gagner la guerre

Février-avril 1974

Les premiers jours, Lizzie dormit beaucoup. Elle ne faisait que ça, dormir. Et moi, je la regardais. Débarrassé de son assurance, son visage aux yeux fardés de cernes semblait sans défense. Je ne quittais guère la maison, préférant y travailler pour la surveiller de près. Elle réclamait autant d'attention qu'un enfant, et j'en négligeais les miens qui se faisaient tout petits, perplexes sur la présence de cette étrangère qui était pour eux une énigme. Je leur avais expliqué, « c'est mon amie, elle est malade, elle va bientôt guérir, il ne faut pas la déranger ». Chaque jour Gaya me demandait si mon amie allait mieux car elle voulait faire sa connaissance « pour de vrai ».

Lizzie refusa obstinément de me parler pendant quelques jours. J'avais beau sonder son regard noir qui s'éparpillait, incapable de se fixer – ses yeux brillaient par intermittence comme une bougie sur le point de s'éteindre –, et essayer de lui parler, j'avais l'impression de faire face à un mur. Une indifférence, pire, une absence totale, qui m'affectait profondément. Méconnaissable, le visage bouffi à cause des médicaments, Lizzie acceptait toute chose comme on accepte une corvée. Quand je lui parlais, je m'efforçais d'adopter une mine insouciante, j'esquissais un sourire d'encouragement, mais je butais sur son regard comme sur une porte close.

Elle était une présence compacte, rien de plus. Elle avait fini par passer de l'autre côté, elle avait franchi une frontière invisible, pénétrant dans un territoire inconnu, se coupant du reste du monde. Cela menaçait depuis longtemps. Je me rappelais avec nostalgie l'enfant solaire qu'elle avait été, puis sa vie imprudente, son chemin cahoteux. Si elle m'en voulait, c'était de bonne guerre et je la comprenais. Elle qui avait choisi de renier ses racines, voilà qu'elle se retrouvait parachutée contre son gré dans l'univers de son enfance, et par ma faute. J'imaginais la tempête de sa vie et sa révolte.

Domingo m'avait expliqué l'importance de rituels, j'essayais d'établir une routine quotidienne. Je devais aussi me préparer à de soudaines pulsions qui pourraient être incontrôlables. Je m'attendais donc à tout en m'efforçant d'introduire dans notre vie un train-train rassurant. Dans ce combat de chaque instant, Almah se montra un soutien infaillible, me soulageant souvent de l'étroite surveillance que j'exerçais sur Lizzie.

*

Peu à peu, cependant, Liselotte se rempluma. Je voulus y voir un signe encourageant. Elle picorait encore comme un oiseau mais je m'acharnais à lui cuisiner des plats qu'elle aimait.

Il n'y eut d'abord que de maigres sourires évanescents, des lèvres qui tremblaient, lâchant d'une voix molle des paroles marmonnées, comme de la glaise sortant de sa bouche, loin du torrent tumultueux d'autrefois. J'attendais vainement que les mots viennent. Lizzie ne me parlait plus ou plus que du temps qu'il faisait. Parfois c'était le contraire, elle était volubile, agitait les bras, parlait pour ne rien dire d'un débit saccadé. Le résultat était le même, nous ne communiquions plus.

Lizzie était devenue un être fragile auquel je devais accorder toute mon attention. C'était une autre personne, sans relief, terne. La lumière dans ses yeux s'était éteinte. Je me disais que je ne l'aurais pas aimée si je l'avais rencontrée aujourd'hui et je m'en voulais de telles pensées. Malgré moi, un sentiment de responsabilité me submergeait, envahissant comme une liane dans mon cerveau, inexpugnable, parasitant mes pensées.

Je me demandais qui était responsable. Lizzie souffrait-elle de ce mal indicible des héritiers de la Shoah, elle qui semblait la plus forte d'entre nous ? Les racines du drame étaient-elles là ? Dans une enfance mal préservée, dans la douleur de grandir et l'impossibilité de trouver sa place dans une société indifférente à notre histoire ? Ses errements, sa vie tourmentée n'étaient-ils qu'une réaction à la culpabilité, aux souffrances non vécues ? De nous tous, c'était elle qui avait paru la plus forte et elle se révélait la plus vulnérable. Frederick et moi avions reçu tellement d'amour et Lizzie si peu, à part la dévotion maladroite et pesante d'Anneliese. Je me sentais redevable, même si je savais que je ne pourrais jamais donner autant d'amour que j'en avais reçu.

*

Lizzie s'éloignait de plus en plus de l'idée que je me faisais d'une amie et je ne savais plus quel était mon rôle. Amie, mère, confidente, infirmière ? C'était difficile de trouver la juste mesure dans l'attention que je devais lui prodiguer. Je devais la protéger d'elle-même sans l'opprimer ou la contraindre.

J'avais choisi de ne pas faire allusion à sa tentative de suicide et de ne pas tenter de lui soutirer la promesse qu'elle ne recommencerait pas. J'espérais que la beauté du monde autour de nous, l'affection dont nous étions baignés lui permettraient de se sentir en sécurité. Mais en même temps, tout cela rendait plus cruel son mal-être.

Je refusais la fatalité de sa maladie, je refusais de tomber dans le pathos comme l'avait fait sa mère. Au contraire. J'étais convaincue que le soleil, la mer, les parfums, les saveurs et les sourires de notre île allaient repousser loin les fantômes des années chaotiques de son existence. J'imaginais qu'après une existence nomade, retrouver le paradis perdu de son enfance, comme je l'avais fait moi-même quelques années auparavant, la guérirait. J'imaginais ce que nous ferions ensemble dès qu'elle serait remise, d'interminables promenades, des courses-poursuites à cheval, des leçons de danse, comme autrefois. Ou nous resterions assises côte à côte à regarder le coucher du soleil, silencieuses, un verre de vin à la main.

J'ignorais alors la profondeur de son âme noire, la vigueur de ses monstres. Et même quand je compris, je me sentis de taille à les apprivoiser.

*

Puis il y eut ce matin-là. Lizzie sortit de sa chambre, les traits reposés, le visage limpide comme un ciel d'été. Elle s'assit à la table où je prenais un café, des notes étalées devant moi. Le soleil qui passait par les jalousies zébrait la table de rais dorés. Elle me regarda en face, des étincelles dans les yeux.

— Finalement, c'est un peu comme revenir à la maison, lâcha-t-elle en s'étirant comme une chatte. Ça sent bon, j'ai faim ! Je veux bien un café chaussette !

Mon cœur se dilata. C'était ainsi qu'enfants nous avions baptisé le café que l'on faisait avec nos cafetières artisanales au filtre en toile de jute. Je me précipitai vers la cafetière. Tandis que nous sirotions l'épais jus noir, prise d'une impulsion subite, je courus dans ma chambre, farfouillai dans ma boîte à trésors et revins triomphante. Je brandis sous le nez de Lizzie le cœur de la mer qu'elle m'avait donné des années plus tôt à Zihuatanejo, comme un pacte entre nous. Elle le prit, le retourna sous toutes les coutures comme s'il contenait un message secret et elle l'enfouit dans la poche de son pantalon en me regardant bien en face tandis qu'un grand sourire fleurissait sur son visage. C'était son premier vrai sourire et ce fut comme si une fleur éclosait dans ma poitrine.

Je crus avoir gagné la guerre.

12

Un jeu de dupes

Juin 1974

Ce fut long et difficile. Ce fut un chemin hasardeux, semé d'embûches, d'erreurs, de timides avancées, ponctué de pauses et de retours en arrière. Mais peu à peu, je regagnai la confiance de Lizzie et surtout je parvins à lui redonner durablement le sourire. Je me convainquis qu'elle avait retrouvé son appétence pour le bonheur. La preuve, elle retrouvait une sorte de morgue dans nos échanges qui redevinrent intimes. À défaut de le dompter, Lizzie s'était familiarisée avec son mal. Elle arrivait encore à forcer mon admiration, par la façon dont elle acceptait son état, par sa combativité. Elle était pleine de contradictions et très lucide à la fois. Sa conversation sinuait. Elle disait des choses comme : « J'en ai assez de porter toutes ces identités en moi, assez de cette double origine, je ne sais pas comment tu fais, Ruth, mais moi ça me tue », « La vie est un jeu de dupes, elle vous fait croire à de grandes espérances, puis elle vous lâche en vous riant au nez d'y avoir cru », « Le monde dans lequel je vis est cassé. Il n'y a que la merde et l'absurdité. La vie ne mérite qu'un pied de nez », « J'attends quelque chose, quelqu'un, qui je le sais ne viendra pas. Je meurs de cette attente… », « Je suis toute neuve à présent », « Ma vie est pleine de trous, il y a des choses dont je ne me souviens pas et c'est effrayant », « C'est bien pour moi de vivre ici. C'est calme, c'est beau. Je crois que je n'aurais plus la force de vivre ailleurs. L'idée de retourner dans le vrai monde me terrifie », « Je suis juste capable de m'enfoncer vers le passé, pas de me déployer vers l'avenir ! »

Et je ne savais que répondre.

Parfois ses propos se teintaient d'incohérence, parfois elle partait dans des élucubrations rêveuses, un pâle sourire creusant des plis amers autour de sa bouche :

— Peut-être aurais-je dû partir en Israël, peut-être ce pays était-il plus fait pour moi que les Amériques. Peut-être aurais-je fait des étincelles là-bas ?

Peut-être, pensais-je. Sans doute. Tu y aurais retrouvé un peu de cet esprit qui nous a vus grandir ici. Mais on ne refait pas l'histoire.

Parfois elle posait des questions existentielles :

— Est-ce que tu crois à la vie après la mort, enfin une forme de survie de l'âme ?

Je n'aimais pas quand Lizzie m'entraînait dans ce genre de débat qui touchait à la religion.

— Dans *Le Livre tibétain de la vie et de la mort*…

Et voilà, c'était reparti. Elle me racontait sa vie d'avant, une existence à part, lourdement chargée d'exotisme et d'interdits, une existence à laquelle je n'avais jamais aspiré. C'étaient des souvenirs en cascade, les soirées où elle se défonçait, l'alcool, la drogue, ses errances, les lieux inconnus, squats, lofts, caravanes, ses boulots de fortune, ses salaires de misère, juste de quoi payer sa dope, ces garçons qu'elle avait embrassés, ceux avec qui elle avait couché, ceux qu'elle avait aimés, peut-être un peu, son mariage avec Samy.

Lizzie me racontait ses rêves. Dans ses rêves, elle volait, elle nageait.

— Les rêves sont un langage. Ils ne sont ni divinatoires ni prémonitoires, ils ne font qu'essayer de te dire ce que tu n'oses pas encore t'avouer. Tout ce qui fait ton rêve est déjà en toi.

D'autres fois elle se montrait injuste, presque méchante, et me rudoyait, me lançait à la tête des choses comme : « Si tu es mon amie, tu gardes tes distances ! », « Je ne veux pas que tu aies pitié de moi. J'ai en horreur la pitié, surtout venant de toi ! »

Cela me blessait profondément, je me sentais de nouveau triste et je ravalais ma peine.

Chaque fois que Lizzie donnait des signes d'amélioration, une envie de plage, de promenade, un regain d'appétit, quand elle se faisait jolie, soignait sa tenue, quand elle portait sa main droite, doigts serrés, à son cœur et me souriait de ce sourire d'enfance, son sourire d'amie, de complice qui me ramenait loin en arrière, quand elle prenait un livre ou entamait un jeu avec les enfants, quand fleurissait sur ses lèvres une de ses expressions favorites, « Ça me laisse comme deux ronds de flan », « Ça te coupe la chique ! », une vague enflait dans ma poitrine, et je sentais monter en moi une onde de gratitude.

Il y avait tant de complexité dans la nature de mes sentiments pour elle. Je l'aimais et j'aimais encore plus le souvenir que j'avais d'elle. J'avais autrefois éprouvé de la rancune, de la jalousie, de la colère aussi à la voir se gâcher irrémédiablement, mais c'était bien fini. Je la voyais désormais avec tristesse, comme une belle fleur prématurément fanée, elle qui avait porté tant de promesses. Et surtout, je m'en voulais terriblement de ne pas avoir suffisamment pris en compte la douleur immense qu'elle endurait depuis son enfance.

Je décidai que j'allais mettre toute mon énergie à réparer Lizzie. C'était une mission de sauvetage, une extension naturelle de notre amitié, une *mitzvah*, comme disait Almah.

13

Quand la terre se fâche

Septembre 1974

Six mois après l'arrivée de Lizzie, sa mère nous rejoignit. Elle avait pris le temps de liquider ses affaires, presque rien, et revenait s'installer près de sa fille. Elle arriva armée de sa Singer car elle comptait reprendre ses travaux de couture à domicile. Nous les installâmes dans la maison du Batey. « C'est comme revenir quinze ans en arrière », constata Lizzie, une note de découragement très perceptible dans la voix.

*

Anneliese prit prétexte du jour où la terre trembla pour nous quitter. Ce séisme, plus violent que d'autres que nous avions essuyés[1], nous surprit au petit matin. La journée s'annonçait chaude. La touffeur de l'air, le

1. La région de Sosúa est située non loin de la faille haïtiano-dominicaine située entre Fort-Liberté et Puerto Plata.

chant des premiers oiseaux qui soudain se turent puis un silence accablant, lourd de menace, auraient dû nous alerter. Je crus l'espace d'une poignée de secondes qu'un animal furieux s'était glissé sous notre lit, avant de comprendre. Un cadre tomba, le verre explosa sur le sol. Domingo s'était déjà précipité dans les chambres des enfants qu'il avait empoignés en me criant de le rejoindre sur la pelouse. Il valait mieux être dehors. Cela dura moins d'une minute, mais les secondes furent très longues. Puis plus rien. Puis cela recommença par deux fois, de vives secousses de plus en plus brèves. Les enfants riaient, tout heureux de cet intermède matinal inattendu. Gaya espérait bien manquer la classe, car « quand la terre se fâche, ça peut être dangereux », nous soutint-elle avec conviction, les poings sur les hanches. Enfin tout rentra dans l'ordre, les enfants sautèrent dans le pick-up de leur père, direction l'école, et je préparai ma journée de travail avant de rendre visite à Lizzie et de gagner le bureau.

*

Lizzie était assise sur le seuil, la porte de la maison béant derrière elle. Son visage était crispé et je remarquai que ses lèvres palpitaient. Elle papillonnait des yeux comme une bête aux abois. Je compris aussitôt que quelque chose n'allait pas. Le silence de la maison était assourdissant. J'entrai et ne vis rien ni personne. Je ressortis et interrogeai Lizzie. Où est ta mère ? Elle fit juste un signe du menton pour désigner l'intérieur. Je finis par trouver Anneliese sous le lit. Elle ne bougeait plus.

— Elle a crié, se contenta de dire Lizzie. « Ils nous bombardent encore. Ça ne finira jamais, jamais, jamais… » (Lizzie criait en agitant les bras, imitant sa mère), puis elle s'est réfugiée sous le lit et elle s'est tue.

Nous tirâmes le corps d'Anneliese de dessous le lit. Elle était lourde pour une femme si amaigrie. Ses yeux grands ouverts semblaient terrifiés.

— Elle est morte, laissa tomber Lizzie.

J'étais totalement désemparée, incapable d'articuler le moindre mot. Je pris Lizzie par la main et l'entraînai au pas de course vers la clinique de Domingo qui par chance était là. Il revint pour constater le décès d'Anneliese et lui ferma les yeux.

— Une crise cardiaque, diagnostica-t-il. Elle est morte sans souffrir.

— De peur, ricana Lizzie. Elle a toujours été trouillarde.

Elle ne réalisait pas qu'elle venait de perdre sa mère.

*

Nous reprîmes le chemin du Camino Llibre. Lizzie ne témoigna pas de chagrin excessif. On l'eût dite juste contrariée et je mesurais le gouffre qui la séparait de sa mère. Je ne pouvais imaginer ma propre souffrance si nous devions perdre Almah.

En fermant la maison du Batey, je me dis que cette modeste maison de village avait eu son lot d'habitants et de destins. Lizzie se réinstalla chez nous, dans son bungalow. Une semaine plus tard, je vins la chercher pour une promenade et je ne la trouvai nulle part.

Je commençai à m'inquiéter, descendis au village et interrogeai la première personne que je croisai, une vieille Allemande qui avait rejoint ses neveux, son unique famille, bien après la fin de la guerre.

— La *meshugene* ? Je l'ai vue, elle a pris un *motoconcho*. Au cimetière, elle a dit.

Cela me mettait hors de moi quand quelqu'un appelait Lizzie la folle, la *loca*, la *meshugene*. Plus d'un au village la surnommait ainsi, car à Sosúa personne ne pouvait rester longtemps dans l'anonymat. D'habitude je tançais l'imbécile avec fermeté en essayant de garder mon sang-froid. Cette fois-là je ne dis rien et me contentai de reprendre la voiture. Je montai le Camino Llibre à toute vitesse, dans un nuage de poussière. Je poussai le portail de fer forgé dont l'étoile de David rouillait lentement.

Je vis Lizzie de loin. Elle était assise dans l'herbe à côté de la tombe de sa mère et jouait avec les pierres. Je m'approchai et quand je fus tout près, elle leva vers moi ses yeux sombres.

— Je suis seule maintenant. Je n'ai plus personne.

Son regard se voila. Je m'assis à côté d'elle, la pris par les épaules et la berçai comme une enfant.

— Moi, tu m'as moi. Et toute la famille. Nous sommes ta famille, nous t'aimons, tu le sais Lizzie, n'est-ce pas ?

Lizzie se laissa aller contre moi et versa ses premières larmes depuis le décès de sa mère.

14

Swan Lake
Mai 1975

Le 5 mai 1975

Ma très chère Ruthie,

Je n'ai pas de mots pour te dire notre immense soulagement. Cette désastreuse guerre du Vietnam est enfin terminée. J'espère que cette défaite, car c'en est une belle, et cet enfer dans lequel nous ont entraînés nos gouvernements successifs amèneront nos dirigeants à réfléchir à deux fois avant de s'engager dans des conflits qui ne nous concernent pas.

Je suis infiniment reconnaissante à la vie que Nathan ait échappé à la conscription. Beaucoup de ses camarades et de fils de nos connaissances sont rentrés dans des caisses de bois.

Le bilan est macabre et l'amertume générale dans le pays.

Autre sujet bien plus gai. Je ne sais pas si Nathan t'a tenue au courant : il auditionne pour un rôle dans Swan Lake, *une nouvelle version du New York City Ballet. C'est le premier grand ballet pour lequel il postule et il est à fleur de peau, pour ne pas dire impossible. J'espère qu'il obtiendra un rôle. Mais la compétition est rude et il est si jeune. Toujours est-il qu'il a déjà passé une première sélection et qu'il y croit dur comme fer. Je croise les doigts.*

Donc pas de vacances dominicaines cet été pour lui. Nous attendrons le verdict du chorégraphe et nous prendrons des vacances à la dernière minute si Nathan n'est pas retenu.

Comment va toute ta famille ? J'ai eu récemment ta mère au téléphone et je sais que tout va bien de son côté. Envoie-moi un petit mot et quelques photographies pour enrichir mes albums.

Nous vous embrassons tous tendrement,
Myriam

15

La vie ensemble

Juillet 1975

Comme sa garde-robe, presque rien – quelques vieux jeans rapiécés rebrodés de symboles kabbalistiques, des pulls informes tricotés à la main, un treillis sans doute récupéré dans un surplus de l'armée orné de badges anti-militaristes et une multitude de foulards, de ceintures et de breloques sans valeur – et bien trop chaude pour notre climat, était consternante, je proposai à Lizzie d'aller acheter des vêtements pour fêter son anniversaire. Elle accepta avec enthousiasme cette balade à Puerto Plata. Sur la route elle demanda à conduire. Je savais que Lizzie adorait ça.

— Je suis capable de conduire un pick-up, figure-toi !

— Je le sais bien, Frizzie nous a appris à conduire ensemble.

— Alors ?

Il y avait du défi dans son regard. Je lui abandonnai le siège du conducteur, plus contente qu'elle manifestât une vraie envie qu'inquiète. Elle s'installa derrière le volant avec détermination, fit rugir le moteur et démarra doucement. Puis d'un coup elle piqua une pointe de vitesse, lâchant derrière nous un épais panache de poussière, faisant zigzaguer le pick-up. Je resserrai ma main sur l'accoudoir en criant :

— Stop, Lizzie, arrête !

Sans m'écouter, pied au plancher, elle poursuivit la course folle. Devant nous un haut nuage de poussière signalait un camion. Nous allions lui rentrer dedans ! Je serrai les dents, me retenant de crier. Lizzie freina brusquement, un long crissement des pneus, et stoppa la voiture sur le bas-côté, le capot au ras des plants de canne à sucre. Elle me dévisagea avec un regard triomphant tandis que je m'affaissais en soupirant sur mon siège. Lizzie se rencogna contre son dossier, attrapa son sac et roula tranquillement une cigarette. Elle tira une longue bouffée et crachota des brins de tabac, un bout de langue entre les lèvres.

— Tu as eu peur, hein ? Dis la vérité, tu as eu peur ! Tu croyais que ta vieille Lizzie avait perdu ses réflexes.

— Ce n'est pas drôle, Lizzie, pas drôle du tout !

Elle éclata de rire et j'en fus bêtement soulagée. J'avais eu peur, je ne l'aurais avoué pour rien au monde, mais surtout j'avais le sentiment d'avoir, l'espace d'un bref instant, retrouvé ma Lizzie.

Et d'ailleurs pendant notre séance de shopping, ce fut joyeux, comme avant. Elle choisit deux robes de coton légères, deux shorts de toile, des tee-shirts, un chemisier, des sandales – je l'obligeai à prendre une paire à talons, pour quand nous irions danser – et des chaussures de toile. Je n'aimais guère son parfum bon marché au patchouli et lui offris un parfum français fleuri ; elle n'arrêtait pas de dévisser le bouchon pour renifler le flacon avec l'air de tomber en pâmoison. Elle voulut acheter une trousse à couture et un coffret d'aquarelle, puis un cadeau pour les enfants. Elle hésita longtemps et se décida pour une mallette de magicien pour Gaya et un jeu d'échecs pour David. Je cédai à tous ses caprices, trop contente de lui faire plaisir.

Commença alors une période d'euphorie où Lizzie entreprit mille choses. Elle inventa une chasse au trésor pour les enfants, voulut nager, se promener à cheval, aider à la traite des vaches, nous infligea sa recette de tortillas mexicaines. Elle se prit d'une nouvelle marotte pour les plantes médicinales et partait à la cueillette de toutes sortes d'herbes, de feuilles et de racines avec lesquelles elle préparait des décoctions imbuvables sous les directives de Carmela. Elle nous faisait rire à table avec ses anecdotes californiennes, ses souvenirs de guerre de ses années flamboyantes, ces années où tout paraissait facile et fulgurant, les rencontres, les amours, les voyages, les aventures. Et sans cesse Gaya lui collait aux basques. Ma fille avait trouvé une héroïne à sa démesure.

Et puis, sans avertissement, comme un coquillage qui se referme d'un coup sec après avoir lâché son nuage de sable, Lizzie rentrait dans sa coquille et c'étaient de nouveau des semaines de mutisme.

— Dans ma tête c'est le *balagan*[1], je tombe dans un puits noir, me dit-elle un jour en me fixant avec une intensité qui me glaça le sang, un soupçon de fierté dans sa voix empreinte d'une nouvelle raideur. Si tu te souciais un peu de moi, tu saurais quand me foutre la paix, ajouta-t-elle.

C'était si injuste qu'en moi la colère le disputa à la tristesse. Elle vit ma peine, se pencha vers moi et me demanda pourquoi, pourquoi elle était comme ça, pourquoi elle faisait du mal à ceux qu'elle aimait, est-ce qu'à moi aussi ça faisait mal de vivre, avant d'éclater en sanglots.

Je m'interrogeai sur ce mal étrange dont souffrait Lizzie. Les maux de l'âme n'étaient pas une priorité dans un pays aussi mal équipé en médecins que le nôtre. Quand j'en parlais à Domingo, il levait vers moi de grands yeux désolés dans lesquels j'aurais pu lire, si j'y avais prêté plus d'attention, de l'inquiétude. Je comprenais ses mises en garde. Avec son rationalisme de médecin, il disait que tout cela n'était dû qu'à l'abus de drogues. Moi, je savais que l'origine du mal de Lizzie était ailleurs. Elle était née de la guerre, pétrie des frustrations de ses parents, éreintée par leurs querelles, anéantie par la désertion de son père. J'avais toujours pensé qu'elle était une victime. Du traumatisme de ses parents, de leur séparation, de la pusillanimité de sa mère, de la malédiction qui planait sur les héritiers de la Shoah. Victime aussi de ses propres démons, de ses talents, de son caractère

1. Signifie « bordel » en yiddish.

volcanique et des rencontres hasardeuses de sa vie. Trop de bourrasques avaient soufflé sur Lizzie pour qu'elle s'en sorte bien.

Désormais, sa vie, ce serait ça : une alternance de phases d'exultation débridée où elle faisait preuve d'une euphorie délirante (dans ces moments-là, ses yeux se mettaient à briller d'une façon presque incandescente, une incandescence qui ne présageait rien de bon) et de phases dépressives où, pensées et émotions en déroute, elle se montrait d'humeur belliqueuse et devenait parfois mutique, aussi dure et impénétrable qu'une noix de coco. Je me sentais impuissante face à ses dérives et j'allais devoir apprendre à reconnaître ces moments-là.

16

Le prince Siegfried

Octobre 1975

Troisième rang de la salle pourpre et scintillante du New York City Ballet, comble jusqu'au dernier des balcons. Nous étions là, Almah, Myriam, Aaron, Arturo et moi, attendant, fébriles, le lever du rideau. « Ça ressemble à l'opéra de Vienne », me souffla Almah à l'oreille, « en moins impérial », nuança-t-elle avec un clin d'œil. À ma gauche, Arturo pianotait nerveusement sur l'accoudoir, son genou agité d'un tressautement saccadé. Les lumières s'éteignirent et le rideau se leva. Je retins mon souffle et je sais que les autres firent de même.

Almah et moi nous étions octroyé quelques jours de vacances pour assister à la première apparition de Nathan comme danseur étoile. Il était le prince Siegfried de *Swan Lake*, une version modernisée de celle de George Balanchine, le père du NYCB.

La veille au soir, nous l'avions à peine entrevu, il s'était enfermé dans sa chambre et il avait passé une bonne partie de sa journée au théâtre.

Aux premiers accords des cordes, je jetai un coup d'œil à Myriam. D'ordinaire si maîtresse d'elle-même, elle était tendue comme un arc prêt à relâcher sa flèche. Son visage était crispé dans une attente fiévreuse, ses yeux rivés sur la scène. L'introduction musicale n'en finissait pas. « Les Russes sont toujours si pompeux ! » me susurra Almah d'un ton entendu.

Après l'ouverture, il jaillit enfin d'un bond gracieux au milieu des autres danseurs. Et je fronçai les sourcils. Il n'avait rien d'un prince avec son costume et son maquillage de polichinelle de comédie italienne, deux cornes pointant sur sa tête. « C'est le bouffon », me glissa Arturo, et je me sentis rougir. J'étais si inculte, je ne connaissais rien du ballet et je n'avais même pas pris la peine de lire le livret. Je mesurai le fossé qui me séparait d'Arturo et des autres. Je pensai soudain à mon père, critique d'art à Vienne, à ma mère en robe du soir dans une loge de l'Opéra, à Myriam et à ce qu'elle m'avait raconté de ses leçons d'autrefois avec une ballerine russe, et j'eus honte de moi.

Une pression sur ma main que j'avais abandonnée à Arturo me rappela à l'ordre. Sublimement beau, dans un collant blanc et une tunique argent étincelante, Nathan fit son apparition à pas mesurés, aérien, éclipsant par sa seule présence la virtuosité du bouffon. Mon cœur fit un bond et instantanément l'émotion surgit. À partir de cet instant, il hypnotisa nos regards. Sur la scène encombrée du corps de ballet, on ne voyait que lui tant il était gracieux, une grâce qui confinait au sublime. De son corps sec et musclé émanaient une force et une énergie peu communes. Servi par une technique impeccable, il semblait libéré des contraintes et exécutait ses figures avec une maestria éblouissante. Il illuminait la scène et dégageait un tel charisme que je me sentis transportée dans le drame amoureux d'Odette et Siegfried. Il y avait entre les deux étoiles une alchimie indéniable. Leurs pas de deux lyriques, infiniment musicaux, me firent monter les larmes aux yeux. C'était émouvant, poignant même.

Car Nathan n'était plus lui-même. Certainement plus ce garçonnet qui se pavanait dans mes escarpins devant une glace. Ni celui qui chantournait ses A pour rendre son écriture unique. Ni le gamin facétieux qui jouait les maîtres de ballet quand Arturo m'apprenait le rock. Ni celui qui se contorsionnait au concert des Beatles. Ni le petit garçon qui se blottissait contre moi au moment de l'histoire du soir. Quand il dansait, il n'était plus ceux-là, et il était tous ceux-là à la fois, il sublimait son enfance, son adolescence, son existence même. Il touchait au divin et l'on ne pouvait que s'incliner, qu'admirer. Comme j'aurais aimé être dans la peau de mon père ! J'aurais su trouver les mots justes.

À côté de moi, Arturo, médusé, la bouche entrouverte, tressaillait au moindre saut, à la moindre pirouette du prince.

— Éblouissant, il est encore meilleur que je ne l'imaginais. Ça confine au surréel, me chuchota-t-il entre deux actes.

Dans la façon de danser de Nathan, sous la grâce, on sentait une sauvagerie, comme un désir d'infini, le refus des réalités voulues pour lui par sa famille, par la société, l'impérieuse nécessité d'échapper à un destin écrit d'avance, et c'était une métaphore de sa propre situation. Il y avait des résonances freudiennes dans ce ballet, c'était l'histoire d'un amour idéalisé, qui ne pouvait exister. Mais tout cela je ne le comprendrais que bien plus tard. Pour l'heure, je me contentais de m'abandonner à l'émotion qui atteignit son comble quand Odette, réalisant qu'elle demeurerait un cygne à jamais, s'abandonna aux eaux du lac. Des larmes roulaient sur mes joues quand Nathan se jeta à son tour dans le lac. Puis ce fut l'apothéose et les amants s'élevèrent vers le paradis. Enfreignant les règles de bienséance, Arturo fut le premier à se lever pour applaudir. Nathan et sa partenaire furent ovationnés. C'était un triomphe.

*

Relégués en bout de table au cours du dîner offert pour célébrer cette première, nous échangions nos commentaires. Myriam exultait : « Nathan s'en est magnifiquement sorti bien qu'il n'ait pas le premier rôle. Il a presque éclipsé la danseuse étoile ! » se rengorgeait-elle à mi-voix, une coupe de champagne à la main, tandis qu'Aaron, rayonnant d'une fierté non dissimulée, l'incitait à la modération en répétant : « Il a ce qu'on appelle une présence, c'est indéniable. » Myriam approuvait en souriant béatement. Ses yeux allaient de l'un à l'autre, comme pour s'assurer que Nathan était bien le roi de la soirée et que personne ne lui volait la vedette. Sur les lèvres d'Almah flottait un sourire un peu absent et je repensais à sa réflexion sur l'opéra de Vienne. Pensait-elle à mon père ? Sans doute. Quant à moi, je subissais les tombereaux d'éloges d'Arturo qui n'en finissait pas d'encenser mon cousin. « Rappelle-toi, je te l'avais dit, je te l'avais bien dit, répétait-il, j'avais raison, de la graine d'étoile. » Je me souvenais qu'en effet Arturo avait prédit bien avant les autres le destin de Nathan, qu'il avait su voir en lui ce que nous ne voyions pas encore. Il y avait du visionnaire en lui et j'admirais son intuition infaillible.

Radieux, à l'autre bout de la tablée qu'il s'était évertué à mettre entre nous, la graine d'étoile savourait son triomphe au milieu des ballerines du corps de ballet. L'enfant cabotin avait ressurgi et il se débrouillait pour être au cœur de l'attention. Le chorégraphe le couvait des yeux d'un air de propriétaire. En surprenant son regard appuyé sur Nathan, l'ombre d'un doute m'assaillit. Mais je vis Ada, la deuxième danseuse, une jolie brune émaciée au profil volontaire, poser une main possessive sur le bras de Nathan et se pencher pour murmurer quelques mots à son oreille. Il lui répondit par un discret effleurement des lèvres sur sa joue qui disait assez la teneur de leur relation. Je m'amusai de la lueur d'agacement que je surpris dans les yeux d'Arturo.

La soirée s'achevait. Nathan décida de prolonger la fête et partit au bras d'Ada, escorté des autres danseurs.

— J'imagine que nous ne sommes pas invités, grommela Arturo au sortir du restaurant en regardant les danseurs s'éloigner avec envie.

— Évidemment non ! répliquai-je en passant mon bras sous le sien. Il faut les laisser entre eux.

— On se voit demain ?

— Bien sûr.

Arturo héla un taxi.

— Un véritable triomphe, marmonna-t-il en s'engouffrant dans la voiture jaune.

Nous rentrâmes à Brooklyn. Légèrement ivre, je m'avachis contre ma mère. Ma tante avait posé sa tête sur l'épaule de son mari et elle chantonna le final de *Swan Lake* tout au long du chemin du retour.

*

« Un danseur ambitieux, charme et beauté sauvage d'une nouvelle étoile. »

« Il compose un personnage complexe, incarnant la majesté sans mièvrerie, avec un vrai talent dramatique. »

« ... éblouissant de virtuosité. »

« ... sublime et expressif. »

« ... rien d'un faire-valoir malgré un livret qui le soumet à la diète. »

Devant une grande tasse de café fumant, Myriam exultait en balayant de son regard fiévreux les articles qui encensaient Nathan. Levée aux aurores, elle avait fait une razzia des quotidiens du matin qu'elle avait étalés sur la table du petit déjeuner. Et il n'y avait pas une seule critique tiède. Pas une ombre au tableau.

Je l'avais souhaité de tout mon être, mais je n'aurais jamais imaginé que Nathan rencontrerait un tel succès et ferait une telle unanimité. Il avait toujours été convaincu qu'un jour il serait célèbre. Dès son plus jeune âge. Pas par arrogance. Il en était simplement convaincu. Et c'était arrivé. Il venait d'avoir vingt ans.

*

J'occupai les quatre jours qui me restaient à profiter d'Arturo. Clubs de jazz, trattorias de Little Italy, galeries du Village, show à Times Square, ce fut intense. Deborah réussit *in extremis* à me consacrer une pause déjeuner dans son agenda surchargé d'animatrice de talk-show. Je fis les boutiques avec ma mère et ma tante, et, comme d'habitude, au moment de partir nos valises étaient pleines à craquer.

Ça avait été une parenthèse enchantée comme chaque fois que je retrouvais ma famille américaine.

J'avais le net sentiment qu'une nouvelle page de notre histoire venait de s'écrire avec le sacre de Nathan et je me fis la réflexion que dans cette famille il était dit que ce seraient les plus jeunes qui accompliraient les rêves des aînés.

17

Errements musicaux

Janvier 1976

Lizzie avait trouvé une échappatoire à ses humeurs dans la musique et se mit en tête de jouer avec Gaya qui en trépignait d'excitation. Elle m'avait demandé de l'emmener acheter une guitare, une *guira* et un tambourin à clochettes. Je les retrouvais souvent assises dans l'herbe, Lizzie grattouillant sa guitare et gémissant du Janis Joplin en secouant la tête, les yeux fermés, ma Gaya agitant frénétiquement le tambourin de toute la force de ses poignets. Je n'aimais pas tellement Janis et on ne peut pas dire que Lizzie était particulièrement douée. Elle me semblait vaguement pathétique à jouer les vieilles hippies et son interprétation laissait à désirer. À vrai dire, leur duo était horrible, mais elles y mettaient une telle conviction que je me gardais de réfréner leur enthousiasme. Domingo et Almah s'en amusaient, quant à Ana Maria et Frederick, loin de partager notre indulgence, ils tordaient le nez devant les errements musicaux des deux artistes.

Un jour, je les retrouvai sur la plage, braillant à pleins poumons *El pueblo unido jamás será vencido* au rythme de leurs pas militaires dans le sable. J'étais horrifiée. Je connaissais Quilapayún pour avoir suivi la crise chilienne. Je savais que le titre de leur chanson avait été le slogan emblématique des socialistes et qu'il était devenu l'antienne de la gauche latino-américaine. Comme toutes les musiques révolutionnaires, celles du groupe étaient interdites, sinon officiellement du moins tacitement, et j'espérais que personne au village ne les avait entendues. Lizzie n'avait aucune conscience de la dureté du régime sous lequel nous vivions et de la façon dont elle exposait notre famille. Et l'eût-elle compris, cela n'aurait rien changé, ou pire, cela l'aurait probablement aiguillonnée. Car sa flamboyance frondeuse ressurgissait quand on s'y attendait le moins.

Lizzie se procurait des disques, je ne sais comment ni avec quelle complicité. Il y avait, dans ses moments de gaieté, le Gran Combo de Puerto Rico et ses salsas endiablées, les merengues joyeux qui parlaient d'amour et de fête de Cuco Valoy, et surtout ceux du Caballo Mayor, Johnny Ventura, auxquels s'ajoutaient ses découvertes des nouveaux venus sur la scène nationale comme Wilfrido Vargas. Pendant un temps, elle écouta en boucle le hit des Beatles *The Fool on the Hill*, l'idiot assis sur sa colline, que personne n'entendait, que personne n'aimait. Elle disait que c'était exactement elle, que la chanson avait été écrite pour elle. Cela semblait si vrai que bien sûr je m'en attristai.

*

Lizzie était désœuvrée. Elle me demanda comment elle pouvait se rendre utile, vraiment utile – pas simplement une occupation pour tuer le temps –, et j'y vis un nouveau signe encourageant.

Markus lui proposa une mission au journal, celle de relancer les mauvais payeurs et de recouvrer les dettes, une tâche que sa bienveillance naturelle l'empêchait d'assurer lui-même avec pugnacité. Pendant quelque temps Lizzie excella dans sa fonction et elle nous régalait le soir de ses échanges musclés avec les créanciers. Mais l'exercice prit fin le jour où elle commença à vitupérer et se mit à insulter et à menacer les débiteurs au téléphone. Ce jour-là elle avait ce regard trouble des illuminés, celui d'une alcoolique qui rechute.

— Vous voulez que l'argent rentre ou non ? Je pensais juste être plus efficace, se justifia-t-elle avec une absolue désinvolture quand Markus lui remonta les bretelles.

Markus eut toutes les peines du monde à rattraper son excès de zèle, et l'aventure de Lizzie au journal tourna court.

Privée de travail, Lizzie inventa d'autres activités comme soupape au trop-plein d'énergie qui bouillonnait en elle quand elle était en forme. Quand soudain, sans prévenir, la rebelle d'autrefois se réveillait, Lizzie faisait n'importe quoi. Et Gaya était toujours sur ses talons.

Armée de la Singer de sa mère, Lizzie ouvrit un atelier de couture. Elle créa des vêtements hippies pour Gaya, taillés à partir des siens. Notre fille arborait des pantalons de clown et des jupes longues, faits de rafistolages de morceaux d'étoffe. Je mis le holà le jour où Lizzie entreprit d'entortiller ses cheveux en dreadlocks. Elle lui offrit un paon, un mâle qui faisait la roue, dont les plumes portaient bonheur et qui braillait d'une horrible voix stridente. Ma fille était aux anges, c'était bien plus amusant que les perruches, et toutes deux cacardaient « léon, léon » à longueur de soirée pour l'appeler et l'inciter à se pavaner. Elles décrétèrent que les lamantins de la rivière Sosúa les avaient adoptées, elles leur rendaient visite et restaient longtemps à les observer, se tenant au bord de l'eau et s'amusant à sautiller lestement pour éviter que l'eau ne lèche leurs pieds. Quand je les accompagnais, je me disais qu'elles étaient finalement bien assorties.

18

La course au succès

Juillet 1976

New York, le 10 juillet 1976

Ma très chère Ruth,

Un petit mot de New York pour que tu ne perdes pas le fil de ma vie. Les cours sont terminés et la Juilliard a ouvert des stages d'été. J'ai accepté d'animer un atelier de composition pour étrangers, ce qui me mènera jusque début août. C'est très rafraîchissant de ne pas être confronté à des étudiants en permanente rivalité.
Chaque jour je me félicite d'avoir suivi ce chemin. Car si j'aime composer, j'adore enseigner. Partager mes connaissances, encourager mes élèves, les voir progresser. J'aime quand ils accomplissent leur destin, quand ils deviennent célèbres. Plus que tout, j'aime repérer celui qui

parmi eux sera la star de demain et en faire mon champion. C'est fascinant et gratifiant. Au-delà de l'excitation d'un démiurge, il y a quelque chose de paternel dans mon rôle. D'ailleurs, parmi mes étudiants étrangers, je crois bien avoir repéré un petit prodige coréen.

Nous avons fêté le bicentenaire de l'indépendance en grande pompe et ça a été vraiment démesuré et joyeux : ville entièrement pavoisée, défilés militaires, parades d'Oncles Sam en haut-de-forme, majorettes, feu d'artifice grandiose autour de Miss Liberty... Bref je te laisse imaginer le délire. J'ai moi-même succombé à l'effervescence, ce qui, tu en conviendras, ne me ressemble pas, et décoré mes fenêtres de petites bannières étoilées, c'est te dire à quel point la liesse populaire était contagieuse.

J'ai dîné récemment chez les Ginsberg et Nathan s'est éclipsé avant la fin du dîner pour rejoindre des amis. Il est en train de préparer un nouveau ballet et s'il travaille beaucoup, il sort et se dissipe aussi beaucoup. Je ne crois pas qu'il prenne de vacances cet été.
J'avoue être un peu préoccupé par ton cousin qui joue à la star, tout auréolé de sa gloire et de son succès. Sa cote d'amour ne cesse de grimper aussi bien dans les milieux artistiques que dans les médias et je crains bien que cela ne lui soit monté à la tête. Bien sûr, tu gardes ça pour toi, mais je trouve qu'il a perdu l'innocence,

la fragilité et la volonté farouche qui faisaient son charme.
Évidemment, comme tu l'imagines, le jugement de Myriam est altéré par son admiration et son amour aveugle pour son fils. Quant à Aaron, il considère tout cela avec bienveillance mais d'un œil assez lointain. Il semblerait que je sois le seul à me rendre compte que la notoriété et le succès ont changé Nathan, et pas forcément pour le mieux.
Il se comporte comme si la course au succès était une compétition qu'il doit à tout prix remporter. Il agit comme si sa vie même en dépendait. Il est à l'affût du moindre article dans la presse, traque son image dans les médias et devient arrogant.
Quand je suis avec lui, et c'est de plus en plus rare, il adopte une espèce de fausse désinvolture d'un homme qui se sait aimé, talentueux. J'ai beau lui dire qu'avec moi il peut tomber le masque, rien n'y fait et il me répond avec un aplomb sidérant. J'essaie de le tempérer, de l'aider à faire le tri entre ce qui est important, exprimer ce qu'il a au fond des tripes et l'offrir au public, et ce qui ne l'est pas, sa gueule d'ange dans les journaux. C'est le rôle d'un véritable ami. Et c'est ce que j'espère être pour lui ; mais il vit dans la fougue de ses vingt et un ans. J'espère juste qu'il ne se brûlera pas les ailes.
Comme tu l'as sans doute compris, je ne viendrai pas cet été. D'ailleurs l'été n'a jamais été ma saison préférée. Trop chaud, trop de pluies,

trop de moustiques. J'espère encore, contre toute attente, convaincre Nathan de faire une courte escapade avec moi en août, histoire de l'éloigner un temps de la superficialité new-yorkaise. J'ai pensé au Montana. Sinon je rejoindrai des amis en Californie. Nous verrons bien.

Envoie-moi quelques photos, les plus récentes que j'ai datent de l'année dernière.

Je t'embrasse tendrement, ainsi que ma filleule et toute ta famille,

Arturo

19

Pas une ombre au tableau

Novembre 1976

— Tu ressembles à un cliché éculé, me lança Lizzie tandis que je sortais de l'eau, David sur un bras, Gaya me tirant par la main.

J'en fus soufflée. Ce qu'elle pouvait être méchante parfois. Lizzie n'avait rien perdu de son aptitude à piquer là où ça faisait mal. Je serrai les dents devant le coup bas et préférai interpréter sa saillie comme une marque d'envie. Elle dut lire l'étonnement triste sur mon visage car elle se rattrapa dans un éclat de rire :

— Je dis juste ça parce que tu ressembles à la mère de famille parfaite. C'est vrai quoi, vous êtes la famille parfaite, toi, tes enfants, ton médecin de mari, ta belle maison. Vous avez même un chat et un chien. D'ailleurs, vivre ici c'est comme être au cœur d'une carte postale, ça n'a aucune réalité.

— Je sais parfaitement à quoi je ressemble, répliquai-je en haussant les épaules d'un air faussement désabusé.

— Je te signale que tu as oublié ma poule et mes grenouilles, intervint Gaya qui ne perdait jamais une occasion de mettre son grain de sel dans les conversations des adultes.

— Cot cot cot ! hurla Lizzie.

Je la connaissais, elle esquivait l'affrontement, et, pour se faire pardonner, elle entraîna Gaya dans une course-poursuite qui finit dans la mer.

*

Oui, je savais à quoi je ressemblais. À ce que j'avais redouté d'être autrefois, à ce que j'étais aujourd'hui. Une mère de famille du *campo* dominicain. Qui se prétendait journaliste. Je n'avais aucune illusion et cela me convenait. Je n'étais pas une ambitieuse. Était-ce mal ? Est-ce que je me gâchais comme je pensais que Lizzie s'était gâchée ?

Lizzie avait raison, nous étions la famille parfaite. Pas une ombre au tableau. Un vague sentiment de culpabilité m'assaillait parfois. « Hérité de ton éducation judéo-chrétienne », me taquinait Domingo quand je m'en ouvrais à lui. Parce que lui, d'un naturel optimiste, ne se posait pas la moindre question. Il vivait, tout simplement, avec cet hédonisme confiant, endémique aux Caraïbes, sans penser au lendemain, tandis que j'étais toujours à l'affût pour mes enfants.

Mes enfants…

Ils étaient une source de bonheur infini.

La source du bonheur.

Je me rappelais comment c'était autrefois, quand nous avions fait de cet endroit notre terrain de jeux, et je voulais leur offrir une enfance de vacances sans fin comme la mienne.

Ils s'entendaient à merveille, étaient inséparables mais tellement différents.

Gaya avait nagé sous l'eau dès ses premiers mois. Dès qu'elle relevait la tête pour prendre sa respiration elle s'affolait et se débattait maladroitement. Mais sa bouffée d'air prise, elle s'immergeait de nouveau et retrouvait l'aisance d'un petit poisson. Domingo appelait ça l'instinct du fœtus. L'instinct du fœtus, en revanche, David ne l'avait pas du tout. Bien au contraire, jusqu'à trois ans, il avait eu peur des vagues, s'agrippant à moi en hurlant de terreur, refusant de lâcher ma main. Domingo en restait confondu et vaguement vexé : son fils était-il un poltron quand sa fille était une guerrière ?

Pour les histoires du soir, David me rappelait Nathan qui ne voulait pas que je change un seul mot à mes contes. Gaya, elle, voulait toujours que je rajoute un détail terrifiant, un *ciempiés*[1] qui menaçait la princesse, une *cacata*[2] qui semait la mort, un voleur embusqué, un ouragan menaçant. Elle me coupait la parole avec excitation quand David écoutait d'un air pénétré de vieux sage.

Gaya me surprenait par sa capacité à se faire écouter et obéir, son frère se soumettait sans piper mot. D'un regard, elle obtenait tout ce qu'elle voulait de lui, sans avoir à hausser la voix.

1. Scolopendre.
2. Mygale.

David excellait en tout. Les mathématiques étaient son point fort quand sa sœur était déroutée par le moindre calcul. Domingo lui donnait des cours particuliers avec patience, s'aidant de haricots et de grains de maïs, sans grand succès. Elle revenait tête basse à la maison avec des appréciations consternantes du genre « Gaya fait des efforts louables ». En revanche, elle excellait en sport, et David avait raté chacune des épreuves initiatiques qu'elle lui avait imposées – attraper un crabe, pêcher un têtard, grimper à un arbre, escalader les *pilotillos* – pour prouver qu'il était un vrai aventurier.

Gaya était curieuse de tout, impossible à canaliser. David passait des heures seul, assis sur la véranda, à jouer avec ses petits animaux de bois sculptés.

Quand nous regardions les étoiles, Gaya cherchait des formes et réinventait des constellations. David mettait le ciel en coupe réglée, combien de kilomètres dans une année-lumière, combien de *tareas* pour la surface de Mars, quelle distance entre telle et telle étoile…

Gaya tenait une liste des choses à réussir : plonger en bouteille, sauter en parachute, acheter un bateau, sauver les baleines, apprendre à nager à David. Elle avait convaincu son frère de faire la sienne, et c'était le grand écart. Il avait écrit de son écriture impeccable : connaître tous les drapeaux du monde, parler quatre, non cinq langues, apprendre tous les théorèmes…

Mes deux merveilleux enfants, l'eau et le feu, le jour et la nuit.

Et comme pour égratigner ce cliché de vie parfaite, David, qui traînait depuis quelques jours un manque d'entrain et une fatigue grandissante, tomba malade. La fièvre se déclara, forte, aiguë, alarmante.

*

Jusqu'à présent nous étions passés au travers des fièvres tropicales que j'avais toujours craintes comme la peste. Je me souvenais vaguement de décès dans la communauté des débuts de Sosúa, et le récit de paysans atteints de dengue hémorragique me glaçait de terreur. Je savais que, même s'il ne m'en parlait pas, Domingo rencontrait beaucoup de cas de paludisme lors de ses tournées sanitaires. Je redoutais de trouver un matin un de mes enfants jaune comme une mangue trop mûre, faible et délirant. Je m'alarmais au moindre signe de fatigue, à la moindre baisse d'énergie ou d'appétit.

J'étais seule le jour où Gaya se fit piquer par un *ciempiés*. J'avais été alertée par des hurlements déchirants à l'arrière de la maison. Ma fille était plantée dans son potager, le visage cramoisi, les yeux exorbités, la bouche grande ouverte, regardant son bras comme un monstre étranger à son corps. La douleur la faisait suffoquer, elle d'ordinaire si endurante et maîtresse de ses émotions. À côté d'elle, David glapissait de peur. Elle brandit son bras sous mes yeux tandis que sa main enflait à vue d'œil. « *Ciempiés* », bégayait-elle entre ses larmes. Dans un premier réflexe je la pris dans mes bras pour la consoler, puis, me reprenant, je fonçai à la maison avec elle, David sur mes talons. Il n'y avait pas une minute à perdre, ma fille souffrait le martyre. Domingo m'avait laissé des instructions précises et du matériel de premiers soins. Il m'avait même entraînée à piquer une poupée de chiffon. J'injectai à Gaya le sérum antivenin, lui administrai un antidouleur et j'embarquai mes deux enfants en direction du dispensaire. Domingo était absent mais il y avait une infirmière. J'avais fait le nécessaire, il n'y avait plus qu'à surveiller Gaya en lui donnant des cachets contre la douleur toutes les quatre heures. La main allait dégonfler en quelques jours, il y avait eu plus de peur que de mal. Quoique… La douleur infligée par les *ciempiés* étant terrible pour les adultes, j'avais peine à imaginer ce qu'elle pouvait être pour une enfant de dix ans. Le souvenir de l'épisode resterait gravé à jamais dans la mémoire de Gaya qui m'obéissait dorénavant quand je lui interdisais de jardiner en sandales et sans ses gants renforcés de caoutchouc.

Aujourd'hui, la maladie s'invitait chez nous. Cette fois, c'était David. Le diagnostic de Domingo fut sans appel : malaria. J'étais atterrée. Nous prenions toutes les précautions nécessaires, fumigations régulières, j'enduisais mes enfants de lotion insecticide à la tombée de la nuit, toutes les portes et fenêtres étaient équipées de moustiquaires et les enfants dormaient sous un chapiteau de gaze blanche. Cela n'avait pas suffi.

Tour à tour secoué de frissons, claquant des dents puis inondé de mauvaise sueur, David était ravagé par une très forte fièvre qui ne cédait pas. Le troisième jour il fut pris de tremblements et je paniquai. J'envoyai chercher son père qui m'assura que c'était le cours de la crise. Nous nous relayions, Almah, Lizzie et moi à son chevet, l'épongeant, le baignant d'eau fraîche, lui soutenant la tête pour le faire boire, changeant ses draps deux fois par jour. Carmela préparait sans relâche des infusions d'herbes, des linges rafraîchis pour son front et pour son corps grelottant. Dans cette lutte de chaque instant contre la fièvre, nous rivalisions de tendresse et de dévouement.

Profondément affligée par l'état de son frère, Gaya se montra d'une patience et d'une gentillesse infinie. Elle délaissa toutes ses activités pour se consacrer exclusivement à lui. Quand elle n'était pas à l'école, elle surveillait ses siestes, lui chantonnait des comptines et l'encourageait en lui murmurant tout ce qu'ils feraient ensemble dès qu'il serait sur pied.

David avait l'air d'un adulte soucieux et plus d'un petit garçon, la maladie renforçait son sérieux et sa gravité. Mon petit bonhomme courageux finit par avoir le dessus sur la fièvre : un matin il se réveilla dispos mais épuisé. Commença alors une période de convalescence faite de tendresse et de lecture. J'avais ressorti mes vieilles bandes dessinées. Trucutu et Ramona[1] reprirent du service par le truchement de Gaya. Bientôt sorti d'affaire, David put reprendre le chemin de l'école. Domingo avait choisi de me taire que la maladie pouvait ressurgir inopinément.

1. Trucutu, un grand singe, et Ramona, une vieille acariâtre, sont des personnages de bandes dessinées dominicaines.

20

Un été magique

Août 1977

Quand les gens changent jour après jour on ne s'en rend pas compte. Je compris combien Lizzie avait changé au choc que je lus dans les yeux d'Arturo quand il la revit cet été-là. C'étaient ses premières vacances dans le pays depuis des éternités. Après quelques jours passés chez ses parents, il s'installa chez nous.

Il avait toujours ce charme indicible d'enfant grandi trop vite, ses coiffures approximatives, ses petites lunettes qui le faisaient toujours paraître dans la lune, ses vêtements chiffonnés mal adaptés au climat, son humour souvent à côté de la plaque, ses remarques pince-sans-rire, son autodérision, ses répliques de cinéma que nous terminions avec lui… C'était Arturo et c'était comme ça que je l'aimais.

Je ne sais par quel alignement des étoiles, entre lui et son frère se développa instantanément une intimité qu'ils n'avaient pas connue depuis des lustres. Depuis ma rencontre avec Domingo pour être précise. Peut-être qu'Arturo ne m'en voulait plus d'être la femme de son frère et que Domingo avait appris à respecter notre complicité. Frederick s'en mêla. Ils formèrent bientôt un trio formidable et j'étais heureuse de voir les trois hommes que j'aimais le plus s'entendre aussi bien.

Au cours de cet été-là Lizzie retrouva sa bonne humeur et son espièglerie d'autrefois, redevint jolie et nous montra le meilleur d'elle-même. Elle avait toujours été bonne nageuse, bien meilleure que moi. Parfois elle nageait si loin, au-delà des *cabezos*[1], au-delà même du ruban d'écume blanc qui signalait la barrière de corail, que j'avais peur qu'elle ne revienne pas. À cheval, je constatai qu'elle n'avait rien perdu de son aisance et elle talonnait sa monture presque aussi sauvagement qu'autrefois son mulet Ourakan.

Je trouvais Arturo mûri, apaisé. Je compris à mille petits signes qu'il avait fait la paix avec lui-même et qu'il était heureux. Sa présence resserra nos liens, il fut l'artisan d'un été inoubliable. Bains de minuit, danses sous la pluie tropicale, bœufs avec nos instruments de fortune, Arturo au piano, Lizzie à la *guira*, moi aux *tamboras*, repas interminables, virées dans des plages secrètes… Arturo nous avait rapporté la version des

1. C'est ainsi que les pionniers appelaient les petits affleurements coralliens le long de la baie de Sosúa.

Beatles du *Manisero*[1]. Lizzie qui adorait cette chanson trouvait la reprise minable, ce qui ne nous empêchait pas de nous tortiller comme des fous sur la voix de McCartney. De mon côté j'avais exhumé de vieux disques. *Que rico el mambo !* chantait Lizzie en se dandinant avec Gaya aux accents de Pérez Prado.

Je nous contemplais et je comprenais à quel point nous sommes constitués des êtres qui nous entourent. Ce fut un été magique, des semaines d'harmonie, une bulle de bonheur absolu suspendue dans nos vies, ce moment merveilleux de l'été qui précède les tempêtes de la saison des cyclones.

---

1. *El Manisero*, le vendeur de cacahuètes, est une chanson écrite et composée par Moisés Simóns en 1928. Il existe plus de cinq cents versions différentes, dont une des Beatles datant de janvier 1969.

21

Si Dios quiere
Novembre 1977

Depuis quelques années, elle avait abandonné sa *casita* et son *conuco* de Los Charamicos et elle était venue vivre avec la famille de son fils Jacobo sur la *finca*. Elle avait été la première, et pendant longtemps la seule, à porter des lunettes dans le village dominicain, car Almah y tenait. Alertée par ses tâtonnements de plus en plus évidents, ma mère l'avait conduite chez un opticien de Puerto Plata pour un examen. Au début elle avait protesté : les vieux n'y voient goutte, bah c'est une fatalité, la *voluntad de Dios* ! Mais elle avait obtempéré devant l'insistance d'Almah qui se fichait comme d'une guigne de la volonté de Dieu. Elle avait cédé mais elle considérait ses lunettes comme un accessoire précieux, à ne porter que dans les grandes occasions. Il fallait sans arrêt la rappeler à l'ordre :

— Où sont tes lunettes, Carmela ?

— Elles sont chez moi, dans le tiroir de ma table de nuit. Pourquoi ?

— Elles seraient mieux sur ton nez, Carmela. Des lunettes dans un tiroir ça n'aide pas à mieux voir.

— Oh *mi'jita*, c'est que je ne veux pas les user.

Carmela était ainsi, d'une naïveté d'enfant pour certaines choses et d'une omniscience de vieux sage pour d'autres. Et nous l'aimions. Elle faisait partie de notre famille.

Carmela et ses lunettes à double foyer, « en cul de bouteille » comme disait Gaya… Carmela, c'était la perle d'ambre au cou des enfants pour les protéger du *mal de ojo*, l'infusion d'hibiscus contre mes angoisses, la première goutte de la bouteille de rhum *Pa' lo' muerto'*, le *sancocho* des jours de fête, le *dulce de habichuelas* de Pâques, la *ciguapa*, le *merengue au panuelo*, les *pa'llà*, les *pa'cà*, les *dime mi'jita*, les *Santa Virgen de los Remedios !*, la procession pour la fête de la *Virgen de la Altagracia*[1] le 21 janvier, les dictons paysans « À la saison des mangues, on retourne les pots », les *si Dios quiere*, le premier chaton de Frizzie…

Elle était la gardienne des choses d'autrefois, la dépositaire des contes et des légendes, des rites vaudous et des traditions du *campo*. Elle savait soulager les maux de l'âme et ceux du corps, administrer la bonne infusion, invoquer secrètement la bonne divinité.

Et Dieu justement venait de la rappeler à lui. Un soir, elle s'était sentie faible, le lendemain elle ne s'était pas réveillée. À la voir vivre depuis des décennies près de

1. La Vierge de la Altagracia est la patronne des Dominicains.

nous, nous l'avions crue immortelle, et elle nous quittait à quatre-vingt-dix-huit ans, sans faire de vagues, comme elle avait toujours vécu.

Ce fut un bel enterrement. Plusieurs centaines de personnes tout de blanc vêtues l'accompagnèrent avec émotion jusqu'au cimetière de Sosúa Abajo, où elle rejoignait sa famille, ses parents et son mari que nous n'avions jamais connu. Si je ne m'étonnai pas qu'elle fût si populaire, je fus surprise de l'intensité du chagrin de ma mère que je vis essuyer des larmes quand le cercueil fut descendu dans la fosse.

Et soudain, mes yeux se brouillèrent aussi. Cela me frappa comme une évidence. Je venais de réaliser avec une certitude absolue que Carmela avait été pour moi une vraie grand-mère. Son regard plein d'indulgence, sa générosité, son oreille attentive à mes chagrins d'enfant, son sourire jamais pris en défaut, ses baisers un peu mouillés, ma tête enfouie dans son giron pour me consoler d'une injustice, ses doigts caressant mes cheveux… Je passai mon bras sous celui de ma mère qui me sourit à travers ses larmes.

Plus tard ce jour-là, Almah me raconta sa rencontre avec Carmela une fin d'après-midi de l'été 1940 alors qu'elle était enceinte de moi, après une longue marche sur la plage, le verre d'eau et les fruits qu'elle lui avait offerts, et comment, au premier regard, elle avait su que cette femme compterait pour elle. « C'est Carmela qui m'a ouvert la porte de ce pays, elle m'en a donné les clés. Je l'aimais tellement, je ne l'oublierai jamais », conclut-elle avec nostalgie, des images d'autrefois plein les yeux.

22

Une pomme de discorde

Février 1978

À l'égard de Lizzie, Frederick faisait preuve la plupart du temps d'une sensibilité dont je pensais qu'elle l'avait déserté depuis longtemps. Sans doute parce que sa simple présence le ramenait à notre enfance. Cependant, nous nous étions querellés à plusieurs reprises à son sujet et Lizzie menaçait de devenir une pomme de discorde entre mon frère et moi. Cc jour-là, la dispute prit des allures de règlement de comptes.

— Ana Maria pense qu'elle est un mauvais exemplc pour les filles. Elle fume…

— Et alors, maman aussi fume !

— Pas que du tabac, tu le sais très bien ! S'il te plaît, ne joue pas les idiotes. Et ça nous met en danger, c'est illégal !

Je haussai les épaules, ne sachant que répondre. Frederick avait raison. Il continua sa diatribe :

— Elle vit sans règles, elle s'habille n'importe comment, elle est toujours débraillée, elle parle toute seule…

— Elle est malade, Frizzie. Malade, tu sais ce que ça veut dire ? Et c'est inguérissable. S'il y avait un remède, crois bien que…

Frederick refusait de lâcher prise.

— Je trouve qu'elle a une mauvaise influence sur Gaya, lâcha-t-il perfidement.

— Ça, ça me regarde ! C'est à moi d'en juger et je te prie de ne pas te mêler de l'éducation de ma fille. Occupe-toi plutôt des tiennes !

— Tu lui laisses la bride sur le cou !

— Et tu voudrais que je fasse quoi ? Que je l'enferme ? Qu'on la mette dans un asile ?

— Ça vaudrait peut-être mieux !

Cela me glaça.

— Tu connais la situation des établissements psychiatriques dans ce pays ? Non ! Moi je sais, Domingo m'en a parlé ! On était d'accord, on l'a fait venir ici parce qu'ici c'est le meilleur endroit pour elle. Je te rappelle qu'elle n'a plus de famille, elle n'a plus que nous !

Frederick se mordit la lèvre, hésitant sans doute parce que Lizzie était un miroir face auquel il mesurait notre propre chance. Mais il releva les yeux :

— La pomme ne tombe jamais très loin de l'arbre !

Je sentis ma colère déborder.

— Qu'est-ce que tu veux dire ? Tu pourrais t'expliquer ?

— Vous êtes pareilles toutes les deux et sur bien des points ! Vous vous croyez plus modernes, plus libres que nous, tout ça parce que vous avez vécu aux États-Unis.

— Je te ferai remarquer que c'est toi qui as préféré étudier ici !

— Il fallait bien que quelqu'un reste avec maman !

— Un, tu as commencé tes études bien avant que je parte, et deux, maman s'en sort très bien toute seule, merci pour elle !

— Figure-toi qu'on jase dans le village. Et ma réputation…

— Je ne te savais pas si attaché à l'avis des gens ! Et d'ailleurs, je ne vois pas ce que Lizzie vient faire avec ta « réputation », ajoutai-je en mimant des guillemets avec mes doigts.

— Elle vit avec nous !

— Elle vit chez moi ! Peut-être bien qu'on devrait mettre une clôture entre la ferme et notre propriété. C'est ça que tu veux, des murs ? Pour protéger tes filles ? Avec des grilles, Ana Maria se sentira plus à l'abri des communistes et des agitateurs qui selon elle menacent le pays ?

Je m'en voulus aussitôt d'avoir invité ma belle-sœur dans notre dispute. C'était bas, même si ça reflétait le fond de ma pensée. Année après année Ana Maria transformait insidieusement mon frère en un bourgeois aux idées courtes.

— Ce n'est pas ce que j'ai voulu dire et tu le sais très bien. Tu prends la mouche comme toujours ! Et ce n'est pas utile de mêler ma femme à ça !

— Parce que ça ne vient pas d'elle ? À d'autres ! Ouvre les yeux, Frizzie ! Ce que tu peux être coincé ! Ma parole, tu deviens vieux avant l'âge ! Laissez-moi vivre comme je l'entends et laissez Lizzie vivre comme elle le peut. C'est tout ce qu'on vous demande.

— Oui, eh bien, dis-lui de ne pas s'approcher de mes filles. Elle leur fait peur !

Mon frère tourna les talons en se drapant tant bien que mal dans ce qu'il pouvait de dignité et je lui criai rageusement : « Je te plains ! »

C'était mon frère et je l'adorais. Je lui courus après et l'attrapai par le bras :

— Frizzie, pardon ! On ne peut pas se disputer comme ça.

Il se retourna et je vis des larmes dans ses yeux. Je m'en voulus terriblement de ma méchanceté. Je répétai :

— Pardon, je…

Il eut un revers de la main.

— Ne crois pas que je n'aime pas Lizzie, ne crois pas ça, non. Je l'aime, pour tout un tas de raisons que tu connais fort bien. Et je compatis. Sincèrement. Elle ne mérite pas ce qui lui arrive. Je sais très bien qu'elle n'a pas eu notre chance, qu'elle a dû faire face à des choses que nous n'avons jamais affrontées. Je ne serai jamais contre elle, mais je refuse d'être le spectateur candide de ses dérives. Et je m'inquiète. Pour elle, pour toi, pour nos enfants, pour nous tous. Fais attention à elle et fais attention à toi, Ruthie. C'est tout ce que j'ai à dire.

Il repartit en direction des écuries et je restai plantée là, méditant ses inquiétudes.

23

Les ombres du passé

Avril 1978

L'enveloppe était rigide et portait l'écriture d'Arturo. Ce n'était pas une simple lettre. Plutôt un faire-part ou une invitation. Je fis sauter le rabat d'un ongle pressé et les mots me sautèrent aux yeux. Je réprimai un hoquet. Le passé choisissait une voie détournée pour me rattraper de bien étrange manière. Ce que je redoutais d'affronter, la vie avait décidé de me le lancer à la face.

C'était bien un carton d'invitation, assorti d'une coupure de presse. Le vernissage d'une exposition organisée par *Life*, intitulée « Photojournalisme, visions croisées. 1950-1980 », où le magazine mettait à l'honneur les reporters qui lui avaient prêté leur talent. Parmi les noms, un seul me harponna, un nom dont les lettres flottaient devant mes yeux dans une infernale sarabande et qui me ramenait des années en arrière. Celui d'une tête brûlée, d'un journaliste aventureux et téméraire, qui avait trouvé la mort en Asie au début de la guerre du Vietnam.

Christopher Ferell.

Le père de Gaya.

Élevée par une Almah à la redoutable intuition, biberonnée aux dictons prémonitoires de Carmela et bercées par les légendes et les traditions de la *santería*[1] locale, j'étais habituée à reconnaître les signes du destin. Ce nom qui dansait sur le carton en était un, incontestablement. Un signe que je ne pouvais pas ignorer. Envoyé par Arturo, qui plus est. Non, je ne pouvais pas me défiler. Pour l'amour de ma fille, quitte à rouvrir une nouvelle fois mon ancienne plaie.

*

Comme par un fait exprès, l'exposition avait lieu pendant les vacances scolaires. Un signe de plus. Nous fûmes vite d'accord, Domingo garderait David et je partirais à New York avec Gaya qui accueillit ma proposition avec une facilité qui m'épata. Pas de trépignement, pas d'excitation. Juste un grand calme digne de l'adulte qu'elle n'était pas encore. Il y avait aussi comme un soulagement dans son attitude. Ce qui ne fit que conforter ma décision. Quant à Domingo, s'il n'en laissait rien paraître, je savais qu'il appréhendait ce voyage, craignant ses conséquences sur sa relation avec Gaya.

---

1. Influencée par le catholicisme espagnol, la *santería*, qui signifie « honneur des saints », est une religion inspirée du vaudou africain.

Dans l’avion qui survolait les côtes et les îlots des deux Carolines, Gaya fit preuve d’un sang-froid que j’étais loin de ressentir. Je l’avais rassurée, quand nous avions eu cette conversation si éprouvante à son retour de Samaná, et je sentais bien qu’elle en était ressortie plus forte et surtout tranquillisée : elle n’était pas un accident, elle était bien le fruit d’une histoire d’amour, l’amour qui restait le maître mot de son enfance jusqu’à présent. Mais maintenant, ce qui l’attendait c’était un saut dans l’inconnu. Elle espérait renouer avec la famille de son père de sang qu’elle ne connaîtrait jamais. Retrouver cette part de son identité que je lui avais longtemps tue pour la protéger, pour me protéger moi-même.

Au moment où l’hôtesse annonça la descente vers New York, une main de fer compressa ma poitrine. Je fermai les yeux, respirai un grand coup, l’étau se desserra. Mon corps me jouait des tours. Mes oreilles se mirent à bourdonner. J’ouvris grand la bouche pour chasser la pression. L’avion se stabilisa, je me mis à respirer plus profondément, plus calmement. L’avion heurta le tarmac violemment. Une onde de protestation courut parmi les voyageurs, puis il rebondit avant d’affermir son emprise sur le sol. Il ralentit dans un sifflement de freins, puis se mit à rouler doucement. Nous étions arrivées. J’étais en route vers les ombres de mon passé.

Pour une fois je n’allais pas jeter l’ancre à mon adresse new-yorkaise de Brooklyn. Je n’avais même pas prévenu Myriam de notre arrivée. J'avais décidé de prendre une chambre d'hôtel à Manhattan, car je voulais être seule avec Gaya pour faire face à cette confrontation qui risquait de se révéler lourde en émotions pour ses épaules d'enfant comme pour les miennes.

Arturo savait parfaitement ce qu'il faisait en m'envoyant cette invitation. Je lui avais demandé de se renseigner. George Ferell était veuf et vivait toujours dans le Upper East Side, Silk Stocking District[1], comme il me l'avait précisé, fier de posséder ce vernis qui faisait désormais de lui un véritable New-Yorkais.

J'avais téléphoné à cet homme dont je ne savais que la voix et ce que m'en avait confié Christopher, son immense fortune moissonnée dans l'immobilier, avec la même angoisse que quatorze ans auparavant. Celle de me faire raccrocher au nez avec mépris. George Ferell avait décroché et je m'étais étonnée qu'il n'y eût plus de domestique. Un revers de fortune ? La voix avait perdu son assurance. Ce n'était pas celle d'un magnat de l'immobilier mais celle d'un vieil homme. Y résonnait comme une attente. J'avais soigneusement préparé mes mots, je les avais répétés, et ils coulèrent tels une leçon bien apprise : je souhaitais le rencontrer pour une affaire privée qui avait un rapport avec son fils. Sans faire de difficulté, M. Ferell m'avait accordé le rendez-vous que j'espérais.

1. Littéralement « district des bas de soie », surnom donné à l'Upper East side.

*

Je tenais fermement la main de Gaya quand nous nous engouffrâmes sous le portique de l'immeuble cossu de la Ve Avenue. Un portier en livrée gris clair nous stoppa et d'un air servile décrocha son téléphone pour nous annoncer.

— Monsieur Ferell, deux visiteuses pour vous. Mme Ruth Soteras et… Bien sûr, Monsieur.

Il nous conduisit avec un soupçon de considération jusqu'à l'ascenseur dont il nous ouvrit cérémonieusement la porte.

— Sixième étage, il n'y a qu'un appartement par étage, précisa-t-il.

J'essayais de maîtriser mon émotion et ce fut Gaya qui, d'un index décidé, appuya sur le bouton de Bakélite marqué penthouse. Nous montâmes en silence tandis que je lissais ma jupe du plat de la main et regonflais nerveusement mes cheveux de mes doigts en peigne, faisant glisser mes lèvres l'une contre l'autre pour bien répartir mon rouge à lèvres. Stoïque, Gaya affichait un visage de marbre, aucune émotion visible, tandis que l'ascenseur n'en finissait pas de se hisser jusqu'au sommet de l'immeuble.

*

L'homme qui nous ouvrit était loin d'être tel que je l'avais imaginé. Tout le contraire même. Rien de hautain ou de méprisant. Juste un vieil homme pas très grand, maigre, en tenue d'intérieur – une veste en cachemire ceinturée –, aux yeux griffés de chagrin. Des yeux dans lesquels je lus comme une lueur d'espoir tandis qu'il nous dévisageait avec l'âpreté de qui cherche à percer un secret. Oui, il y avait de l'avidité dans ce regard qui nous détaillait. Nous étions sur le pas de la porte. Le silence entre nous devenait gênant. Il s'effaça pour nous laisser entrer et, d'un geste, nous indiqua le salon qui s'ouvrait face à nous. Je remarquai ses mains sillonnées de veines violettes et parsemées de taches de son. Au-delà de la baie vitrée, on distinguait le sommet des arbres du parc qui se déployait de l'autre côté de l'avenue.

— Je vous en prie, entrez madame Soteras et…

Mon propre trouble ne m'empêcha pas de noter celui, très perceptible, de Ferell, et dans son interrogation comme une pointe d'appréhension.

— … ma fille, Gaya Soteras.

— Mademoiselle, marmonna-t-il dans une ébauche de sourire en inclinant légèrement la tête.

Nous nous assîmes. Gaya le dévisageait bien en face, sans fausse pudeur. Je jetai un coup d'œil circulaire au décor. Pas la moindre fantaisie. Pas de photographies comme on en voyait dans toutes les maisons de famille. Rien qu'un décor froid et sobre. Et de nouveau ce silence compact. Qu'il finit par rompre :

— Votre fille a…

— … Treize ans, intervint Gaya qui était manifestement beaucoup moins intimidée que moi.

Ce fut comme si Ferell avait reçu un coup de poing. Il marqua un net recul puis parut se ressaisir et rentra en lui-même, comme pour réfléchir. Ou calculer. Et je compris qu'il avait compris. Sans qu'un mot eût été prononcé.

Il regardait maintenant Gaya avec la détermination d'un entomologiste, comme s'il voulait la passer sous un microscope pour traquer ce qu'il y avait en elle de Christopher. Il cherchait sur le visage plein et lisse de ma fille une ressemblance avec son propre fils. Une expression, un grain de beauté, l'implantation des cheveux ? Voyait-il l'évidence, la bouche fine aux lèvres minces, l'arc prononcé des sourcils, la ligne volontaire du menton, le brun des prunelles ? Remarquait-il ce que je voyais ? Ils avaient le même épi dans les cheveux du côté gauche du crâne… Tandis que Gaya se laissait détailler avec l'innocence de ses treize ans, je me dandinais au bord du sofa, très mal à l'aise.

Un détail venait de me frapper. Ferell portait au menton une fossette que l'âge avait transformée en une ride verticale. Almah avait l'habitude de dire que la fossette de sa joue gauche avait voyagé de sa joue au menton de Gaya. Elle se trompait. La fossette au menton de Gaya, c'était celle de George Ferell.

Un instant je regrettai d'avoir amené ma fille jusqu'ici, de l'avoir confrontée à cette épreuve, soumise à cette évaluation. Un court instant. Car la minute d'après Ferell déclara en me regardant bien en face :

— Elle est la fille de Christopher, n'est-ce pas ? Ma petite-fille ?

Je le remerciai intérieurement de m'avoir facilité les choses et épargné les explications. Je hochai la tête et ouvris la bouche. Mais, sans me laisser le temps de répondre, il ajouta avec un regard insondable qui disait ses pertes et une tristesse sourde dans la voix :

— Pourquoi n'avez-vous jamais essayé de me joindre ?

Je déglutis et cherchai les mots qui traduiraient au mieux ma lâcheté et surtout mon désarroi d'autrefois. Je ne trouvai rien d'autre que de me réfugier derrière les faits.

— J'ai essayé. Quand j'ai appris le décès de Chris… topher, je vous ai appelé. C'est même vous qui m'avez répondu. Vous avez été si froid, vous ne m'avez pas laissé le temps…

Le vieil homme eut l'air d'interroger brièvement sa mémoire. Il hocha la tête.

— Nous étions tellement bouleversés, ma pauvre épouse, paix à son âme, et moi, nous recevions tellement de messages de condoléances.

Son regard se perdit au loin, un bref instant. Puis la voix chargée de regrets :

— Et pourquoi ne pas être venue aux funérailles ?

— J'ai appris sa mort trop tard. Vous l'aviez déjà enterré. Souvenez-vous, vous m'avez même donné le numéro de la section du cimetière. 153.

Il secoua la tête. Non, il ne se souvenait pas.

— Mais plus tard, par la suite, vous auriez pu… Pourquoi avoir tant attendu, pourquoi maintenant ?

J'acquiesçai. Oui j'aurais pu, mais je n'avais plus voulu. Je m'étais refermée sur moi-même. Il me revint comme à l'époque je formais un tout avec mon bébé, comme je n'avais besoin de personne, que de ce petit être qui poussait en moi. Comme je voulais éviter tout jugement, tout conflit, toute source de chagrin.

— Il fallait que je pense à mon enfant, que je me préserve. Les miens ont su s'occuper de moi, me redonner confiance. Et puis j'ai fondé ma propre famille, dans mon pays, en République dominicaine. Gaya a un papa et un petit frère, des grands-parents, des cousins.

Ferell approuva de la tête, signe qu'il comprenait ou qu'il admettait. Je savais que je ne l'avais pas contacté parce que nous étions heureux et que notre famille, c'était comme un clan. À vivre loin du monde, nous nous suffisions à nous-mêmes, ensemble nous étions invincibles. Jusqu'à ce que Gaya se mette à poser des questions. Mais même alors, j'avais temporisé, par lâcheté. Il avait fallu qu'Almah s'en mêle, soutenue par Domingo, et qu'Arturo jette le coup de dé décisif. Ferell toussota :

— C'était très…

— Égoïste ? C'est ça ?

Il hocha la tête. Oui.

— Et injuste aussi.

— Vous avez raison. C'était sans doute très égoïste de notre part, mais vous m'aviez éconduite…

— C'était il y a bien longtemps, dans des circonstances très… particulières.

— Je n'ai jamais osé… (je mordis ma lèvre et dans un élan d'honnêteté je corrigeai)… voulu reprendre contact. Pour ne pas rouvrir la blessure.

— Jusqu'à aujourd'hui.

— Oui. Jusqu'à ce que je reçoive cette invitation. Voyez-vous, je crois aux signes, et cette exposition, dont m'a informée le parrain de ma fille qui vit à New York, en était un, indéniablement. Mais c'est Gaya qui m'a décidée. Elle sait qui est son père depuis quelques années déjà.

Gaya écoutait, les mains sagement posées sur ses genoux, ce qui ne lui ressemblait pas. Elle approuva de la tête.

— Je ne crois à aucun signe, simplement aux hasards du destin, à la fatalité et, plus que tout, à la volonté, déclara Ferell avec un geste de la main qui englobait tout ce à quoi il croyait. Et vous êtes là…

Et sur ses lèvres s'épanouit alors un véritable sourire.

Gaya, qui n'avait guère l'habitude de garder sa langue dans sa poche, n'était pas intervenue, se contentant de nous regarder tour à tour avec une timidité dont elle n'était pas coutumière. Comme si elle avait peur qu'en le regardant, ce grand-père ne se dissolve telle une illusion. Ferell fit alors une demande qui me scia :

— Voudriez-vous avoir l'obligeance de me laisser un moment en tête à tête avec ma petite-fille. Nous devons faire connaissance, n'est-ce pas, jeune fille ?

Gaya leva vers moi des yeux brillants, entre angoisse et triomphe. Je l'interrogeai du regard. Sans hésiter elle acquiesça d'un mouvement du menton. Oui, elle était d'accord.

— C'est bon, maman, tu peux nous laisser, déclara-t-elle d'une voix pleine d'assurance dans son anglais hésitant.

J'étais congédiée. Je n'eus pas le loisir d'hésiter. Le vieil homme agita une clochette et la domestique apparut comme par enchantement, à croire qu'elle écoutait derrière la porte. Je me levai, enfilai ma veste et la suivis en me faisant la réflexion qu'il n'y avait sans doute pas eu de revers de fortune. Au moment de franchir la porte du salon, je me retournai vers Gaya.

Un franc sourire flottait sur ses lèvres, celui d'une victoire.

— Reviens disons dans une heure. Cela vous va… monsieur ?

Ma fille retrouvait son assurance. Elle reprenait les rênes de la situation et ça me plut.

— Rendez-vous dans une heure et demie, c'est parfait, acquiesça Ferell. Il y a un excellent *coffee shop* à deux rues d'ici, côté nord. Suzan's Place. Ils ont un excellent *apple pie*.

Mon cœur se remit à battre fort. Je fermai les yeux un bref instant. Et ce fut comme si tout se mettait en bon ordre. *Apple pie*. Comment Ferell aurait-il pu savoir que c'était ma gourmandise préférée ? Je leur fis un petit geste de la main et je laissai son grand-père apprivoiser ma fille.

*

Je repris l'ascenseur en regrettant déjà de les avoir quittés. Qu'allaient-ils bien se dire ? J'imaginais leurs regards, leurs questions, timides d'abord, qui s'enhardissaient, leurs sourires, leurs rires. Je sentis sur moi le regard lourd d'interrogations du portier et sortis en redressant les épaules. Docilement je tournai à droite vers le nord. Je passai devant un kiosque à journaux et achetai *Harper's Bazaar*. Le *coffee shop* était bien là, à deux blocs de l'immeuble. Je rentrai et m'installai. C'était un vieil établissement, comme ceux que je fréquentais autrefois avec Arturo ou Deborah. Il n'avait rien concédé à la modernité et je retrouvai avec émotion les boxes aux banquettes de moleskine, les tables en formica, les tabourets pivotant sur leur pied d'acier alignés face au long comptoir, les serveuses au badge épinglé sur la poitrine. À cette heure, j'étais la seule cliente. Je commandai un capuccino et un *apple pie* avec une boule de glace à la vanille et de la chantilly, tout en m'en voulant d'être aussi disciplinée, aussi bonne élève, car j'obéissais en tout point aux recommandations de Ferell.

J'engloutis ma pâtisserie avec une gourmandise frénétique, tout en me demandant comment cela se passait entre Ferell et ma fille. Et je ne tardai pas à comprendre que j'étais jalouse. Je butai sur cette facilité avec laquelle George Ferell avait adopté Gaya, sur l'évidence qu'il savait. Comment avait-il pu accepter comme ça, sans hésiter, sans douter, sans poser la moindre question, sans avoir eu besoin de ces paroles que j'avais répétées et que je n'avais même pas eu à prononcer ? J'oubliais un peu vite que j'avais brûlé du désir qu'il découvre des ressemblances même infimes entre ma fille et son fils. J'en voulais à ma fille de m'avoir évincée de leur rencontre. Ferell avait-il la fibre d'un grand-père ? Gaya allait-elle lui tenir la dragée haute ? Qu'est-ce qui était possible entre eux ?

24

Un album épais et un cadre d'argent

Avril 1978

Quand la porte se referma sur sa mère, Gaya sentit ses épaules s'alléger d'un poids. Elle était enfin seule avec cet homme, le père de son père, son grand-père. Elle était prête.

Elle jeta un coup d'œil circulaire sur le décor tandis qu'un léger sourire flottait sur les lèvres de George. George, c'était ainsi qu'elle avait décidé de l'appeler. La pièce était vaste, claire, sans chichi comme aurait dit Almah. Les meubles amples, confortables, un journal sérieux mal replié sur la table basse, la cheminée au manteau vierge de tout bibelot, de toute photographie. On avait l'impression que personne ne vivait ici. Ou alors un fantôme. Son regard emprunta les premières marches de l'escalier qui desservait l'étage supérieur et sans doute la terrasse. De là-haut on devait avoir une vraiment belle vue. Comme depuis la butte au flamboyant de la *finca*. Sauf qu'ici l'horizon, c'étaient des gratte-ciel de verre et d'acier et pas la mer scintillante d'écume.

Lui l'observait sans rien dire. Il lui laissait le temps. Tout le temps dont elle aurait besoin.

Il se délectait de l'arc de ses sourcils, de l'angle de son menton qu'il reconnaissait. Sa petite-fille. La fille que son fils ne connaîtrait jamais. Il l'avait su tout de suite. Quand l'étrangère avait appelé, lui, si raisonnable, si rationnel, s'était senti vibrer d'une intuition phénoménale, de celles qui annoncent les grands bouleversements. La prudence dans sa voix, son hésitation, ses précautions. Il avait perçu le frémissement d'une possibilité. Comment avait-il pu savoir ? Il ne se l'expliquait pas lui-même. Il n'avait pas été étonné quand elles avaient franchi le seuil de sa maison. Après la perte de son fils unique, puis celle de sa femme, qui l'avaient plongé dans un infini chagrin, toute combativité l'avait abandonné. Il n'avait plus eu le cœur aux affaires, ni même à la vie. La sienne n'était qu'une survie sans joie. Et voilà que le destin lui envoyait un signe et qu'il allait retrouver, peut-être, une nouvelle raison d'exister.

Il la trouvait belle, de cette beauté fragile et éphémère des enfants. Elle était grande pour son âge. Treize ans. Elle avait le regard farouche, les cheveux roussis par le soleil, la peau brunie, les mains aux ongles courts, les longues jambes musclées de qui vit au grand air. La bouche légèrement entrouverte, elle explorait le décor. Brusquement, il eut honte de ce dénuement si impersonnel. Il aurait dû disposer un objet ici ou là, une photographie de son fils, une de sa femme, égayer sa maison, la rendre séduisante. Il n'avait pas su. Il apprendrait.

Cela dura longtemps puis Gaya planta son regard dans le sien et d'une voix claire :

— Je vous appellerai George, ça vous convient ? À moins que vous ne préfériez papy ou grandpa, mais je trouve ça un peu cucul. Pas vous ?

Il sourit. Il n'était pas préparé à une telle entrée en matière. Il faudrait qu'il s'habitue. Son accent était à couper au couteau mais elle parlait un anglais correct. Elle ferait vite des progrès.

— George, ça me va parfaitement. Moi aussi je trouve papy un peu cucul. Et ça fait vieux, n'est-ce pas ?

Gaya approuva d'un hochement sec du menton et le cœur de Ferell se dilata. Christopher faisait ça quand il était d'accord, économisant ses mots.

— Alors George, vous me trouvez comment ? Comme petite-fille, je veux dire ?

— Audacieuse. Et courageuse aussi.

— Et jolie ? Vous me trouvez jolie ?

Quel imbécile il faisait ! Il allait devoir s'accoutumer. Il lui fallait être prudent avec l'espoir d'être accepté, avancer à petits pas sur ce chemin délicat qui les mènerait, peut-être, vers une histoire commune. C'était à lui de courtiser l'enfant, de la séduire. Il se promit d'y consacrer toute son énergie et aussi de s'occuper d'elle et de la gâter autant qu'on le lui permettrait. Car comment exister dans cette famille que la mère lui avait décrite comme une tribu ? De cette mère, il ne savait rien, il se dit que cela viendrait plus tard. Ce n'était pas urgent. Il chassa ces pensées parasites, il aviserait plus tard, pour se concentrer sur l'instant.

— Très. Tu es très jolie. D'ailleurs ce n'est pas difficile, tu ressembles à ton père et à ta mère, un magnifique mélange.

Gaya se rengorgea sous le compliment.

— Je voudrais bien voir des photos de mon père, s'il vous plaît, George.

Elle roula ce prénom dans sa bouche et c'était comme un bonbon, doux et sucré. Son grand-père américain. George. C'était un vertige.

— Bien sûr… Gaya.

George Ferell avait hésité. Comment l'appeler ? Il choisit son prénom, comme elle l'avait fait pour lui, car il pressentait que cette enfant ne faisait pas dans la mièvrerie. Il se leva et s'approcha du secrétaire adossé au mur. Il ouvrit un tiroir et en tira un album épais et un cadre d'argent puis revint s'asseoir à côté de Gaya. Leurs genoux se touchaient. Elle ne s'écarta pas. Il lui tendit le cadre. C'était une photographie sous verre qu'il avait préféré enfermer, pour ne plus l'avoir sous les yeux chaque jour, pour ne plus qu'elle le fasse souffrir.

Gaya déglutit. C'était lui, son père, là, sous ses yeux. Elle reconnaissait l'homme de la photographie de sa mère. Un vrai baroudeur, avec un gilet de toile plein de poches comme les vrais reporters et un appareil photo autour du cou. Il était debout, fermement campé sur ses pieds au sommet d'une colline. Derrière lui, on voyait ce qui ressemblait à une jungle. Il souriait, d'un sourire plein de confiance. Une question incongrue lui traversa l'esprit : connaissait-il sa mère à ce moment-là ?

D'émotion sa gorge se bloqua et elle sentit les larmes lui piquer les yeux. Elle leva son visage vers celui de son grand-père qui enroula son bras autour de ses frêles épaules. Sans réfléchir, elle nicha sa tête dans le creux de son cou et ils restèrent comme ça, enlacés. Ce fut ainsi que Gaya et George s'apprivoisèrent dans le silence de la photographie d'un disparu qui les liait à jamais.

Il y eut ensuite des questions, des réponses, des sourires, des étonnements, des émerveillements, l'album de photographies feuilleté, le tour de l'appartement, la chambre de Christopher dont il fallut relever le store, pleine de souvenirs oubliés – un fanion des Mets, une pile de *Life*, un poster de Bob Dylan –, la contemplation du panorama urbain depuis la terrasse…

— Déjà ! s'exclama Gaya quand le portier annonça par l'interphone le retour de sa mère.

Quand Ruth franchit de nouveau le seuil du penthouse, elle sentit distinctement, aux regards complices de Gaya et de George Ferell, à leurs sourires en coin, que quelque chose avait changé. Quelque chose dont elle était exclue, et elle décida de s'en réjouir.

25

Une forme de revanche

Avril 1978

Dans l'ascenseur, le silence était épais et je n'osai le briser. J'attendais qu'elle dise quelque chose mais Gaya se contentait de regarder le bout de ses chaussures comme si elle rassemblait ses forces. Le portier, qui avait compris que quelque chose d'important venait de se jouer, nous salua avec bien plus de respect que quelques heures auparavant.

Au sortir de l'immeuble, je notai le pas dansant de Gaya qui sautillait presque à mon côté. Au bout de quelques minutes, elle me dévisagea avec un regard triomphant :

— George et moi, nous irons voir l'exposition demain. Tu peux venir avec nous si tu veux, concéda-t-elle.

Ces paroles furent un choc. Nous. Ma fille formait un tout avec ce nouveau grand-père, un tout où j'étais l'étrangère, mais dans lequel elle voulait bien m'admettre. Je décidai de m'en accommoder tout en me demandant si c'était une forme de revanche. Bien sûr que ça l'était. Une façon aussi de poser son identité. J'eus une pensée pour Domingo, le véritable père de Gaya, qui l'aimait passionnément, qui n'avait jamais fait la moindre différence entre nos deux enfants. Depuis quelque temps Gaya s'opposait à lui et je me pris à espérer que cette nouvelle donne allait apaiser leur relation. C'était compliqué, mais pour l'heure je devais assumer les conséquences de ces bouleversements. Avec autant de panache qu'il m'était possible. Je décochai un grand sourire à Gaya.

— Si je ne suis pas de trop, ça me ferait très plaisir d'y aller avec vous.

Gaya ralentit son pas, passa son bras sous le mien et me gratifia d'un baiser sur la joue.

— Quelle idée, maman, bien sûr que non, tu n'es pas de trop. De toute façon, George et moi, on aura bien d'autres occasions de faire des choses ensemble.

J'avais vu juste, un univers dont j'étais exclue, soumise au bon vouloir de ma fille.

— À quelle heure est fixé le rendez-vous demain ?

*

Assister à cette exposition fut pour moi une épreuve bien plus sévère que ce que j'avais auguré. Car je revis Christopher tel que je l'avais connu, et, au-delà de notre histoire d'amour, ce furent mes vingt-cinq ans qui me sautèrent à la figure. La fulgurance d'un coup de foudre, une passion, mes désillusions, mes questionnements, l'effervescence et l'insouciance de ces années-là, les combats politiques, les manifestations étudiantes, la liberté inouïe dont nous jouissions. Des flashs fusaient de ma mémoire : Arturo et moi marchant pour les droits civiques, Bernie Sanders en short et sandales dansant la hora dans la touffeur de Shaar-Haamakim, Lizzie en mexicaine sur sa terrasse de Zihuatanejo, Deborah braillant du Dylan au volant de la Dodge décapotable de sa mère dans un paysage de grandes plaines, Nathan patinant gracieusement sur le lac gelé de Prospect Park… J'avançais dans le dédale des photographies, au bord des larmes.

Gaya, bras dessus bras dessous avec George, posait des questions, s'étonnait, s'offusquait, s'émerveillait. Devant chaque photographie de son père elle restait longtemps, contemplative. Pas de doute, Christopher allait prendre pour elle des allures de dieu du Panthéon. Et je n'aimais pas trop cela.

Je ressortis de l'exposition essorée, mais je fis en sorte de ne rien laisser voir à Gaya et George Ferell qui voulurent ensuite dîner dans un restaurant chinois. Entre les rouleaux de printemps et le bœuf chop suey, un peu absente, je les laissai mener la danse à grands coups de baguettes.

Quand Ferell s'enquit de moi et de l'histoire de notre famille, je sortis de ma rêverie pour lui raconter brièvement comment je n'avais pas pu naître américaine. Comment la guerre et l'antisémitisme avaient vomi mes parents, Wilhelm et Almah Rosenheck, jeune couple de la bourgeoisie juive viennoise qui se croyait à tort assimilée, deux tourtereaux gâtés par la vie que rien n'avait préparés à un tel exil, en mars 1940, avec une trentaine de compagnons d'infortune dans un bout de jungle tropicale de la côte nord de la République dominicaine. Ils étaient les pions insignifiants d'une histoire qui les dépassait, une toile complexe tissée entre les délires mégalomaniaques d'un despote de république bananière, les visées politiques et sociologiques d'un puissant lobby sioniste et une Amérique qui ménageait encore la chèvre et le chou avant son entrée en guerre. Mais pour les exilés, l'enjeu était alors de taille et l'alternative simple : c'était ça ou les camps, la survie ou la mort.

Qu'y avait-il de plus à savoir ? Mon enfance paradisiaque, mes études à New York, ma rencontre avec Christopher sur laquelle je ne m'attardai pas, ma famille, notre vie tranquille loin de l'agitation des grandes nations. George Ferell me laissa parler sans poser de questions.

— Et d'ailleurs, j'aimerais visiter Ellis Island avec Gaya, cet endroit fait aussi partie de notre histoire familiale.

Je ne lui dis pas que j'avais été conçue dans l'île, à quelques encablures de New York, alors que mes parents y étaient retenus prisonniers, en attente de leur improbable destination, et que c'était la raison de mon second prénom, Elisa. Non, cela, c'était bien trop intime, c'était un secret que ma mère avait seulement partagé avec mon père et moi. Sans doute aussi avec Svenja à qui elle ne cachait rien.

— Ellis Island ne se visite pas, me répondit Ferell. Le centre est totalement désaffecté depuis de longues années. Je ne sais pas si c'est un endroit de honte ou d'honneur, en tout cas il fait partie de notre histoire comme de la vôtre. Il est question d'en faire un sanctuaire, une sorte de musée, mais rien n'est encore décidé.

— Quand il ouvrira, ce musée[1], nous irons le visiter ensemble, n'est-ce pas, George ? intervint Gaya, restée trop longtemps silencieuse à son goût, d'une voix sucrée.

— Ça me ferait très plaisir. Quand il ouvrira, je te préviendrai, ma chérie, et nous irons.

« Ma chérie… » Gaya et George, un tout dont j'étais exclue. J'avais vu juste.

*

Gaya réussit encore à traîner George au Luna Park de Coney Island. J'imaginais cet homme, dont je savais qu'il n'avait jamais accordé beaucoup de temps à son propre fils, dans le train fantôme ou se dandinant devant les miroirs déformants. Je décidai de les laisser seuls, j'en profitai pour voir Deborah.

Avant notre départ, nous eûmes encore tout juste le temps de déjeuner avec Myriam, qui s'offusqua de nous découvrir à New York sans qu'elle en fût prévenue. Gaya lui cloua le bec en lui racontant George. Je casai un dîner avec Arturo, qui, entre deux cours à la Juilliard, travaillait « comme un malade » sur une musique de film. Gaya fut encore intarissable sur George, qui l'avait invitée à lui rendre visite seule dans les prochains mois. « Quand tu veux, il m'a dit. Je serai toujours libre pour toi. Tu te rends compte, Arturo ! Je peux revenir quand je veux. Je prendrai seule l'avion et il m'offre le billet ! »

1. Le musée d'Ellis Island ouvrit ses portes le 10 septembre 1990.

Pendant le vol qui nous ramenait à Saint-Domingue, je fis le bilan de ces quelques jours à New York qui allaient bouleverser l'existence de ma fille. Gaya avait changé. C'était manifeste. Un regard plus assuré, une nouvelle autorité dans sa façon de s'adresser à moi.

Je me reprochais de ne pas avoir pris cette initiative plus tôt. Puis je me dis qu'il ne fallait pas brusquer le destin, que c'était bien ainsi. Ce faisant, je compris que je commençais à adopter la philosophie d'Almah qui avait toujours considéré que les choses arrivaient quand elles le devaient.

*

Je redoutais la confrontation de Gaya, dopée d'une nouvelle assurance, avec son père. Avant notre départ, il s'était ouvert à moi de ses craintes et je savais que c'était pour lui un sujet sensible et une source d'angoisse. Avec son impertinence coutumière, ma fille allait-elle l'appeler son père adoptif, faire référence à son père de sang, à son géniteur ? Allait-elle, du George plein la bouche, fanfaronner auprès de son frère et de ses cousines ? Avec Gaya, nous pouvions nous attendre à à peu près tout. Et je m'y préparais.

J'avais tenu Domingo au courant de nos avancées, aussi j'imaginais qu'il se rongeait les sangs en nous attendant et fourbissait son armure.

Quand nous le retrouvâmes à l'aéroport, Gaya lui sauta au cou avec un enthousiasme dont elle n'était pas coutumière, comme si elle cherchait à le rassurer. Ou à le consoler, me dis-je. Nous avions décidé de passer une nuit à la capitale où Domingo voulait faire quelques courses, des livres, des disques, un costume. Au cours du dîner, Gaya fut volubile, se gargarisant des moindres détails de sa rencontre avec George, son quatrième grand-père. « Avec Markus, Papito Soteras et Heinrich, ça fait bien quatre. » C'est quand elle aborda le sujet de l'exposition des photographies de Christopher que je vis Domingo se rembrunir. Gaya enfonçait un poignard dans le cœur de son père. Pourtant je la savais fine et je me demandai un instant si elle ne le faisait pas exprès, dans une espèce d'accès de sadisme inconscient. Mais, après de grandes envolées lyriques sur les expéditions et le talent de son père biologique, coudes sur la table, menton dans ses mains en coupe, Gaya regarda Domingo bien dans les yeux en déclarant :

— Mais c'est toi, mon vrai papa, n'est-ce pas, maman ? Quand même, j'ai de la chance avec mes quatre grands-pères, d'habitude on n'en a que deux.

— Tu as raison, ma chérie, tu es une fille chanceuse parce tu es très aimée et tu le mérites, conclut Domingo en m'adressant un clin d'œil.

26

Du fil à retordre

Mai 1978

Jérusalem, le 25 mai 1978

Ma très chère Ruth,

Je viens de lire un article très intéressant sur Fritz Bauer et je partage avec toi ces informations, en souvenir de notre ancienne collaboration sur le procès d'Eichmann.

Tu as sans doute entendu parler de ce procureur allemand qui est à l'origine des procès d'Auschwitz où ont été jugés les gardiens du camp. Bauer a été retrouvé mort dans sa baignoire en juillet 1968. Il se savait en danger, mais sa mort subite dans des circonstances étranges n'a jamais été remise en question par la police allemande. Il s'agit très probablement d'un assassinat mais l'enquête ne l'a pas prouvé. A-t-elle été bien menée ou l'affaire étouffée, c'est la question qu'il faut se poser.

On vient de rendre public le rôle déterminant de Bauer dans l'arrestation d'Eichmann. Entre 1957 et 1960, il a transmis au Mossad (c'est dire la confiance qu'il avait dans le système judiciaire allemand) des renseignements qui ont permis de l'identifier et à partir desquels les services secrets israéliens ont établi leur plan d'enlèvement.

Je joins à ma lettre une copie de l'article afin que ton dossier soit complet. Cet homme mérite qu'un livre lui soit consacré. Tu pourrais t'y atteler...
Je t'embrasse tendrement ainsi que Gaya et David. J'espère vous voir un jour prochain chez nous ou chez vous.

Svenja

Manifestement, tout ce qui touchait de près ou de loin à Eichmann passionnait Svenja, me dis-je en repliant sa lettre.

Après mon travail sur le procès de 1961, je n'avais plus suivi qu'en pointillé les soubresauts des procès suivants contre les nazis, en rendant brièvement compte dans le journal. Je jugeais qu'il n'était pas utile, trente ans après, de retourner le couteau dans les plaies des anciens.

Et d'ailleurs, l'histoire de Fritz Bauer était très explicite de la façon dont les Allemands souhaitaient eux aussi tourner la page de la période la plus noire de leur histoire.

Je décidai de refermer définitivement le dossier Eichmann. Je n'écrirais pas de livre sur la vie du procureur allemand. Comment aurais-je pu enquêter sérieusement depuis Sosúa ? J'étais consciente de mes limites et j'avais bien d'autres préoccupations en tête, mon travail, mes deux enfants, sans compter Lizzie qui me donnait du fil à retordre, comme Frederick l'avait prédit.

27

Le *viejito*
Juin 1978

Sosúa, le 10 juin 1978

Querido Arturo,

Nous avons voté et on a fait fi de nos voix. Nous aurions dû nous en douter car depuis le début de la campagne électorale l'appareil répressif de l'État traque tout ce qui ressemble de près ou même de très loin à un sympathisant de gauche.

J'enrage. Je n'aurais jamais cru le viejito, *notre* caudillo *lettré et intrigant, capable d'une manœuvre aussi honteuse et aussi antidémocratique. Se cramponner au pouvoir au point de faire détruire les urnes par l'armée, s'autoproclamer vainqueur d'une élection qu'il*

a perdue, c'est au-delà de ce que nous pouvions même imaginer. C'est un tel mépris du peuple et de nos institutions que je me demande si une nouvelle guerre civile ne va pas éclater.
Les partis d'opposition sont encore tolérés, mais c'est une mascarade. Il serait plus simple de les supprimer purement et simplement.
La baisse du prix du sucre et l'augmentation de celui du pétrole nous impactent terriblement et je comprends que le ralentissement économique inquiète. Mais ce n'est pas une raison pour fouler aux pieds la Constitution. En plus le pays risque fort de se vider de ses ultimes forces vives si les derniers intellectuels de gauche sont contraints d'émigrer.

Notre prétendue république a atteint le comble du ridicule avec cette élection truquée et ne pourra plus être prise au sérieux sur la scène internationale. J'imagine que Guzmán Fernández va être réduit à l'exil comme Bosch. Et que le PRD n'aura plus qu'une existence de façade.
C'est beaucoup de désillusions pour moi qui avais espéré des jours meilleurs. Je suis partagée entre deux envies : jeter l'éponge ou conserver ma carte du parti. Ma mère, qui est revenue d'Israël pour les élections, est tout autant déçue que moi, elle m'encourage cependant à continuer à militer. Jamais elle ne baisse les bras et je l'admire pour cette capacité à voir toujours plus loin.

Sinon les enfants poussent, la finca *prospère, le journal vivote. Rien de nouveau sous le soleil de Sosúa. Même Lizzie a l'air d'aller mieux.*

Viendras-tu cet été ?

Donne-moi des nouvelles. Je t'embrasse fort,
Ruth

Ruth relut sa lettre. Elle savait le risque qu'elle prenait en l'envoyant à Arturo. Son courrier pouvait être intercepté et lu. Elle aurait dû s'abstenir de propos séditieux. Mais à qui d'autre qu'à son ami pouvait-elle confier son amertume après l'échec des élections présidentielles qui avaient porté tant d'espoir ? Elle décida de la réécrire en remplaçant « le *viejito* » par Balaguer et supprima « *caudillo* lettré et intrigant ». C'était la seule concession qu'elle ferait.

28

Douze années de règne

Août 1978

Sosúa, le 21 août 1978

Mon cher Arturo,

Victoire ! Après el Jefe, exit el viejito *! Fini le climat de peur imposé par les militaires !*
Il aura fallu le désaveu international et la menace de rétorsions économiques et d'un soulèvement intérieur pour que le caudillo *accepte le résultat des urnes et reconnaisse finalement sa défaite. Le plus étonnant, c'est que ça s'est passé sans le moindre heurt.*
Pour une fois, j'apprécie l'intervention des Yankis sur notre scène politique. Merci à Jimmy Carter d'avoir refusé de reconnaître la prétendue victoire de Balaguer. Eh oui, quoi qu'il arrive, les Américains restent les vrais maîtres

de l'échiquier politique dans notre partie du monde. Cette fois on ne leur jettera pas la pierre. Nous espérons tous qu'après cette transition pacifique Antonio Guzmán fera un bon président. Il va avoir fort à faire pour en finir avec la répression, la censure, les injustices sociales, la misère. Il a très à cœur le développement de l'agriculture et l'amélioration des conditions de vie des communautés rurales. Ce ne peut être que positif pour nous. Nous sommes peut-être à l'aube de formidables changements. L'industrie sucrière est caduque, les remesas[1] *sont une ressource peu glorieuse. Il faut être volontaristes, nous tourner vers des secteurs encore vierges comme le tourisme. Et autre bonne nouvelle, voilà notre pays désinscrit de la liste des pays violant les droits de l'homme. J'espère que nous n'entendrons plus jamais parler d'endroits comme la* cárcel del nueve *ou la* cárcel de la cuarenta[2]*, ni de* caliés *ou de* cepillos[3]*... Cependant je crains que nous ne soyons effarés quand nous découvrirons le véritable bilan des douze années de règne de Balaguer*[4]*.*

1. Les *remesas* sont les envois de fonds gagnés à l'étranger, que les migrants rapatrient chez eux.
2. Centres d'internement et de torture utilisés pendant et après la dictature de Trujillo.
3. Les *caliés*, rebaptisés *cepillos* en 1962, étaient les agents de la police secrète de Trujillo.
4. Entre 1966 et 1978, sous le règne de Balaguer, plus de 2 000 opposants politiques sont morts sans qu'aucune action ait été engagée contre les responsables.

Je veux bien lui reconnaître quelques mérites. Avoir fait restaurer les édifices coloniaux de la vieille ville qui est devenue magnifique, digne de la première colonie espagnole des Amériques. Avoir interdit la coupe des arbres et appris aux paysans à remplacer le charbon de bois par le gaz en leur offrant un réchaud. Mais c'est tout ce qui me vient à l'esprit et cela pèse bien peu dans la balance.
Tu l'auras compris, je place beaucoup d'espoir dans cette nouvelle gouvernance.

Quel dommage que tu ne sois pas venu cet été. Nous essuyons quelques pluies mais la saison cyclonique n'a pas encore commencé. J'aurais tant aimé te voir. Promets-moi que ce n'est que partie remise.

Je t'embrasse très fort,
Ruth

29

Un accord de paix

Octobre 1978

Jérusalem, le 28 septembre 1978

Ma très chère Ruth,

Une bonne et une mauvaise nouvelle.
Je commence par la bonne.
Après de bien mystérieuses négociations à Camp David, Menahem Begin et Anouar el-Sadate ont signé un accord de paix. Les Américains et leur planteur de cacahuètes n'y sont pas pour rien. Bien sûr, tu le sais déjà. Je veux juste te dire mon immense soulagement de voir enfin le premier traité de paix entre Israël et un pays arabe. Quel bonheur que le camp de la paix l'emporte. J'ai été tellement meurtrie par toutes nos guerres, leur injustice, leurs débordements. J'espère que c'est le signal d'une détente durable et d'une

cohabitation harmonieuse avec nos voisins, et que notre avenir va s'écrire d'une autre façon désormais.
La mauvaise maintenant.
Eival est malade. Une vilaine maladie, dont je ne veux pas prononcer le nom, qui a été diagnostiquée à temps mais qui le contraint à un traitement lourd. Il est très fatigué et a dû mettre son travail entre parenthèses. Malgré tout, il garde bon moral et je suis à ses côtés pour le soutenir.
S'il te plaît ne dis rien à ta mère, telle que je la connais elle serait capable de prendre le premier avion pour me rejoindre. Laisse-moi le lui annoncer moi-même.

Je t'embrasse tendrement, Ruthie,
ainsi que les tiens,
Svenja

J'accueillis la lettre de Svenja avec des sentiments mêlés. J'étais peinée pour Eival et surtout pour elle. Je les savais très unis mais je connaissais mal son mari. Le seul moment de véritable intimité que nous avions jamais partagé était un voyage en avion en tête à tête entre New York et Tel-Aviv bien des années plus tôt. J'avais apprécié son calme, sa détermination, son efficacité. Car c'était à lui que je devais mes séjours au kibboutz de Shaar-Haamakim. C'était un homme droit, fiable et généreux, il aimait sincèrement Svenja. Avec lui, elle avait trouvé son ancre dans la vie. J'espérais de tout mon cœur qu'il s'en sortirait.

Quant à Jimmy Carter, décidément je l'aimais bien, ce président américain. C'était un excellent médiateur. Non content d'avoir sauvé notre pays d'une dictature annoncée, il jouait les médiateurs dans le conflit complexe qui opposait Israël à ses ennemis arabes. Je n'étais plus si critique de l'interventionnisme yanki.

30

Une invitation

Novembre 1978

New York, le 5 novembre

Ma très chère Ruth,

Je vais vous infliger quelques paroles reconnaissantes d'un grand-père heureux.
Je voulais vous exprimer toute ma reconnaissance d'avoir permis à Gaya de passer ses premières vacances loin de vous, avec moi. Je ne saurais vous dire à quel point cette escapade avec ma petite-fille a été heureuse. Ses progrès en anglais sont époustouflants, les miens en espagnol bien plus timides. Mais nous nous comprenons sans difficulté. Je vous dis, en confidence, que cette enfant est pour moi une véritable cure de jouvence et bien plus, je crois bien que c'est une nouvelle

raison de vivre. J'espère être pour elle un bon grand-père.

Gaya a exprimé le vœu de passer son brevet de plongée sous-marine et, si vous l'y autorisez, ce sera une occasion de nous retrouver lors de prochaines vacances. Nous pourrions par exemple partir aux Bahamas, il y a à Nassau de très bonnes écoles de plongée.

Gaya m'a aussi parlé de son ambition d'étudier la faune sous-marine et de devenir spécialiste des baleines. Je sais bien qu'à ce stade c'est un rêve d'enfant, mais elle semble très motivée par ce projet d'avenir.
Sans doute est-ce aller un peu plus vite que la musique, mais je me suis renseigné et j'ai identifié les meilleures universités américaines pour la formation des biologistes marins. L'une se trouve à Charleston, l'autre à Miami.

Bien que ce soit très prématuré, sachez que je serais très heureux de prendre en charge le financement des études de Gaya. Ce serait même, si cela se produisait, une faveur et une marque d'estime que vous m'accorderiez. Bien sûr il est trop tôt pour en parler et Gaya a le temps de changer mille fois d'avis ; mais malgré son jeune âge, je sens chez elle une réelle détermination qui m'enthousiasme, peut-être une vocation. Nous en reparlerons en temps utile.

Encore une fois merci de m'avoir permis de partager ces moments avec Gaya.
Je vous embrasse ainsi que toute votre famille.

Votre très dévoué George Ferell

Les bras m'en tombèrent.

Gaya venait de passer deux semaines de vacances chez George Ferell, que j'avais encore du mal à appeler son grand-père, et se confirmait entre eux une confiance et une intimité que ma fille me déniait.

De prochaines vacances aux Bahamas, rien que ça ! Un brevet de plongée à la clé ! Sans parler de futures études que ma fille n'avait jamais évoquées avec moi. Quand je m'ouvris de mon désarroi à Domingo, il se contenta de me rassurer avec fatalisme. C'était normal, le déni des parents, l'envie de secret, de liberté, d'indépendance, l'adolescence qui frappait à la porte avant l'heure…

Je tournai autour de la décision que je sentais mûrir en moi. Lentement mais sûrement. Qu'on le veuille ou non, George Ferell faisait désormais partie de notre famille. Et je ne me sentais pas le droit de priver Gaya de l'affection sincère de cet homme. Je me dis qu'il devait être bien seul, qu'il n'avait qu'une seule petite-fille. Et nous ? La vie s'était montrée généreuse avec notre famille. Je ne voulais pas procéder à un vote démocratique. Je consultai Domingo qui accepta avec sa bienveillance coutumière, puis Gaya qui en trépigna de joie.

Je répondis à la lettre de George Ferell par une invitation à passer les fêtes de fin d'année à Sosúa.

Il accepta.

Après Heinrich, George serait donc la nouvelle pièce rapportée de notre tribu qui ne cessait de s'agrandir.

31

Deux continents, quatre pays
Décembre 1978

Jérusalem, le 23 décembre

Tout Israël est fier du prix Nobel remis à Menahem Begin et Anouar el-Sadate. Il nous honore tous.
Eival est en rémission et garde le cap avec le courage qui le caractérise. Nous allons passer une tranquille fin d'année.
Nous vous souhaitons à tous de joyeuses fêtes. Embrasse toute la famille pour nous.

Avec toute notre affection, Svenja et Eival

*

C'était une fin d'année comme les autres.
Joyeuse, bruyante, brouillonne.

Tandis que Rosita s'affairait en cuisine, Jacobo vérifiait la cuisson de l'agneau qui rôtissait sur sa broche et dont le parfum chatouillait agréablement les narines. Ana Maria rectifiait l'ordonnancement de la grande tablée sur la pelouse devant sa maison. Almah et moi nous occupions de suspendre des lampions dans les arbres. Frederick installait précautionneusement la vieille lunette à étoiles, le legs de notre père, cette antiquité dont la technique allemande était encore une merveille. Les enfants se pourchassaient en frétillant d'excitation. Markus vérifiait les branchements de la stéréo. Les bras chargés de chaises, George essayait de se rendre utile et se demandait avec perplexité où il était tombé. Un peu à l'écart, tranquillement perchée sur la branche basse d'un manguier, Lizzie fumait une cigarette.

— Qui aurait pu prévoir cela, quand nous avons débarqué avec nos deux petites valises ? me souffla Almah en survolant d'un regard attendri l'assemblée affairée.

Je savais que, comme moi, elle pensait à mon père.

Il y avait là deux continents, quatre pays, cinq langues, trois générations. Comme Wilhelm Rosenheck aurait été fier de cette belle et grande famille née de son exil et du sacrifice de sa terre natale.

32

Tant à me faire pardonner

Janvier 1979

Ce jour-là, une de ces journées de basse pression qui étreint le corps et l'âme, j'étais distraite, contrariée depuis deux jours par des choses sans véritable importance. Domingo avait annulé un dîner en amoureux programmé de longue date au prétexte d'une nouvelle tournée de vaccination. La veille j'avais à peine reconnu mes enfants en rentrant du bureau. Gaya avait-elle longtemps mijoté son coup ou était ce le fruit d'une de ses pulsions subites ? Elle avait coupé les boucles soyeuses de David qui se retrouvait accablé d'une tonte approximative, puis elle avait convaincu son frère de faire de même pour elle-même. Résultat ses beaux cheveux étaient réduits à une crinière irrégulière au sommet de son crâne. Et sa frange ! On aurait dit qu'un postiche mal ajusté avait glissé sur son front.

— On ressemblait à deux filles, les filles, c'est bête et ça se plaint toujours. Maintenant on ressemble à deux frères, s'était-elle justifiée, ajoutant avec aplomb devant ma mine abasourdie : Arturo a une queue-de-cheval, je peux bien avoir des cheveux courts, non ?

Mes beaux enfants étaient devenus… ridicules. J'en aurais pleuré, j'avais pris le parti d'en rire mais le résultat des expériences capillaires de ma fille était consternant. J'avais essayé de rectifier le tir, jouant du ciseau, un art que manifestement je ne maîtrisais pas. David avait maintenant une coupe à ras, de celles qu'on inflige aux enfants porteurs de poux, quant à Gaya, elle ressemblait à… elle ne ressemblait à rien !

Pour couronner le tout, elle venait de rapporter de mauvaises notes à la maison sans le moindre état d'âme, et elle était rentrée de la plage avec David sur ses talons qui pleurnichait et avançait clopin-clopant car il avait marché sur un oursin. J'avais dû enlever les épines noires fichées dans la peau tendre de la plante de son pied à la pince à épiler tandis qu'il ravalait avec courage ses sanglots.

Sans entrain, j'installai les enfants devant leurs devoirs et décidai d'aller chercher Lizzie pour une promenade qui me changerait les idées. De loin je l'aperçus. Elle était sur sa terrasse.

— Lizzie ? Une promenade, ça te dit ?

Elle me tournait le dos. Comme si elle soliloquait, elle lâcha sur un ton acerbe :

— J'ai pas envie de sortir, tu vois pas que je me prépare un thé ?

Effectivement de l'eau chauffait sur le petit réchaud que j'avais fait installer sur sa terrasse. Elle se retourna vers moi, la mine belliqueuse. Ses mains se mirent à virevolter devant son visage, comme elle le faisait quand ses idées se bousculaient dans sa tête et allaient plus vite que sa parole, trop vite pour qu'elle puisse les exprimer, puis elles se raidirent avant de retomber.

— J'en ai marre des balades avec toi, rien à foutre de me pro-me-ner !

J'avais appris à déchiffrer son visage, à deviner ses humeurs. Je savais que Lizzie avait un tic quand elle était contrariée, sa joue se crispait, se creusant spasmodiquement, elle s'en mordait l'intérieur, un signal que je savais reconnaître. Dans ces cas-là, je me retirais sur la pointe des pieds, laissant la vague passer. Aujourd'hui j'avais d'autres choses en tête et je n'y prêtai pas attention.

— T'as pas compris ? J'en ai plein le dos de ta gentillesse, de ta sollicitude, de tes conseils, tu peux les garder pour toi. Fous-moi la paix, ajouta-t-elle méchamment.

J'étais atterrée par sa soudaine agressivité, une attitude qu'elle n'avait pas eue depuis bien longtemps. Manifestement, pour une raison qui m'échappait, elle me cherchait querelle. Ce n'était pas la première fois. En général quelques mots suffisaient à la calmer et elle s'excusait.

— Lizzie, ça nous ferait du bien à toutes les deux une petite promenade. On prend le thé et on y va ? Mais si tu préfères on peut rester ici.

Sa joue se crispa de plus belle. Elle me dévisagea avec un regard d'orage sombre, puis, comme sous l'effet d'un aiguillon, elle riposta en me singeant :

— On prend le thé et on y va, gnia gnia gnia. Mais tu comprends vraiment rien. T'es bouchée ? Faut te mettre les points sur les i ? J'en ai marre de toi, marre de tes promenades, marre de tes conversations idiotes sur le temps qu'il fait !

Ses mots comme une gifle. Ce n'était pas notre première escarmouche. Si sa colère la soulageait, je l'acceptais.

— Je ne vois vraiment pas pourquoi tu t'énerves. Je m'en vais.

Je m'y prenais mal. Ses mains jaillirent et ses doigts entrèrent de nouveau en jeu comme elle le faisait quand elle ne se contrôlait plus. Je ne pris pas garde au signal d'alarme. Elle se retourna vers son réchaud, prit la casserole de thé bouillant et s'apprêta à le verser dans une tasse. Je pris une voix douce, pour l'amadouer :

— J'en prendrais bien un, moi aussi, Lizzie.

Je l'approchai avec réserve comme on tente d'apprivoiser un animal sauvage aux réactions imprévisibles. En essayant d'apaiser les choses, je n'avais réussi qu'à les empirer. Ses cris redoublèrent. Elle commença à proférer des propos orduriers et à me lancer des insultes en criant.

— Va-t'en, barre-toi, *gey mshuge*[1].

Sa casserole à la main, elle recula d'un pas, me regarda profondément, d'un regard plein de morgue qui me défiait, moi et ma gentillesse, moi et mes conseils, prit son élan et me jeta le thé bouillant à la figure. J'eus le réflexe de lever la main devant mon visage qui fut moucheté de quelques gouttes. Mais sur ma main et mon avant-bras, la brûlure fut immédiate, atroce. Je restai médusée par son geste, tout comme elle. Puis je m'enfuis en courant vers la maison, traversai

1. Littéralement « fous le camp » en yiddish.

mon jardin pour gagner la maison de Frederick et demander l'aide de Rosita, tandis que Lizzie hurlait mon prénom à s'en déchirer les poumons.

*

Ce fut difficile de taire mon chagrin durant la soirée, de ne rien laisser paraître devant les enfants. Lizzie ne reparut pas. Plus tard, je me couchai seule, ma main bandée reposant sur le drap comme un reproche, le cœur boursouflé de peine. Je tentais en vain de m'endormir, ravagée de chagrin à l'idée que Frizzie avait raison, que Lizzie devenait dangereuse, qu'il fallait que je mette mes enfants à l'abri, qu'il faudrait peut-être me séparer d'elle, la placer, à moins qu'un nouveau médicament… quand j'entendis gratter à la porte de la terrasse. Je me levai pour l'entrouvrir. La silhouette fragile de Lizzie se découpait à contre-jour dans le rai de la pâle lueur de la lune. Son regard était masqué par l'ombre mais je vis aux sillons brillants sur ses joues qu'elle pleurait. J'ouvris grand la porte et elle s'effondra dans mes bras que je resserrai autour de son corps frêle. De ma main valide je tapotai sa tête en pensant : « Comme elle est maigre, comment a-t-on pu en arriver là ? »

— Tu as mal ? murmura-t-elle d'une voix assourdie par la peine.

— Pas tant que ça. Rosita m'a fait un pansement d'aloe vera.

— Pardon, Ruthie, pardon, pardon, pardon…

— Bien sûr que je te pardonne, Lizzie. Viens !

Je l'entraînai dans ma chambre et nous nous lovâmes sur le grand lit. Elle leva vers moi un visage implorant.

— Pardonne-moi, je t'en prie, je ne sais pas ce qui m'a pris.

— N'en parlons plus, tu veux bien.

Elle prit délicatement ma main bandée et la piqueta de petits baisers comme une enfant qui cherche à effacer une douleur, tandis que je caressais en soupirant ses cheveux secs comme de la paille. Au bout d'un long moment, elle me demanda tout doucement :

— Tu crois que je devrais aller en Israël ?

— Quelle drôle de question Lizzie. Pourquoi ?

— On dit qu'à celui qui fait quatre pas en Israël, tous ses péchés sont pardonnés. Tu crois que ça marcherait pour moi, même si je n'y crois pas ? J'ai tant à me faire pardonner.

Je me demandais d'où elle tenait cette espèce de promesse talmudique. Anneliese probablement.

— Tu n'as pas besoin d'aller jusqu'en Israël, Lizzie, tu n'as rien à te faire pardonner, crois-moi.

— Ma Ruthie ! Qu'est-ce que je ferais sans toi ? Sans toi je mourrais, c'est sûr !

Mon cœur se serra. La colère, la violence étaient-elles le seul refuge de Lizzie contre la souffrance ? Je préférais refouler au fond de moi-même mes interrogations. Les autres, je comprenais leurs malheurs, je trouvais des solutions. Avec Lizzie, j'étais démunie, je ne savais pas comment la ramener à une existence juste, je ne savais pas comment l'aider. Je ne voulais pas m'attarder sur ses grands yeux désolés qui s'excusaient, sur ses paroles de remords, sur ses vaines promesses. On ne pouvait rien changer, rien oublier, rien réparer de ce qui avait été. Je voulais juste que nos chagrins s'apaisent. Car, par-delà les années, tout était là, notre enfance, notre amitié, nos souvenirs, bien à l'abri sous ma peau, même si la nature splendide de notre amitié s'était perdue. Je me rappelais ce jour où elle m'avait dit : « Ne me plains jamais. Jamais. Ne t'attendris pas inutilement. Contente-toi de m'aimer. Si je le mérite encore », avait-elle ajouté avec son sourire diabolique. Voilà, je me contenterais de l'aimer, aussi fort que je le pourrais, d'un amour de mère inquiète et fatiguée.

Je sentis un poids chaud au creux de mon épaule, contre mon cou. Lizzie s'était endormie. C'est enlacée à elle que je trouvai enfin le sommeil.

33

Des temps nouveaux

Avril 1979

— Vivement qu'ils avancent ! Ce sera bien plus facile de sortir de ce trou ! lâcha Ana Maria.

C'était un de nos déjeuners du dimanche. Markus venait d'annoncer que, comme on pouvait s'y attendre, les travaux de construction du nouvel aéroport[1] avaient pris du retard.

« Ce trou », voilà comment ma belle-sœur parlait de notre paradis. Je lançai un coup d'œil à Frederick qui ne réagit pas, coutumier des écarts de sa femme. J'ouvris la bouche pour lui répondre vertement, mais sous la table le pied de Domingo écrasa le mien pour m'inciter à la modération. Je ravalai ma réplique cinglante et me contentai de hausser les épaules.

— C'est sûr que ce sera désormais infiniment plus facile de voyager, intervint Heinrich avec son accent à couper au couteau.

1. L'aéroport La Unión de Puerto Plata fut inauguré le 19 décembre 1979 par le président Guzmán Fernández.

Ses efforts louables pour apprendre notre langue m'attendrissaient.

— Encore faudrait-il qu'il soit bien desservi, cet aéroport, remarqua Almah.

— New York, Miami, San Juan, Montréal pour commencer. Et bien sûr la capitale, lui répondit Markus.

— Comme ça, je pourrai aller voir George plus souvent, minauda Gaya.

— Entre les projets et la réalité, il y a toujours un gouffre dans ce pays. Attendons de voir avant de nous réjouir. Je me demande combien de temps encore nous pourrons entretenir une compagnie aérienne nationale[1]. Sans doute pas très longtemps, prédit Markus en se reculant dans son fauteuil.

— En tout cas, les enfants, une chose est sûre, nous serons invités à l'inauguration, et j'en serai, déclara Almah.

— Et moi je ferai un bel article dans *La Voix de Sosúa*, renchéris-je. J'ai déjà le titre : « La Unión, des temps nouveaux ».

— Je n'ose envisager les conséquences, murmura Almah, rêveuse.

— On parle déjà de projets immobiliers et touristiques très ambitieux. Une chose est sûre, la *tarea* a recommencé à flamber. Avis aux amateurs ! répondit Frederick, toujours à l'affût de bonnes affaires.

— On risque bien de ne plus reconnaître Sosúa d'ici à quelques années. Le tourisme c'est une manne, mais mal contrôlé il peut faire des ravages, remarqua Almah.

1. La compagnie Dominicana de Aviación fut fondée en 1944 avec l'assistance de la Pan Am. Son dernier vol eut lieu en 1995 et elle ferma définitivement en 1999.

— C'est sûr, on va nous voler notre plage, ronchonna Lizzie. Les requins ne vont pas laisser passer une si belle opportunité. Je vous parie que dans quelques années il y aura des hôtels partout. On ne sera plus chez nous !

J'aimais quand Lizzie disait chez nous, comme Almah.

— À propos de plage, qui veut y aller ? reprit-elle en balayant la tablée du regard.

— Moi, moi ! glapirent en chœur les enfants.

— Partez devant, nous allons faire une sieste et on vous rejoint plus tard, décida Almah en posant une main sur l'épaule d'Heinrich.

Les enfants s'entassèrent à l'arrière du pick-up de Frederick avec leur attirail de plage. Une petite cohorte de véhicules descendit le chemin jusqu'au village. Les choses n'avaient guère changé depuis notre enfance. Seuls les acteurs avaient vieilli, et s'en étaient rajoutés quelques-uns, mais la pièce restait la même.

34

Glacial et terrifiant

Juin 1979

J'écris car je suis seule face au vide.
Je suis condamnée.
La vie m'a condamnée. Condamnée avant même d'exister.

Le front envahi d'une mauvaise sueur, je tournais les pages du cahier nerveusement.

J'ai passé la nuit à écouter les grenouilles jusqu'à ce qu'elles se taisent.

Une autre page.

Je ne suis rien, rien qu'un dedans.

Une autre page.

Jimi 18 septembre 1970
Janis 4 octobre 1970
Jim 3 juillet 1971

Une autre page.

Je sais que Dieu n'existe pas, il n'y a pas de vie future.

Vite, vite, surtout que Lizzie ne me surprenne pas.

Je voudrais qu'on m'aime mais je ne suis pas aimable. Seule Ruth m'aime et elle cesserait de m'aimer si elle savait qui je suis vraiment.

Partir, loin du mal, loin de la confusion, loin de la solitude...

Une page me fit plus mal encore que toutes les autres. Trois mots couvraient toute la page, s'y effilochaient jusqu'à la dernière ligne :

çavapasserçavapasserçavapasserçavapasser...

J'étais venue chercher Lizzie pour une promenade de fin d'après-midi, comme nous en avions l'habitude. La porte de son bungalow était ouverte mais elle n'était pas là. Elle devait sans doute être au café ou à la plage. Au moment de refermer la porte, j'aperçus le cahier ouvert sur sa table, un stylo posé dessus comme si on avait interrompu l'écriture. Je me saisis du cahier et parcourus les pages écrites d'une écriture rageuse et saccadée. C'était une indiscrétion, un viol de son intimité, mais je ne me sentis pas coupable. Au contraire. Car plus je tournais les pages, plus ce que je lisais m'apparaissait proprement effrayant.

Au bout d'une dizaine de minutes d'une lecture fébrile, je reposai le cahier en prenant soin de le disposer exactement comme je l'avais trouvé, avec le stylo dessus. Je remarquai un livre sur le chevet, près du lit. Un recueil de poèmes. Lizzie avait toujours aimé la poésie et je lui devais la découverte de nombre d'auteurs.

C'était un livre d'Alejandra Pizarnik. En espagnol. Encore quelqu'un que je ne connaissais pas. Je me demandais comment diable Lizzie avait découvert tous ces auteurs, où elle se procurait ces ouvrages. Le journal, ponctué de poésies, datait de 1961. La jaquette disait que la poétesse argentine, née au sein d'une famille d'immigrants juifs d'Europe centrale, s'était suicidée en 1972, à trente-six ans, après avoir passé les cinq derniers mois de sa vie en hôpital psychiatrique. Je tremblais en feuilletant le livre.

« *La solitude ne peut être dite*
Car on ne peut en faire le tour

Ô Seigneur
la cage est devenue oiseau
et s'est envolée
et mon cœur est devenu fou
il hurle à la mort

et sourit à mes délires
à l'insu du vent...

je veux me savoir vivante
mais je ne veux pas parler
de la mort
ni de ses mains étranges. »

[...]

« [...] *nul ne me connaît je parle la nuit*
nul ne me connaît je parle mon corps
nul ne me connaît je parle la pluie
nul ne me connaît je parle les morts. »

« *Toi qui chantes toutes mes morts,*
Toi qui chantes ce que tu ne livres pas
au sommeil du temps,
décris-moi la maison vide,
parle-moi de ces morts habillés de cercueil
qui habitent mon innocence. »

Plus loin :

« *Et quand je serai à peine morte, quand j'étrennerai ma mort, mon être se dressera soudain et sera pétrifié, sous la forme d'une abandonnée en attente, d'une amoureuse sans cause. Voici ce qui me tue, voici ma maladie, le nom de ce qui me mord comme un tigre qui aurait soudainement grandi dans ma gorge et serait né de mes appels.* »

Et plus loin encore :

« *Le faux pas s'est produit il y a longtemps. J'ai beau essayer, je n'arrive pas à me revoir petite fille, à me revoir innocente. Je remonte en moi et c'est toujours la même culpabilité, la même crainte, les mêmes conflits avec les gens...* »

« *Il y a bien eu un jour où je jouais, oubliais, faisais ce que je voulais et me permettais tout*[1]. »

Couverts d'un voile noir, ces mots bouleversants, ces mots cassés, émiettés, ces mots qui sentaient le désespoir et résonnaient d'un écho d'adieu parlaient d'enfance perdue, de rêves inaccomplis, de solitude, de maladie, de souffrance et de mort.

Ils parlaient de Lizzie.

C'était glaçant et terrifiant.

Les yeux voilés de larmes, je refermai l'opuscule comme s'il me brûlait les doigts.

*

Au cours du dîner, j'observai discrètement Lizzie. Qui bien sûr le remarqua.

— Mais qu'est-ce que tu as à me reluquer comme ça ? Ma parole, on dirait que je suis devenue une bête curieuse.

Sur son visage hâve malgré le bronzage, je crus lire comme une lassitude et aussi une peur rampante.

1. Alejandra Pizarnik, *Œuvre poétique*, Actes Sud, 2005.

Je me repris, bredouillai une confuse dénégation et me mis à interroger Gaya sur sa journée d'école. Mais je savais que Lizzie n'était pas dupe. À plusieurs reprises, je surpris son regard ironique sur moi et une vague de honte m'envahit. Elle souriait avec son air « tss… tss… à moi on ne la fait pas ». C'était Lizzie tout craché. Elle avait deviné. J'avais dû refermer la porte, mal reposer le stylo ou laisser le livre ouvert à la mauvaise page ou à l'envers.

Le soir, blottie dans les bras de Domingo, je lui avouai.

— J'ai fouillé dans les affaires de Liselotte. Elle tient une sorte de journal. Elle écrit des choses très sombres, très noires, très dévalorisantes pour elle-même. On dirait qu'elle ne s'aime pas du tout. Et ce qu'elle lit, c'est encore pire.

— J'ai bien vu que tu étais soucieuse. Ne te mets pas martel en tête, me dit-il d'un ton apaisant. C'est un aspect de sa maladie. Aujourd'hui elle écrit ça, demain elle sera gaie comme un pinson et écrira des choses optimistes. Il faut simplement rester proche d'elle et veiller à ce qu'elle prenne ses médicaments. Tout ira bien, ajouta-t-il en caressant mes cheveux, ne t'inquiète pas.

Mais j'étais inquiète.

35

Le cœur de la mer

Septembre 1979

Des nuages incertains balayaient le ciel. La plage était déserte. Un chien errant gambadait solitaire à la frange de l'eau. Tout d'abord, je ne vis rien ni personne. Je marchai le long de la mer et j'aperçus, à la perpendiculaire du *bañadero*, un petit tas de vêtements. Soigneusement pliés sur le sable. De loin je reconnus la cotonnade fleurie de la robe longue de Lizzie. Je m'approchai. Sa robe couvrait ses sandales dont seules les lanières dépassaient. Dessus, bien en évidence, une graine brune, notre cœur de la mer.

Le cœur tremblant, je scrutai la baie, la main en visière sur le front, à en avoir mal aux yeux. Le soleil déclinant transformait la surface de la mer en un miroir de métal argenté. Pas une vague, pas une ride, pas un frémissement sur l'eau si lisse. Je plissai les yeux, essayant de distinguer la nageuse, mon regard fouillant jusqu'à l'horizon au loin, au-delà du ruban d'écume blanc qui signalait la barrière de corail. La brise du soir me fit frissonner et je ramenai mes bras autour de ma taille. Je me retournai vers l'amphithéâtre vert qui cernait la plage. Le silence était assourdissant, la paix de cet instant si incroyablement intense qu'elle en était dérangeante.

Je regardai de nouveau la robe soigneusement pliée, les lanières de cuir comme des couleuvres sur le sable, le cœur de la mer. L'angoisse grossit dans mon estomac comme une boule d'étoupe, remonta dans ma gorge et bloqua ma respiration.

Le cœur de la mer, comme un message, une offrande, un regret, un remords, un dernier cadeau… Je me baissai et le ramassai. Mes doigts se crispèrent sur la graine tandis que je me mettais à crier son nom. Qui résonnait en un écho douloureux dans mon cerveau. Je me mis à hurler, la colère et la frustration l'emportant sur l'angoisse. « Lizziiiie, sors, montre-toi ! Ce n'est pas drôle ! » J'étais seule sur la plage, irrémédiablement seule, comme perdue. Serrant la graine dans ma paume, je partis en direction de l'embouchure de la rivière, là où nichaient les lamantins. Je courus dans le sable mou, à la lisière de l'eau, là où les pieds s'enfoncent en laissant de profondes empreintes. J'arrivai épuisée, les mollets en feu, au bout de la plage, là où les eaux, douce et salée, se mariaient. Rien.

Puis je grimpai la falaise, escaladant les rochers jusqu'aux premières maisons de Los Charamicos. Je parcourus les rues du hameau. Je savais que je devais avoir l'air d'une folle. J'interrogeai fiévreusement les villageois. En vain. En nage, les épaules lourdes, les yeux brûlants des larmes que je peinais à contenir, je refis le chemin sur la grève en sens inverse, piétinant le sable avec rage, en proie à une angoisse monstrueuse. Je remontai le sentier de la plage et regagnai le Batey. Jamais je ne m'étais sentie aussi seule. Je n'avais pas touché à la robe qui gisait sur le sable, ni aux sandalettes. Quand Lizzie reviendrait, elle aurait besoin de son vêtement et de ses chaussures. Elle se glisserait dans sa robe, attacherait ses sandales et elle rentrerait. Regagner la maison fut comme une abdication, une défaite programmée, un ultime, suprême, somptueux abandon qui laissait une image floue.

Je filai directement au bungalow de Lizzie. Avec cet infime espoir qu'elle serait là, allongée sur son lit, un livre à la main, comme si de rien n'était. Qu'elle m'assénerait un « Ça te coupe la chique ! » en ricanant. J'étais prête à tout encaisser, ses sarcasmes, ses railleries, ses méchancetés.

Il n'y avait rien que le silence. Je fouillai la chambre fébrilement en ayant le sentiment de commettre un sacrilège. Mais j'avais besoin d'une piste, d'un indice, d'un embryon de compréhension. C'était indispensable si je ne voulais pas m'effondrer.

Ses affaires étaient bien rangées, les livres en piles bien nettes, un tas de papiers et de notes sur la table, les crayons sagement disposés dessus. Les vêtements pliés dans l'armoire. Cela lui ressemblait si peu. Un cube à photographies en Plexiglas trônait sur son chevet. Je le retournai entre mes doigts. Un visage souriait sur chacune de ses faces. Gaya, Frederick, Almah, Anneliese, Samuel et moi. Les six personnes qu'elle aimait ? À côté il y avait une photographie découpée de David. Avait-elle eu l'intention de remplacer l'un d'entre nous par le visage de mon fils ? Je me rendis compte que je tremblais. Un clou se ficha dans mon cœur. Je sentis mon ventre se tordre et j'eus soudain envie de vomir.

36

Une plaie au cœur

Septembre 1979

Je me mis à guetter le retour de mer des pêcheurs. Chaque matin, j'allais tout au bout de la plage en contrebas de Los Charamicos, et j'attendais qu'ils rentrent de mer. Face à l'infini de l'eau qui ne m'apportait aucune réponse, je vibrais d'espoir comme un pendule en regardant les bateaux progresser lentement dans la passe de la barrière de corail à la force des rames, puis avancer dans l'eau étale du lagon. Les premiers jours j'avais demandé, puis j'avais cessé de demander. Ils savaient pourquoi j'étais là. Ils poussaient leurs barques sur le sable en soufflant fort, me regardaient d'un air désolé et secouaient la tête. Le sentiment d'abandon qui me ravageait à chaque fois menaçait de m'anéantir.

Comme autant de verrues monstrueuses, des souvenirs d'enfance déferlaient comme les rafales d'un vent furieux. Des images fulgurantes, l'une chassant l'autre. Quatre enfants à la peau tannée par le soleil, assis jambes pendantes dans le vide sur les *pilotillos*, faisant le serment d'une amitié éternelle. Lizzie cramponnée à l'encolure d'Ourakan, Lizzie et son plâtre au bras, gagné après une chute des hautes branches d'un amandier, où les signatures de tous les écoliers se superposaient. « La prochaine fois je me casserai la jambe, comme ça, y aura de la place pour tout le monde », crânait-elle. Lizzie, un verre de mezcal à la main dans la maison de Zihuatanejo des années plus tôt, une éternité, déclarant avec fermeté : « Je me sens libre, je veux vivre sans chaînes, sans autre contrainte que celles que je m'imposerai à moi-même. »

J'avais toujours su qu'il y avait en elle comme un désir de fuite, un désir d'au-delà. Que Sosúa était le bout de sa route et qu'au bout de cette route se trouvaient l'océan et ses abysses. Elle, si éprise de liberté, avait dû être ivre devant celle qui s'ouvrait devant elle, l'infini de la mer. Au moment de sombrer, avait-elle revu défiler les images de sa vie comme un rêve ? Un rêve d'enfance, un rêve d'amour ? Faisais-je partie de ces images ? J'avais besoin de me convaincre que Lizzie était morte dans un moment d'euphorie, de bonheur éperdu.

Elle n'était pas morte. Je refusais qu'elle soit morte. Disparue, simplement disparue.

*

Un matin que je contemplais la mer à m'en brûler les yeux, je sentis une présence derrière moi. Une aura bienveillante. Je ne me retournai pas, je l'avais devinée.

Almah m'enlaça et je m'affaissai, dos contre sa poitrine. Elle resserra son étreinte autour de mes épaules et posa sa joue contre la mienne. Il n'y avait plus entre nous que le bruit rapide de ma respiration et les battements de nos cœurs. Puis la voix si douce de ma mère.

— Il faut la laisser partir, Ruthie. Laisse-la partir.

Almah savait qu'on s'habitue à vivre avec ce qui paraît insoutenable, elle était faite de ça. « Il faut que le cœur se brise ou se bronze », ajouta-t-elle, et sa voix était comme une prière. De toutes mes forces, je serrai dans ma paume le cœur de la mer. Il était doux, lisse et chaud. « Je te pardonne », murmurai-je en portant la main à mon cœur, et je me mis à pleurer. Sans retenue. Des larmes qui avaient attendu longtemps.

C'était le douzième jour du départ de Lizzie.

Cette nuit-là, je rêvai d'une sirène blonde qui dérivait au milieu des lamantins entre les branches mauves des massifs de corail, au-dessus d'un lit d'algues ondulantes.

37

Je m'habillerai de cendres à l'aube

Septembre 1979

Quelques jours plus tard, on fit dire un service religieux pour Lizzie. Nous ne savions pas ce qu'il convenait de faire. Enterre-t-on une robe de coton fleuri abandonnée comme une mue sur le sable, une paire de sandales éculées, une graine de marelle, un cube de photographies ?

Le cœur plein de larmes, je lus un poème d'Alejandra Pizarnik, la poétesse maudite qui avait accompagné Lizzie.

« [...]
Demain je m'habillerai de cendres à l'aube
Me remplirai la bouche de fleurs
Dans la simple mémoire d'un mur
j'apprendrai à dormir
dans la respiration
d'un animal qui rêve. »

Sur les derniers mots ma voix se brisa. Il n'y avait aucun mot pour dire ma peine.

*

On déposa une plaque de pierre dans l'herbe à côté de la tombe d'Anneliese, non loin des morts de notre famille, mon père et ma petite sœur. Elle disait :

Liselotte Kestenbaum
Lizzie
(9 juillet 1939 – 25 juin 1979)

*

Je mis longtemps à admettre qu'elle était partie définitivement, qu'elle ne reviendrait pas, car la mort ainsi n'a pas de substance, ce n'est pas réel, ce n'est rien. Je ne me décidai à ranger ses affaires que quelques semaines plus tard. Je fermai à double tour la porte du bungalow, comme on donne un tour de clé définitif sur une histoire d'amour terminée, comme on referme à regret un livre qu'on a aimé, avec un sentiment de perte incommensurable.

Vint une période difficile. Faite de regrets, de chagrin, d'accès de nostalgie. J'avais du mal à comprendre que Lizzie ait choisi de me quitter comme ça. Son départ était une trahison de notre amitié. Pourtant quand j'y réfléchissais, je voyais bien que tous les signes avaient été là, sous mon nez. Lizzie refusant de préparer la fête de son quarantième anniversaire, le pèlerinage qu'elle m'avait imposé à l'emplacement de notre arbre désormais disparu, le dernier mambo enfiévré que nous avions dansé sur *El Manisero* où elle avait pleuré…

Je repensai à une scène qui m'avait tellement attristée et qui aurait dû m'alerter.

Sur la plage, Lizzie marche, se penche pour cueillir un coquillage échoué sur le sable, elle le secoue, un filet d'eau s'en écoule. Elle le jette. Puis elle trouve un dollar des sables blanchi par le soleil. Elle le lève devant son visage, à hauteur des yeux, délicatement, entre son pouce et son index. C'est un joli dollar des sables, parfaitement rond, piqueté de petits trous réguliers qui forment un dessin délicat, si fragile. Lizzie le fait rouler dans sa main, et, repliant d'un coup sec ses doigts, elle le réduit en miettes.

— La beauté ça ne dure pas, c'est éphémère, une illusion. La jeunesse non plus. Rien ne dure.

Puis elle éclate d'un rire aigrelet et sans joie, un rire sinistre, avant de reprendre son chemin comme si de rien n'était.

La sentinelle en moi s'était endormie. À l'évidence, je n'avais rien compris. L'ombre de la mort planait autour d'elle depuis longtemps et j'avais obstinément refusé de la voir. À chaque fois j'avais pris les répits dans sa maladie pour une guérison et jamais Domingo n'avait douché mon optimisme. Je croyais qu'elle allait mieux et je baissais la garde sans même m'en rendre compte. Je m'étais laissée aller à croire que Lizzie se remettait, simplement parce que cela me rendait heureuse.

*

Je voulais un endroit pour Lizzie, un lieu où je puisse penser à elle, où je puisse la retrouver. Un bel endroit joyeux. Je songeais à la butte d'Almah, d'où l'on voyait l'océan au loin. En été, les pétales des fleurs du flamboyant en couvraient le sol, une nappe écarlate comme s'il avait neigé des flocons rouges. Ma mère, qui guettait mon chagrin, hocha la tête avec un doux sourire quand je lui en parlai. C'est là, au cœur d'un tapis d'herbe tendre, au pied d'un arbre du voyageur, que j'enterrai notre cœur de la mer, la graine brune avec laquelle, enfants, nous jouions à la marelle, qui avait voyagé d'elle à moi, de moi à elle, au fil des méandres de notre histoire.

38

Ce que le destin a fait nôtre

Octobre 1979

Au fil des mois, la disparition de Liselotte cessa peu à peu d'être un fardeau de culpabilité pour ne devenir que peine, puis nostalgie. Le chagrin me surprenait parfois comme une ondée tropicale qui vous trempe jusqu'aux os puis s'efface devant le soleil triomphant. Je me demandais si Lizzie aurait occupé une telle place dans mon âme si elle n'avait pas été excès, contradictions, fractures, bosses, abîmes. Elle était mon enfance. Elle était mon innocence. Le temps d'avec mes parents, le temps de la petite troupe, le temps des années soleil. Elle était le temps d'avant New York, d'avant les choix que la vie avait faits pour moi. Elle était mes fous rires, mes questionnements, mes hésitations, mes peurs, mes audaces. L'amie du dernier banc de l'école, des farces de gosses, des premiers émois amoureux, des cornets de cacahuètes grillées à cinq pesos, des glaces au sirop de canne, des courses à dos de mulet, des mangues volées… Elle était tant de choses.

Autant que la perte de mon amie, ce que j'allais devoir affronter, c'était la disparition d'une partie de moi-même que je ne retrouverais jamais. Se ravivait la douleur ancienne d'autres disparitions, celle de mon père, celle de Christopher. Je devais apprendre à vivre avec ça. Apprendre que ce sont nos absents qui nous constituent, qui nous font ce que nous sommes, autant que nos vivants.

Au cours des années qui suivirent, je m'étourdirais de « si seulement… », je chercherais à identifier le moment charnière de notre relation, celui où elle avait basculé et s'était inversée, le moment où j'étais devenue celle qui dictait, où Lizzie avait perdu sa suprématie, pour mieux reprendre la main au dernier acte… Je me poserais tant de questions. Quand le crépuscule avait-il commencé à descendre en elle ? Ce recueil de Pizarnik… Avait-elle tenté de me laisser un message, avait-elle choisi de partir comme la poétesse ? J'essayerais d'imaginer le beau de sa vie, j'espérais qu'il avait été important, précieux, j'espérais que j'en avais fait partie. Je chercherais un endroit bien au chaud dans mon cœur pour nos souvenirs, où je pourrais les visiter régulièrement, de peur que le temps ne les disperse.

Et je me demanderais en vain comment conserver notre amitié vivante. Mais il était inutile de prétendre que rien n'avait changé en moi. Je portais béante une plaie au cœur, la douleur d'une absence qui se ravivait sans prévenir. Pour un rien. Une aigrette perchée sur l'échine d'une vache, une graine brune sur le sable blanc, un colibri timoré, une fleur de Pâques écarlate, un dollar des sables échoué sur la grève.

*

Un matin, je me réveillai avec un goût de sciure dans la bouche. Je me précipitai dans les toilettes. La fatigue, les seins durs, les chevilles enflées.

Je savais.

J'étais enceinte.

Ce jour-là, je pus observer la mer sans avoir à porter le poids de la disparition de Lizzie. J'entendis distinctement, portée par le vent du large, sa voix moqueuse murmurer à mon oreille : « Ça te coupe la chique ! » En sentant la vie palpiter en moi, je souris à travers mes larmes. Des larmes d'adieu et de bonheur. Sur la grève, à mes pieds, reposait un dollar des sables. Ce jour-là, face à la mer qui me l'avait prise, gonflée d'un immense espoir, je laissai enfin partir Lizzie.

Son absence devint pour moi une matière malléable qui prenait moult significations au gré de mes humeurs, car ce que le destin a fait nôtre ne peut être perdu.

Et, peu à peu, la vie reprit son cours.

Remerciements

De très nombreuses personnes m'ont encouragée, soutenue et aidée dans l'écriture du troisième volume de cette fresque.

Un immense merci à toutes et tous et spécialement à :

Sylvie Murelli, toujours au rendez-vous, fidèle et indéfectible relectrice.

Marie Martin, Patricia Drai, Élisabeth Lopinot, Jean Luc Thorel, Bernard Petit, Alain Bailly, Andres Pastoriza, pour leur enthousiasme contagieux.

Toute l'équipe des Escales : Anne Charlotte Sangam qui a veillé à l'éclosion de ce troisième roman avec une infinie patience, Marguerite Mignon-Quibel, Héloïse Vincent, Caroline de Maublanc et Sarah Rigaud toujours présentes et bienveillantes.

Tous mes porte-paroles sur les routes de France et les nombreux libraires qui m'ont accueillie.

Une pensée pour Caroline Laurent qui m'a ouvert la porte de cette aventure éditoriale initiée avec *Les Déracinés*.

Pour me contacter :
lesderacines@yahoo.com

Composition et mise en pages
Nord Compo à Villeneuve-d'Ascq

Imprimé en Espagne par:
CPI Black Print
en mai 2021

Pocket - 92 avenue de France, 75013 Paris

S31541/02